光文社文庫

オブリヴィオン

遠田潤子

JN054343

光　文　社

目次

オブリヴィオン

序章

塀の外で俺を待っていたのは二人の兄だった。

一人は兄で、一人は義兄だ。二人はすこし離れたところに立ち、まるでたがいに見知らぬ者のような顔をしている。兄のつまらなそうな顔、義兄の生真面目な顔を見てすぐにわかった。二人は四年前とすこしも変わっていない。

「森二、元気そうやな」

兄の吉川光一は無難で仕立てのいいスーツを着ている。堅気にしか見えない。後ろにある車はフルスモークのベンツの新型か。色は無論、黒。相変わらず「記号」にこだわる男だ。

四月の空の下、ベンツは濡れたように輝いている。光一は汚れた車が嫌いだ。洗車は最低でも週に二回。黄砂の時期など毎日だ。機械など論外、手洗い以外認めない。

「乗れや」

光一が助手席のドアを開け、シートの上の予想紙を無造作に後部座席に放った。挟まっていた舟券の束が散るのが見えた。

「とりあえず家に帰るか。それとも、出所祝いに美味いもんでも食いに行くか？」

家？　どこのことだ？　四年前まで暮らしていた箕面の家か？　それとも、生まれ育った住之江区の家か？　どちらも御免だ。

光一を無視して歩き出すと、今度は義兄が声を掛けてきた。

「森二、卑しい顔になったな」

長嶺圭介の声は相変わらず厳しく、そして水晶のように澄んでいる。そして、その声にふさわしい硬質な表情をしていた。縁なし眼鏡の奥の眼は息を呑むほど鋭い。俺のただ一人の友人でもあり、師でもあり、四年前までは義兄でもあった男だ。知的で、真面目で、正義感が強い。俺が生まれてはじめて尊敬した人間だ。

圭介の背後に駐まっているのは、かつて唯が乗っていた車だ。ブルーバードシルフィ。色はセシルブルー。家を買った祝いに、圭介が唯に贈ったものだ。

唯。

瞬間、息ができなくなった。運転席で笑う唯。チャイルドシートに座る娘に話しかける唯の顔が浮かんだ。

「森二、乗れよ。訊きたいことがある」

歯を食いしばって歩き出したが、背後から腕をつかまれた。二の腕に圭介の指が食い込んでくる。だが、ペンを持つしか能のない手だ。その気になれば簡単に剥がせる。

「森二、なぜ妹を殺した？　あの夜、なにがあった？」

なぜ？　それをおまえが訊くのか。無言で圭介の手首をつかみ、捻った。圭介はわずかにうめき、俺から手を放した。

「もう一度訊く。あの夜、おまえと妹の間になにがあった？」

圭介はもう感情を隠すつもりはないようだ。そこへ、光一が近づいてきた。

「先生、あんたは引っ込んでてくれますか」

光一が無表情で圭介の肩を突いた。呆気なく圭介はアスファルトに転がった。ふっと懐かしくなる。大昔、こんな光景を見た。はじめて圭介と唯に会った日だ。あの頃、俺の髪は青。ばかばかしいくらいの青だった。

倒れたままの圭介を見捨て、ふたたび歩き出した。顔を上げると、遠くに満開の桜が見えた。

桜。桜のハンコ。

思い出に胸が貫かれる。俺はうめいた。桜のハンコを持って微笑む唯。俺が殺した女。

「待てや、森二」

光一が追いかけてくる。肩をつかまれ、そのまま抱きかかえるように振り向かされた。身体がねじれ声が出そうになったが、堪えた。

「血のつながったほんまもんの兄貴が迎えに来てやったんや。無視すんな」

相変わらず露悪的な男だ。特に圭介の前ではわざと下品に振る舞う。

「吸うか？」

眼の前に突き出された煙草は青いパッケージ。翼の生えた兜。ゴロワーズ。だが、二十年前、吸っていたものとは、すこし青が違う。黙って顔を背けると、むっとした顔でポケットに煙草をねじ込んできた。

「森二、おふくろが死んだことは知らせたはずや。なにか言うことはないんか？」

母は長く施設にいた。とうに意思の疎通はなかった。服役中の俺は弁護士経由で母の死を知らされた。だが、なにも返事はしなかった。とうに絶縁した相手だった。

光一を無視し、地面に転がった圭介に眼をやった。ちょうど、立ち上がるところだ。丁寧にズボンの埃を払い、折り目を確かめている。そう、兄と義兄には共通点がある。どちらも綺麗好きだ。

身なりを整えた圭介は真っ直ぐに俺を見据えて言った。

「森二、僕はおまえの口から真実を聞くまでは諦めない。だが、おまえの謝罪は拒否する。一生や。僕は死ぬまでおまえに償いをさせるつもりはない」

圭介の硬く鋭い声が俺をえぐり、貫いた。この男の正しさはうんざりするほど変わらない。

「僕はおまえを赦さない。これっぽっちも赦さない。その赦さないという意志のみで、おまえと死ぬまでつながる。関係し続けるつもりや」

圭介の怒りを無表情で受け流した。俺もそうだ。圭介、俺もおまえを決して赦さない。

「都合が悪くなると黙る。おまえは変わらないな」

人間は変わらない。変われない。兄二人が変わらないように、俺だって変わらない。

「それから、二度と冬香には会わせない。おまえに冬香は渡さない」

娘の名を聞くと一瞬で心が切り裂かれた。この四年、一日たりとも忘れたことはない。俺が服役したのは冬香が六歳のときだった。今は十歳。どれだけ大きくなっただろう？

だが、会いたいとは言えない。俺には二度と冬香に会う資格はない。あの夜、俺はまだ幼い冬香の眼の前で唯を殺した。

「……ああ、それがいい」

なんとか声を絞り出した。その様子を見て、圭介がゆっくりと首を横に振った。

「森二、また会おう」

圭介はシルフィに乗り込むと、きちんとウィンカーを出してから走り去った。青い車は春の陽射しに柔らかく映えた。

桜を見たくない。うつむいたまま歩き出すと、光一のベンツが並んだ。助手席の窓が開く。

「森二。いつでも帰ってこい。家も事務所もそのままや」

返事を待たずに窓が閉まる。黒のベンツはあっさりと俺を見捨てていった。

なぜ、待っていた？　なぜ、俺を忘れてくれない？　なぜ、俺を一人にしてくれない？

だれにも待っていてほしくなかった。すべての縁を切り、一人になりたかった。赦してくれなどと思わない。ただ、忘れてほしい。俺という人間を忘れてほしい。

四年ぶりの世界の春はなにひとつ変わらなかった。当たり前に陽射しは暖かく、風は柔らかい。そして、桜が咲いている。俺はポケットからゴロワーズを取り出した。空と同じ色だ。瞬間、激しく頭が痛んだ。空。青い空。螺旋。ぐるぐると回りながら吸いこまれる。勝手につながる――。

白が見えた。

ぞくり、と背筋が震えた。俺は凄まじい恐怖と不快を感じた。思わず悲鳴を上げそうになって、懸命に堪える。なんだ、この白のイメージは？　全身の血が凍るような、圧倒的な白だ。

深呼吸をして心を落ち着けた。この恐怖には憶えがある。遠い昔、同じような白を見た。

一度目は、夏祭りの夜だった。唯は白い浴衣を着ていた。茅の輪の向こうから白い袖が揺れていた。はじめて唯を抱いたとき、俺は白を見た。

二度目は、俺が唯を殺した夜。深夜のガレージは冷え切って、俺の息は白かった。唯は床に倒れていた。耳と鼻から血が流れ出していた。

二つの夜、俺はどちらも白を見た。

吐き気を堪えながら、煙草の封を切った。黒煙草独特の匂いがする。一本抜いて手の甲に三度打ち付けた。くわえてから火がないことに気付き、乾いた溝（どぶ）に吐き捨てた。

1

保護司は庄司(しょうじ)と言った。六十五ほどの細身の男だ。残り少ない髪を無理矢理に固めて頭を覆っている。豊臣秀吉(とよとみひでよし)の肖像画そっくりだ。身体を壊して早期退職し、数年前から保護司をやっているという。月に二度、会って話をすることになっていた。

「――吉川森二さん、か。ええと、箕面の家には帰らんと平野(ひらの)区にアパート借りたんやったな」

ひどい鼻声だった。老眼鏡を掛け、書類に眼を落とす。

「はい」

「そうそう、あけぼの荘や。なんや缶詰みたいな名前やと思たんや。平野公園のそばやったな」

「はい」

「平野はだんじり盛んやろ？　杭全(くまた)神社があるからな。昔、見に行ったことがあるけど、えらい人出やった」庄司が懐かしそうな顔をした。「やったら、箕面の家はほったらかしかいな。あそこに住む気にはなれんのはわかるけど……もったいない」

「ずっと義兄が管理しています」

二度とあの家に住む気はない。だが、売る気にもなれない。そもそも、あの家の名義は唯と共有だった。今は娘の冬香にも権利がある。

「義兄言うたら、ええと……長嶺圭介さんか。身元引受人になってくれはった人やな。そのお義兄さんが住んではるんか？」

「いえ」

「結局、空き家のままかいな。もったいない」庄司はひとつくしゃみをしながら、書類に眼を落とす。「……すんません。花粉症なもんで。で、だれか家族とは暮らさへんの？　お兄さんがいてはるが……ああ、お兄さんはちょっと問題ありやな」

保護司は俺のような仮釈放の人間や保護観察の少年の面倒を見る、無償のボランティアだ。仕事、住居の世話をし、月に二度の面接をする。俺は仮出所してから、ＮＰＯ団体の運営する保護施設にいた。庄司の世話で無事に住むところが見つかり、次は仕事を探すことになった。

「でも、吉川さんは恵まれてるから、こっちも楽やな。貯金もあるし、一戸建ても持ってる。歳は三十七やろ？　まだ一応三十代や。いくらでもやり直しがきくがな」

俺は黙ってその言葉をやり過ごした。それを肯定と受け取った庄司は構わずに話を続けた。

「刑務所出ても、住むところもない。お金もない、歳はもう六十超えとる……いう人はなんぼでもおる。それ考えたら、吉川さんはほんまに恵まれてる」

恵まれている、か。たしかに何度も言われた。自分でもそう思ったこともある。これほど恵まれた幸運な男はいない。子供の頃を思うと夢のようだ、と。

「吉川さんは、えーと、不動産鑑定士の資格を持ってはる、いうことやけど。そっち方面の仕事を探してはるんかな？」

「いえ」

資格はある。だが、仮釈放の身分では登録拒否の欠格事由に相当し、すくなくとも向こう四年は使えない。猛勉強して取った資格だが、今さら未練はなかった。どうせなら、いっそまったく別の仕事をするほうがいい。

「自分でも探してるんか？」

「いえ」

「中で木工やっとった、て書いてあるけど、あんたやったら図書とか経理ができたやろ？なんでや？」

「日曜大工の経験があったので」

「それだけかいな。ほな、挽物(ひきもの)、て聞いたことは？」鼻をティッシュで押さえながら庄司が訊(たず)ねた。「この歳で花粉症はきつい。春はかなわんわ」

「いえ」

「挽物いうのは、まあ言うたら、こけしみたいなもんや。まあ、実際に見てもろたほうが早いな」もう一度くしゃみをする。「どうや？」

「はい」

「ほな、決まりや。心配せえへんでもええ。これまで何人も世話になっててな。ええ社長さんや」

翌日、庄司に連れられ「挽物」の製作所を訪れた。

地下鉄谷町線を太子橋今市で降りる。このあたりは大阪市の北東の端、守口市との境界だ。

「平野からやったら、谷町線一本で行けるから楽やろ？　ちょっと時間は掛かるけど」鼻をぐずぐず言わせながら庄司が言った。

あけぼの荘から平野駅まで歩いて二十分ほど。平野から太子橋今市まで十九駅で、時間にすれば三十数分。通勤時間は合計で約一時間。遠いという距離ではない。

淀川の堤防沿いを上流に歩いて行くと、住宅地の真ん中に丸山木工所があった。想像していたよりもずっと大きな作業場だ。看板を見ると、挽物だけではなく木工全般をやっている。中へ入ると、いたるところ木屑だらけで埃が舞い上がっていた。庄司は大きなマスクをしていたが、あまり効果はないようだ。先程から苦しそうにくしゃみを連発している。真っ赤な眼をひっきりなしにハンカチで拭っていた。

「あかんねん、こういうとこ」

なるほど、こけしとはよく言ったものだ。あちこちに積んである製品を見て、俺は感心した。

挽物とはろくろや旋盤（せんばん）を使う木工細工のことだった。木工生地を機械に固定し回転させ、そこに刃を当て削り出して作っていく。お椀、ペン軸、ドアノブにポールハンガー。大きさは様々だ。高価な伝統工芸品もあるが、ここで作っているものは比較的安価なものばかりだった。

「これは椅子の脚ですわ。で、こっちがソファの脚」

丸山社長はもう七十は超えているだろうが、やたら血色がいい。皺さえなければ、ピンク色のこけしにそっくりだ。製品見本を愛（いと）おしそうに撫でている。

「吉川森二さんか。えーと、あんた、いくつや？」

「三十七です」

「まだ若いな。えーと、連絡先は……電話番号は？」

「電話はまだ」

「携帯でええから早い目に契約しといてや。なんかあったとき困るからな。……で、これはなんやと思う？　わかるか？」

社長が大小二本の木のポールを示した。一本は太く、もう一本は細い。どちらもいくつものくびれがあり、美しい木目が出ていた。俺は一瞬見とれた。昔、木工が趣味だった頃、よくホームセンターに通った。高価な無垢材を見ているだけで嬉しくなったものだ。

「いえ」

「見たことあるけど、実際にどこで見たかは思い出されへんやろ？　たいていの人はそんなもんや」答えられない俺に、社長は得意そうに笑った。「これな、親柱と子柱。柵とか階段の手すりの下の部分や」

たしかに、その部分がどうやって作られているのかなど考えたことがなかった。そして、それを作った人間が存在するということも考えたことがなかった。不思議なものだ、とまるで他人事のように思った。

「じゃあ、早速やけど来週から」

待遇の説明は一切なかった。格安の労働力という位置づけでしかない。何人も雇ってきたというが、つまり入れ替わりが激しいということだ。

「吉川さんはほんまに恵まれてる」

帰り道、しみじみと庄司が言った。頑張らなあかんで、と背中を叩いて、またひとつくしゃみをした。

庄司はアパートと言ったが、正しくは築四十年の文化住宅だ。

外壁にはヒビが入って蜘蛛の巣状に補修の痕がある。左右にある外階段は鉄製だが、手すりはすっかり錆びていた。玄関前に自転車と並べて洗濯機を置いている家も多い。間取りは2Kで、台所、四畳半、六畳、それにトイレと風呂がある。これで家賃が三万三千円。格安だ。

平野に部屋を借りたのには、特段理由はない。庄司の紹介してくれた不動産屋が一番に出してきた物件だったからだ。以前、線路沿いのボロアパートに住んでいたことだってある。どんな部屋でも文句はない。布団を敷いて眠れさえすればそれでよかった。

部屋は二階の端から二つ目だった。外階段を上って二階へ上がると、部屋の前に二人、男がいた。一人は三十過ぎだろうか、痩せ型馬面の長身の男だ。もう一人は四十半ばの小太りだ。どちらも目付きが悪い。どう見ても堅気ではない。兄の寄こした男か、と思って身構えた。

二人は俺を見て、軽く会釈をした。馬面が近づいてくる。もう片方の小太りはその後ろで道路に眼を配っていた。

「すみませんが」

馬面が胸元から手帳を取り出した。開いて示す。平野署の刑事だった。どきりとした。面接にはちゃんと出かけている。なにも咎められることはないはずだ。

「この部屋の方ですか？」

「はい」

「お隣に住んでいる人を最近見かけましたか？」

馬面が写真を一枚示した。これと言って特徴のない、五十過ぎくらいの痩せぎすの男だ。荒んだところはなく、眼に生気がないせいか、ただただ疲れて見える。

「入居したばかりなので」

「そうですか」馬面は別に失望した様子もない。「もし、見かけたら……」

「……おい」道路を見張っていた小太りが低い声で言った。

髪の長い女が反対側の階段を上ってこようとしている。刑事二人が目配せした。

階段を上りきったところで、女がこちらに気付いた。女は一瞬立ち止まったが、思い直したように向かってきた。思ったよりも若い。髪の長い女ではない。髪の長い少女だ。

「サラさん。こんにちは」小太りが呼びかけた。

「……こんにちは」少女がすこしためらった後で答えた。

サラと呼ばれた少女は浅黒い肌をしていた。額は広く、髪は黒で背中まである。彫りの深いラテン系の顔立ちだ。背は百七十を超えているだろうか。手足が長くモデルのようなプロポーションだった。

俺はすこし少女に見とれた。白いシャツとデニムだけのシンプルな格好で、化粧もしていない。いくつくらいだろうか。外国人の年齢はよくわからない。大人びて見えても、ほんの子供ということもある。十四、五歳か。それとも二十歳ほどか。どちらでも通りそうだ。

「お父さん、帰ってきましたか？」

「……いえ」

サラが言葉を濁して胸のペンダントを握り締めた。銀のペンダントはなにか人をかたどったもののようだが、よくわからなかった。少女が強く握り締めるさまは、装飾品というよりはお守りの類に見えた。

「じゃあ、なにか連絡はありませんでしたか？」

「ありません」

サラがきっぱりと答えた。あまり強い調子だったので、まるでケンカを売っているようにも聞こえた。だが、刑事二人は慣れているのか平気な顔だった。

部屋のドアをサラがふさいでいるので、中に入れない。手持ち無沙汰で廊下に立っていた。

「お父さん宛に連絡は？」

「ありません」

「電話もメールも手紙もありませんか？」

「なんにもありません」

サラは唇を嚙みしめ、刑事をにらみつけていた。短い言葉だが、アクセントは関西風で発音はごく自然に聞こえた。ネイティブなのか、よほど勉強したのかは判断がつかない。父親が警察にマークされる理由は不法滞在か、薬物関係といったところか。長引きそうなので、俺はサラに鍵を示した。

「申し訳ないが」

「あ、ごめんなさい」

慌ててサラが身体をずらす。その横をすり抜けるようにして部屋に入った。わずかに柑橘系の匂いがした。

……こちらとしても継続して捜索していますので……またなにかありましたら……。

安普請の薄いドアだから、聞きたくもない廊下の話し声が筒抜けだ。だが、部屋にはテレビもラジオもCDプレーヤーもない。仕方なしに俺は窓を開けた。外からの音が入ってくる。子供の声、車の音、なにかしらの機械音。雑多な音に包まれるとすこしほっとした。

やがて、廊下の声が止んだ。男二人の足音が立ち去り、隣室のドアが開いて閉まった。それからしばらくすると、隣室から奇妙な音が聞こえてきた。

低く高く、太く細く、うねるように、えぐるように這い回る。あるときは激しく、荒涼とした丘に吹きつける風のように叩きつける。あるときは静かに、曇ったガラス窓の隙間から入ってくる風のように忍び寄る。これは完璧な夜の音だ。陽が沈み闇が落ちてからはじまる濃密な音楽だ。

この旋律、どこかで聴いたことがある。一体、いつだったか——。

隣室の少女はなにか楽器を弾いている。だが、なんの音色だか想像もつかない。哀しげな旋律は途切れては続き、続いては途切れ、を繰り返す。聴いていると息苦しくなり、俺は思わず窓に寄った。深呼吸をし、春の夕の湿った風に額を冷やす。それでも胸が押しつぶされるような痛みは消えない。

ふいに音が止んだ。すると、隣のドアが開く音がした。サラが部屋を出ていった。音がなくなると、息苦しさも治まった。

煙草に火をつける。ゴロワーズ・カポラル。梅田の煙草屋で買った。名は同じだが、昔のものとはまるで違った。聞くと、もうずいぶん前にパッケージも中身も変わったという。だが、知らなかったのも当然だ。ゴロワーズを吸っていたのは十代の頃。そして、禁煙したのも十代。やり直すと決めた十七歳のときだった。

ゆっくりと二十年ぶりの煙を回すと、肺から手足、指の一本一本にまで浸みて伝わる。軽いめまいと痺れに、心地よさと安堵を感じた。そして、そんな自分に吐き気がするほどの嫌悪を覚えた。結局、俺は戻ってきた。二十年掛かって、元の位置へ戻ってきたということだ。

外が暗くなってきた。なにか夕飯を買ってこなくては、と煙草をポケットに突っ込んで部屋を出た。

あけぼの荘の周りは古くて雑多な町だ。住宅地の真ん中に寺もあれば、江戸の豪商の屋敷そのままのような家もある。入り組んだ家並みを通り抜けると、平野中央本通商店街に出た。

アーケードのある昔ながらの商店街だ。弁当を一つ買い、肉屋でコロッケを買った。さらに缶ビールを三本買った。冷蔵庫がないので、これ以上まとめ買いをしても無駄だ。

まだあまり腹は減っていないので、すこし歩くことにした。平野公園に足を向ける。入口の交番をちらりと見て、公園に入った。左手に野球のグラウンドがある。眼をこらすと、奥に色とりどりの遊具が見えた。もう遅いので子供の姿はない。

ふと右を見ると、小さな朱塗りの太鼓橋が眼に入った。この先は神社か。ちりちりと胸が痛む。思わず煙草に手を伸ばした。一本くわえて火をつける。朱塗りの橋を見ながら歩き続けた。どうやら、公園と社（やしろ）はそのまま続いているようだ。

文化住宅に帰るには神社を通り抜けるのが近道だ。境内を通り抜けると、神社の名がわかった。赤留比売命（あかるひめのみこと）神社とある。社殿の裏手が小高い丘になっていた。神社の由来を記した看板があったので足を止めた。赤留比売命は天之日矛（あめのひぼこ）の妻で……俗に三十歩社（さんじゅうぶしゃ）と呼ばれるのは……またかつて住吉（すみよし）大社の末社であった由縁で……。

——ほら、森二。

住吉大社、夏越祓（なごしのはらえ）神事。茅の輪の向こうから、俺の名を呼んで手を伸ばした女。俺を救ってくれた女。俺を裏切った女。俺が殺した女。

逃げ出すように足早に歩き出した。お願いだ。俺に向かって手を伸ばさないでくれ。二度と期待させないでくれ。忘れさせてくれ。いや、あの世からだっていい。俺の名を呼んでくれ。手を伸ばしてくれ。唯、俺はおまえを忘れたくない——。

唯のことを思い出すと、どうしようもないほど混乱してしまう。短くなった煙草が指を焦がした。舌打ちして投げ捨てたとき、細い音が聞こえた。昼間、隣の部屋から聞こえた音だ。公園の中から聞こえてくる。

引き寄せられるように、音のするほうへ向かった。しばらく歩くと藤棚の下のベンチにサラがいた。膝の上には古い箱のようなものが載っている。箱の真ん中は蛇腹で、両側には何列もボタンが並んでいた。

俺はサラから眼が離せなかった。サラの指が無数のボタンを滑るように押していく。蛇腹が伸び縮みすると、音が溢れた。部屋で聴いたあの苦しい旋律だ。サラの指が止まると、音も止まった。指が動くと、ふたたび音が流れはじめる。その繰り返しだ。サラは同じ旋律を懸命に練習している。やはり、どこかで聴いたことのある旋律だ。

あの箱のような楽器はアコーディオンか。小学校の頃、音楽の時間に見た。発表会があって、みなで合奏の練習をしていたときだ。たしか、俺はトライアングルだったか。だが、結局、発表会には出ていない。死にかけて学校を休んでいる間に終わっていた。

サラが顔を上げた。俺に気付き、ほんの一瞬バツの悪そうな表情をする。黙って行き過ぎようとすると、声を掛けられた。

「さっき刑事さんになんか言われたん?」

振り向くとサラが膝の上の楽器を抱えたまま、にこりともせずに俺を見ている。

「うち、ときどき警察来るねん。隣に住んでたらいろいろ訊かれるかもしれへんから、先に謝っとく。ごめんなさい」

まるで棒読みだった。犯罪者の父を持つ子供か。まるで表情のない少女を見ていると、黙ってやり過ごすつもりが、思わず言葉が出た。

「俺はかまわない」

背を向け歩き出した。すると、また声がした。

「あたし、部屋でバンドネオン弾くねん。そんなに大きい音やないけど、うるさかったら壁蹴って。すぐやめるから」

「バンド……ネオン？」

思わず足を止めて振り返ると、サラがすこし驚いた顔をした。俺の反応が意外だったらしい。戸惑ったふうに俺を見上げていたが、やがてすこし真面目な顔で答えた。

「アルゼンチンタンゴで使う楽器」

タンゴ、と聞いた瞬間、はっと思い出した。兄の光一の下で予想屋をやっていた頃、ミナミのクラブで見たショーだ。ダンサーは結構な歳の男女だったが、突き刺さるようなステップで踊った。

あの頃、光一は二十一歳、ヤクザの見習いをやっていた。幹部に気に入られ、ずいぶん眼を掛けてもらっていたようだ。たしかに、俺の眼から見てもほかの連中とは違っていた。ただのチンピラではない。ずっと上まで行く人間だ、と思わせるなにかがあった。

暗いボックス席で、兄の横にいた女は有名大学に通っている女子大生だ。ちょっとした好奇心でホステスをしているというお嬢様で、人目を惹く美人だった。兄の一番のお気に入りで、外でも会っているようだ。たしかにきれいだが、気がきつくて露骨に俺を子供扱いするので、すこし苦手だった。

俺は十六歳で、ひたすら煙草を吸っていた。隣に付いたのは、兄から押しつけられた二十二、三歳くらいの女だった。丸っこい愛嬌のある顔立ちで、やたらと胸が大きかった。

——光一さんから頼まれたんよ。弟はまだやから、って。

そう言うと、苦しそうに口許(くちもと)を押さえた。煙がいやなのか、と吸うのを止めると、女がほっとした顔をした。

——ありがと。内緒やねんけど、実はつわりで気持ち悪いねん。来週堕(お)ろすんやけど……でも、それまでは、お腹ん中で気持ちよくさせてあげたいし。

なんだかたまらなくなった。持って帰って教えてもらえ、と兄に言われていたが、到底そんな気にはなれなかった。手持ち無沙汰になったので仕方なしにショーを見た。陰のある旋律が絡みつくようで、息苦しかった。

それきり、その女の姿は見なかった。本当に堕ろしたのかどうかも知らない。あれはもう二十年も前の話だ。

「……さっきの、なんて曲や？」

「『オブリヴィオン』」

サラがバンドネオンを弾きはじめた。あの夜の息苦しい旋律が流れ出す。

オブリヴィオン。

どんな意味だろうか。この旋律のように、やはり苦しく辛い意味なのだろうか。哀しみだろうか。痛みだろうか。孤独だろうか。それとも、単に夜や闇といったものを意味するのだろうか。

バンドネオンを弾くサラの顔は曲と同じくらい苦しげに見えた。「オブリヴィオン」の鋭く辛い旋律は、サラの豊かな胸や腹から直接流れ出している。夕闇の中、俺の眼の前でサラの身体はバンドネオンと溶け合い一つになった。

しばらくサラの演奏を聴いていた。子供の頃から音楽に興味はなかった。むしろ、嫌いだった。父の営む理髪店で流れていた有線など、耳障りで嫌悪しか感じなかった。こんなにも熱心に音楽を聴くのは、はじめてだ。なぜ、これほどまでに惹きつけられるのだろう。この衝動はなんだ？

曲が終わり、サラが顔を上げた。俺はなにか言おうとしたが、言葉が出なかった。「オブリヴィオン」の旋律にすっかりあてられたようだった。しばらく立ち尽くしていると、サラも居心地が悪そうな顔をした。手持ち無沙汰にバンドネオンを撫でていたが、ぼそりと言った。

「あたし、仕事、夜やから。もし、お父さん帰ってきたら朝まで待つように言うて」

俺は黙ってうなずいた。

「あたしと違て、お父さんは普通の日本人。名前は佐藤和雄。背はあたしよりちょっと低くて、髪の毛は薄め。歳は四十五やけど五十過ぎに見える」

サラは抑揚のない薄っぺらな声で言うと、うつむいた。

父親は普通の日本人、という言葉が気になった。つまり、サラは自分は普通の日本人ではないと言っている。日本で暮らし、どれだけ流暢に大阪弁を話しても、自分は日本人とは認められない、と。

子供じみた自虐だ、と片付けるのは簡単だ。だが、この感覚は俺にも憶えがあった。かつて、俺には髪を青く染めていた時期があった。バカバカしい青頭は他人から非難され、嫌悪されるためのものだった。愚かで幼稚な行為だったが、あの頃はそれが精一杯の抵抗だった。

空を見上げた。西の方角にわずかに残っていた暮色も消えた。星の一つも見えない黒だ。あたりに人の姿はない。夜の公園は俺とサラの二人きりだった。

「練習は部屋でしろ。俺はかまわん」

それだけ言って、背を向けた。背中にサラの視線を感じ、苦しくなった。

あけぼの荘に帰ると、階段の前に人が立っていた。

「就職が決まったそうやな。着々と社会復帰か？　一応はおめでとうと言っておくよ」

にこりともせずに、義兄の長嶺圭介が言った。

「なにしに来た？」

「僕は君の仮出所の保証人や。確認をするのは当然やろ」

圭介は大真面目に答える。木で鼻をくくったような、という言葉がぴったりだ。このうんざりするほどの正義感に、ほんの一瞬懐かしさを覚えた。

「これで確認は済んだやろ。さっさと帰れ」

「なぜ僕が君の保証人になったかわかるか？　出所したら面会拒否なんて手は使えない。僕から逃げるわけにはいかへん。なんとしても、なぜ唯を殺したのか話してもらう」

眼鏡の奥の圭介の眼が真っ直ぐに俺を見る。唯に見られているような気がして、思わず眼を逸らした。圭介と唯はよく似た兄妹だった。特に耳の形はそっくりだった。

「裁判、ずっと傍聴してたならわかってるはずや」

押しのけて階段を上ろうとしたが、圭介にふさがれた。

「なぜ妹を殺した？　答えろ」

「どけ」

「僕は唯を信じてる。唯が間違いを犯した原因はおまえにあるはずや」

圭介がきっぱりと言い切った。その言葉を聞いた瞬間、激しい怒りが突き上げた。

「黙れ、圭介。おまえが言うな」

圭介を押しのけ、階段を上った。どんな人間にも秘密はあるはずだ。決して話したくないこと、話すことができない過去があってもおかしくない。たとえ、その人間が日頃どれだけ正しく、正義感の塊のような男だったとしてもだ。

「森二、おまえの答えを聞くまで僕は諦めない。決しておまえを赦さない」

背中に圭介の声が突き刺さる。部屋に入るとすぐに鍵を掛けた。缶ビールとコロッケの入った袋をなにもない部屋の真ん中に放り出した。缶ビールが転がり出て、壁に当たった。息を吐き、歯を食いしばる。

唯。俺はおまえを殺すつもりなどなかった。殺すつもりなど、これっぽっちもなかった。俺にはおまえを責める資格なんかない。これっぽっちもない。

のろのろと身をかがめ、床に落ちたビールを拾う。プルトップを開けた瞬間、派手な音がしてビールが噴き出した。白い泡が手と顔を濡らし、畳に大きな染みを作る。俺は溢れるビールをぼんやりと眺めていた。

It is no use crying over spilt milk. 覆水盆に返らず。ずっと昔、圭介が教えてくれた。

英語構文の勉強をしていたときだ。圭介は桃ヶ池（ももがいけ）の家のリビングに置かれたホワイトボードを示しながら、大真面目な顔でこう言った。

――たしかにこぼれた牛乳は取り返しがつかない。でも、新しい牛乳を注ぐことはできる。

今、君の前には新しい牛乳がある。なにが問題や？

では、新しい牛乳がないときはどうすればいい？　新しい牛乳など二度と手に入らないときは？

隣室のドアの音がした。しばらくすると、バンドネオンの音が聞こえてきた。

オブリヴィオン。胸をえぐる旋律。完璧な夜の音楽だ。

どんなに悔やんでも、どんなに償っても、唯は決して生き返らない。

俺は壁にもたれて眼を閉じた。

丸山木工所での仕事は掃除からだった。新入りでは当たり前だから問題はない。一番に話しかけて来たのは社長の息子だという、二十代半ばの太った男だった。丸山息子は芋虫のような指でキーボードを叩き、ほら、とモニターを示した。

「おたくの名前入れただけで、こんだけ出たで。おたくみたいな人を雇うんは、親父の趣味やからなあ。坊主頭が入ってきたら、僕はとりあえず検索することにしてるねん」

鼻の詰まった声で嬉しそうに笑った。頬が揺れる様子は餌を食べ過ぎたモルモットに似ていた。

「これまでの最高が強盗傷害やったからなあ。傷害致死の吉川さんがトップや」

昼までには全従業員に知れ渡っていた。誰も話しかけてこなかった。眼を合わす者もいなかった。俺もなにも言わなかった。言われたとおり、ただ働いた。午後からは倉庫で資材の出し入れをした。材木を担ぐので肩が擦(こす)れて腫れた。

だれとも関わらずに済むのは楽だった。不動産会社で営業をやっていた頃は、もっと理不尽な客がいくらでもいた。暴言を吐かれたこともあるし、茶を掛けられたことも、土下座させられたことだってある。同僚に無視されるくらいなんともなかった。

毎日、八時から五時まで工場で働いた。工場を出てあけぼの荘に戻り夕食を済ませると、もうすることがない。あとは眠くなるまで、ただぼんやりと時間を潰すだけだ。塀の中と変わらない。ただ一つ違うのは、自由に煙草が吸えること、ただそれだけだった。

隣の部屋からはときどきバンドネオンの音が聞こえてきた。郵便受けの名札によると、隣室の住人は「佐藤和雄　沙羅」だった。口に出せばどちらも同じ「さら」だが、「沙羅」と「サラ」ではずいぶん印象が違うような気がした。「沙羅」という字は、彼女の奏でる絡みつくようなバンドネオンの音そのものに思えた。

沙羅は夜になると出かけて行った。部屋を出る時間も戻って来る時間もまちまちだ。遅いときは明け方に帰ってくることもある。鉄階段を上るハイヒールの音で眼が覚めると、俺は必ずあのバンドネオンの音が恋しくなった。

一週間、掃除と倉庫番をすると社長に呼ばれた。

「よう働きはるな。明日から、ろくろ憶えてみるか？」

「はい」

「倣い旋盤いうのは、要するに自動で削ってくれる機械や。で、こっちが普通の旋盤。ろくろや」

ろくろの仕組み自体は簡単なものだった。まず、材料となる木材を回転させ、そこに刃を当てて削る。必要なのは指先の微妙な感覚だ。

「棒はわりと簡単やから、それから練習したらええ。盆やら椀やら丸いもんは難しいんや」

それからは廃材を使って、ろくろの練習をした。見本にもらったのは椅子の脚だ。同じように削るのは想像よりもずっと難しく、ずっと面白い作業だった。夢中で削っていると、あっという間に一日が終わった。

あけぼの荘に帰ると、二階の外廊下で沙羅と出会った。ちょうど出かけるところだったらしく、沙羅は大きめのバッグを肩に掛けている。この前会ったときとは違って、濃いめの化粧をしていた。フリルシャツにぴったりしたミニスカート。高くて細いヒール。派手な容姿が下品なくらいに強調されていた。

沙羅は眼を伏せ、俺の横を通り過ぎた。俺も無言でやり過ごした。鍵を差し込もうとすると、道路から低いエンジン音がした。見ると、あけぼの荘の前に黒のベンツが停まった。光一だ。

思わず舌打ちした。また来たのか。部屋に上げるわけにはいかない。追い返さねば、と廊下を引き返そうとしたとき、立ちすくむ沙羅に気付いた。

「……なんで、今頃」

沙羅がかすれた声で呟(つぶや)いた。顔からは血の気が引いて、白っぽく見えた。まさか、兄の知り合いか？

「あの男を知ってるのか？」

沙羅は返事をしない。バッグの持ち手を握り締める指が震えている。鉄階段を上る足音が近づいてくると、いっそう顔が青くなった。どう見ても、光一を歓迎している様子はない。

俺は無言で沙羅の前に出た。

階段を上りきった光一が姿を現した。無表情で俺に近づいてくる。今日は葬式帰りのような黒のスーツを着ている。「上」との会合でもあったらしい。

「え……？」

背後で沙羅が小さな声を上げた。振り返ると、沙羅が光一を見て戸惑っている。どうやら知り合いではないようだ。だが、それでも沙羅は怯(おび)えているように見えた。

「ふん。早速か」

光一が俺と沙羅を見比べ、鼻を鳴らした。大げさに呆れた口調を作る。

「今度はえらい派手なん選んだな。四年で趣味が変わったんか？」

「彼女は関係ない」

「そら失礼」非礼を詫びる気など毛ほどもない口調で言う。「で、森二、この前の話、考えたか？」

無視して、ドアノブに手を掛けた。そのまま部屋へ入ろうとすると、光一に腕をつかまれた。無言で振り払うと、光一がいきなり俺の頬を張った。俺はよろめき、ドアにぶつかった。かっとして光一をにらみつける。光一が冷たい眼で俺を見返した。人を人とも思わない眼、まるで感情のうかがえない眼だった。

「帰れ。二度と来んな」

「森二、いい加減賢くなれや。おまえの才能と経験を生かせる仕事をしろ、と言うてるだけや」

「帰れ」

無理矢理に光一の身体を押しのけた。すると、光一は壁にもたれ、手すりに足を掛けた。狭い通路をふさぐようにする。ほんの一瞬、眉を寄せ、疲れた眼をした。

「……おまえを心配して言うてる。諦めろ。おまえにはまともな暮らしはできん。いずれ無理が出る。賭けてもええ」

「賭け？　光一が俺に勝てたことが一度でもあったんか？」

　すると、光一の顔色が変わった。しばらく凄まじい眼で俺をにらんでいたが、舌打ちして無造作に小さな紙切れを突き出した。

「取っとけ。当座の小遣いや。結構ついた」

　見ると舟券だった。住之江の一般戦。4―3―2。三連単。今はこんなものがあるのか。一万買っている。俺が手を出さずにいると、光一はドアの隙間に舟券を挟んだ。

「それでスーツでも作れや。安いのはやめとけ。思い切っていいやつ作るんや。この先、仕事で要るからな」それから鼻で薄く笑った。「今度は青頭は勘弁してくれ」

「要らん」

　声を出すと、ずきりと唇が痛んだ。今になって唇の端が切れていることに気付く。

「この商売も厳しくてな。七年ほど前か。西成のドームがやられた。二重扉爆破されて踏み込まれたんや。あおりでこっちもゴタゴタして以来、すじの良い客が減ってじり貧や」

　西成にはドームと呼ばれる有名な巨大賭博場があった。競馬競輪競艇すべてを扱う老舗で、大型モニター完備で至れり尽くせりだった。

「森二、おまえの手が欲しい。加藤と持田は役に立たん」

　加藤と持田。久しぶりに聞く名だ。まだ十代の頃、俺も加藤も持田も光一に使われていた。俺は客寄せの予想屋で、二人は使い走り兼ベンツの洗車係だった。二度と顔を見たくない最低の連中だ。

「断る」

「あいつらも相変わらずでな。加藤は生駒でロードスター潰したらしい。ポルシェと遊んで仲良く自爆やと」

生駒。思い出しただけで、背筋がぞくりと震えた。血まで凍るような風が吹く冬の山。海まで続く夜景が美しすぎて眼に痛かった。

「森二。おまえの力は特別なんや。奇跡を起こせるやつなんか他にはおらん。それは、おまえが一番よう知っとるはずや」

心臓をつかまれたような気がして、思わず眼を逸らした。光一は氷のような眼のまま、唇の端だけで笑った。

「ついでに、その娘に洋服の一枚でも買うたれ。ちゃんと餌やらな女は逃げるぞ」

光一がちらと沙羅に眼を向けた。沙羅の顔が強張る。光一はしばらく沙羅をながめていたが、やがてつまらなそうに言った。

「……バンドネオン弾くんやったら、演奏する店を紹介してやってもええが」

沙羅の表情が一瞬で変わった。先程は怯えていたからだが、今度は激しい怒気が感じられる。吐き出すように言った。

「……演奏の後になにをさせられるん？　バカにせんといて」

光一は無表情な眼で沙羅を見返した。落ち着き払った冷ややかな声で答える。

「演奏だけで金取る自信があるんか？」

沙羅の顔が真っ赤になった。光一を正面からにらみつけると、ぞっとするような声で言った。

「……てめえ、二度と来んな」

光一のような男相手に言い過ぎだ。慌てて沙羅を背中で隠したが、光一は肩をすくめただけだった。

「また来る」

言い捨てると、そのまま帰っていった。

俺は扉の隙間から舟券を抜き取った。破って捨てようとしたとき、沙羅が声を上げた。

「待って」次の言葉まですこし間がある。「それ、捨てるんやったら、あたしがもらってもいい？」

驚いて振り返ると、沙羅が思い詰めた顔でこちらを見ていた。俺は黙って舟券を渡した。

「ありがとう」

沙羅は眼を伏せて受け取ると、俺の横をすり抜け、急ぎ足で階段へ向かう。ただこの場から早く逃げ出したいように見えた。

「歳は？」

念のため、その背中に声を掛けた。

「え?」沙羅が足を止め、振り向いた。

「舟券、建前として未成年は買えない。換金もできない」

「十八はあかんの?」沙羅の顔に失望が浮かんだ。

光一が「結構ついた」と言ったからには、万舟。払い戻しが百万を超えている可能性が高い。ブランクのある俺には現在の競艇事情がわからない。もし、規則の運用が厳しくなっていて、窓口で年齢確認を求められたら面倒だ。

「だれか大人と一緒に行けばいい。期限は六十日だったはずや」

「でも、そんなん言われても……」

なにか言いたげな沙羅を無視し、部屋に入ってドアを閉めた。しばらくすると、沙羅が鉄階段を下りていく音が聞こえた。俺はほっとした。


丸山木工所で働きはじめて半月が過ぎた。

社長は親切だったが、息子のほうは相変わらず薄気味悪い存在だった。放っておいてくれればいいのに、なにもないのに絡んでくる。鼻づまりの声で笑いながら、くだらない嫌がらせをした。

「なあ、吉川さん。刑務所の中ってどんなんや? 後学のために教えてや、なあ」

妙に馴れ馴れしく話しかけてくる。これを周りに人がいるときに限ってやった。

「独房って入ったことあるんか？　脱獄は考えたことある？　やっぱ男同士でいろいろあったりするんか？」

周りの連中もわかっているようで、みな黙っている。だが、なにも言われないのを応援と勘違いしているようで、丸山息子は余計に勢いづくのが常だった。

悪意を向けられやすい人間というものが存在する。俺がそうだ。子供の頃から、いわれのない中傷、妬みなどの嫌がらせを受けた。俺からはなにもしていないのに、とそのときは憤ったが、この歳になるとわかる。俺自身に問題があるからだ。俺はなにもしないことで他人を怒らせていたのだ。

なにもしないというのは、つまり他人に興味がないということだ。俺にとってはただそれだけのことで、他意などない。だが、他人に興味を持たれないことだけで、侮辱されたと感じ傷つく人間が存在する。俺にかまうな、忘れてくれ、と願う人間がいるように、かまえ、忘れるな、認めろ、と叫び続ける人間がいる。そんな人間にとって俺は憎悪の対象だ。

仕事を終え、弁当を買って部屋に戻った。

ぼんやりとビールを飲んでいると、呼び鈴が鳴った。あけぼの荘は設備が古いので、ピンポンとチャイムが鳴るだけで外と通話はできない。仕方なしにドアを開けると、沙羅だった。スカートは短くて、ひどく濃い化粧をしている。香水の匂いが鼻を突いた。沙羅はすこしの間ためらっていたが、やがて思い切ったふうに言った。

「今度、舟券の払い戻し、一緒に来てくれへん？」

舟券をやったのは失敗だった。今さらだれとも関わり合うつもりはないのに、こんなかたちで面倒が起きる。

「厚かましいのはわかってるけど、ほかに頼める人、おれへんねん」

頼める人がいない、というのは嘘ではないだろう。父親は警察が捜している。母親は姿を見ない。もし、きちんとした親がいるなら、舟券一枚を物乞いするはずはない。ほかに頼める兄弟も親戚も友人もいないのは本当だろう。この少女のそばにいるのは俺だけということか。

改めて沙羅の顔を見た。あの頃の俺と同じだ。頼れる者も、信用できる者もいなかった。なにもかも自分が悪いと思っていた。長嶺圭介と長嶺唯に会うまでは――。

「都合はそっちに合わせるから」

黙っていると、怒ったふうに沙羅が繰り返した。泣くのを堪えている子供のようだ。胸の奥が痛くなった。露骨に無視されても諦めないのは、よほどの理由があるからだ。プライドを捨ててまで、施しの舟券一枚にすがりたいからだ。金に困っているのか？　借金でもあるのか？　夜の仕事はそのせいか？

「日曜なら」

「何時頃?」

「何時でもかまわない」

だれとも関わらない。それがベストだとわかっているのに、俺はまた間違う。

「昼の一時でもええ?」

黙ってうなずいた。

「名前教えて。表札出てないから」

「吉川森二」

沙羅を見ずにドアを閉めた。やはり断るべきだった、と後悔した。


次の日曜、地下鉄を乗り継ぎ、沙羅と住之江競艇場に向かった。

住之江公園駅を降りると競艇場は眼の前だ。一瞬、足がすくんだ。無言の男たちがぞろぞろと歩いている。一般戦なのでそれほどの混雑はない。最後に訪れたのは、もう二十年も前のことだ。昔に比べると、ずいぶんきれいになった。

「へえ。街の真ん中にあるんやね。ボートレースていうから、川か海でやると思てた」

競艇場の正面は白い大きなドームのような外観だ。入口は自動改札で、直接百円玉を投入するようになっている。

「入場料って百円? えらい安いんやね」

沙羅はすこしはしゃいでいるようだった。「隣の部屋の男」と「恵んで貰った舟券」を換金するために「競艇場」に来た、というそれだけでこの少女は浮かれてしまうのか。胸の奥がちりちりとうずいた。人を憐れみたくない。憐れむ資格などない。だが、沙羅に感じたのは紛れもない憐れみだ。

中に入ると、一階の投票場は薄暗く感じた。人のいる窓口と自動券売機がある。筆を持った予想屋のボックスも等間隔に並び、それぞれに人が群がっていた。これは昔と変わらない。ただ、変わったところもある。場内は禁煙になっていた。

払い戻し機には通さず、大口払い戻し窓口に行った。舟券を差し出す。沙羅は俺の後ろで落ち着かない様子だ。

「お待たせしました。百五十三万八千円。ご確認ください」

沙羅が息を吞んだ。金を紙袋に突っ込むと、窓口を離れた。沙羅は慌てて後をついてきた。無言で、沙羅に紙袋を渡した。すると、沙羅が困った顔で言った。

「あたし、こんなんもらわれへん。まさか百五十万超えてるなんて思えへんかった」

「やると約束した」

「でも、こんな大金……」

「たかが百五十万や」

「たかが？」

沙羅がむっとした顔をしたが、俺は背を向けた。

「ちょっと……」

沙羅が呼んだが、かまわず歩き出した。そのまま出口へ向かおうとして気付いた。場内には様々な人間がいる。大金を押しつけてきたが大丈夫だろうか。もしかしたら、受け取りから見られていたかもしれない。だれかにつけられているかもしれない。それでなくても沙羅は目立つ外見だ。いやな目に遭うかもしれない。

周りに眼を配る。おかしな眼をしたやつは見当たらない。だが、用心するに越したことはない。戻って沙羅に小声で言った。

「その金どうする？」

「国際送金しよと思て、アルゼンチンに」

「使い道やない。その大金、家まで持って歩く気か？」

「今日、日曜やからとりあえず郵便局に預けよと思て。厚かましいんやけど……」

「一緒に行く」

「よかった。こんな大金持つのはじめてやから、怖かってん」沙羅がぱっと笑った。「一番近い郵便局でええから」

「南加賀屋（みなみかがや）。駅のすぐ向こうにある」

「じゃ、そこ。……この辺くわしいんやね」

「昔、西加賀屋に住んでた」

「ここから近いん？」

「歩いて二十分くらい」

「地元やん。昔、て？」

いつの間にか沙羅の声から警戒心が消えている。本人も気づいていないようだ。

「子供の頃」

これ以上の詮索(せんさく)はごめんだ。すこし離れて歩くことにした。わざわざ足を止め、煙草を取り出す。火をつけようとして場内は禁煙だということに気づいた。煙草をポケットにゆっくりと戻したが、沙羅も足を止めていた。俺を待っている。仕方がない。ふたたび沙羅と並んだ。たしかに、沙羅を守らなければならないのだから、離れて歩いては意味がない。

「急げへんのやったら、一回だけレース見てっていい？」

水に近寄るのは怖かったが、浮かれる沙羅を拒めない。仕方ない。覚悟を決めた。

「どこで見る？」

「どんなとこがあるのかわからへん」

「有料席と無料席。屋外と屋内。全体を見渡せるか、それとも間近で見るか」

「一番迫力のあるところがいい」

南スタンドのデッキに出た。ここなら、水しぶきがかかるほどそばで見られる。深呼吸をして手すりに寄った。瞬間、激しく頭が痛んだ。ふっと眼の前が暗くなる。こめかみを押さえ、吐き気を堪えた。

ちょうど、次のレースのスタート展示がはじまったところだ。ピットから出て来た艇がコース取りをしている。

「あれ、団子になってなにしてるん？　なんかトラブル？」

「あれも駆け引きや。競艇ではインを取った艇が強い。だから、どのコースに進入するか、ああやってお互いに牽制し合ってる」

「それやったら、みんな一斉にインに行くやん。一番早くインに入った人が勝つんと違うん？」

「そうともいえない。アウトが強い選手もいる。作戦もある。下手にインに押し込められて深インになると、助走距離が短くなる。当然、スピードが出ない。アウトからダッシュする艇に負ける」

「なんか、難しそうや」沙羅はよくわからないといったふうだ。

俺はべらべらと喋っていることに気付いた。浮かれているのは沙羅だけではない。苦しくてたまらないのに、興奮している。こんなに人と話すのは何年ぶりだ。最後に話したのは——。

最後に話したのは四年前。三月の夜だった。箕面の家のガレージ。唯を殺した夜だ。

もう一度深呼吸をした。それでも吐き気は治まらない。それどころか、どんどん辛くなる。

やがて、コース取りが終わった。大時計の針が回り出す。六艇が走り出した。

「あれ？　スタートばらばら？」

黙っていると、あの夜を思い出してしまう。喋っているほうが楽だ。

「水の上や。六艇同じ位置に静止してスタートなんかできん。だから……」

六艇がそろってスタートラインを通過していった。懐かしいモーターの音だ。俺はスタートラインを指さした。

「後方から出て、決められた時間、一秒の間にスタートラインを通過する。コンマ01早くてもフライングで失格。遅くても失格」

「それって、メチャメチャ難しい？」

「難しい。おまけにフライングを切ったらペナルティもある。しばらく出走できなくなったりな」

「へえ、大変なんや」

風で乱れた髪をかきあげ、沙羅が感心したふうに言う。暗い公園でうつむいてバンドネオンを弾いていた少女が、競艇場で眼を輝かせるのは哀しかった。

周回展示に移った。一艇ずつ間隔を開けて、すぐ眼の前を走って行く。

「すっごい跳ねてる。もっとなめらかに進むんやと思てた」

「ここの水は硬いからな」

「硬い？」

それには答えず、ぼんやりと泡立つ水面を眺めていた。

あれは小学生の頃だ。父に連れられ、レースを見ていた。父は舟券を握りしめ、俺にうんちくを語った。

――住之江の水は硬いんや。

――硬い？

――硬いとな、乗りにくい。ゴツゴツしてて艇が跳ねて暴れるんや。

形がなくてゆらゆら揺れる水が硬いとはどういうことだろうか。わけがわからない。ちょうどそのとき、正面を艇が通過していった。スタンドの最前列では水しぶきがかかることもある。俺は濡れた顔をぬぐって、手の平をぺろりと舐めてみた。

――どこが硬いんかわからへん。

――阿呆、汚い。やめんかい。

父に叱られた。父の横には光一の冷たい顔があった。

吐き気がする。額を拭うと冷たい汗が浮いていた。ここにいると、嫌なことばかり思い出す。一刻も早く出たい。だが、浮かれる沙羅を思うと言い出せない。一レースだけだ、と言い聞かせる。三周だけだ。我慢しろ。

展示タイムに続き、投票券の発売開始を知らせるアナウンスが入った。

「今のは予行演習みたいなもんや。この展示航走を見て本番を予想し、舟券を買う」

「吉川さんは買わへんの？　競艇するのはお兄さんだけ？」

黙ってうなずいた。

「あの三番、女の人？」沙羅が正面の巨大スクリーンを指さした。

スクリーンには出走する六人の選手の情報が表示されている。三番は女性選手だった。

「男女の区別はない。女性選手も結構いる」

「男の人と混じって普通にレースするん？」

やはり黙ってうなずく。

もし、沙羅が選手になれば人気が出るだろう。きっとアイドル並みに騒がれるはずだ。残念ながらすこし背が高すぎる。競艇選手は小柄でないと無理だ。だが、どんなに見た目がよくても弱ければ意味がない。競艇で大事なことはたったひとつだけだ。選手なら勝つこと。そして、客なら当てること。それだけだ。

投票券の発売が締めきられた。ファンファーレが鳴って、艇がピットから出て来た。よどみない実況アナウンスが流れた。

激しく頭が痛んだ。次の瞬間、ふっと数字が浮かんだ。1—3—4。

六艇がスタート地点に向かった。展示通りの枠なり進入だ。大時計の秒針が回り始め、艇がスタート。カウントダウンがはじまる。横一線のきれいなスタートだ。中央の噴水が上がる。六艇がそろって第一ターンマークへ突入した。正面の巨大スクリーンに青ランプが点灯。スタートは正常だ。外から三号艇がまくってきたが、インの一号艇がきれいに抜けた。完璧なイン逃げの展開だ。

「何周？」

「三周」

「あの、赤白のソフトクリームみたいなとこ、すごいギリギリ回るんや」沙羅が第一ターンマークを指さした。

「一番事故が起きやすい。接触したり、転覆、落水。死亡事故もある」

「ほんま……」沙羅が絶句したが、気を取り直してまた話しかけてきた。「吉川さん、えらい詳しいけど、しょっちゅう来るん？」

「いや」

後はなんの波乱もなかった。順位の入れ替わりもなく、第一ターンマークを回った形のままゴールした。「1―3―4」と確定のアナウンスが流れた。一番人気なのでたいした配当ではなかった。すこし離れたところで、野球帽をかぶった老人が外れた舟券を破って撒いていた。

これで沙羅も気が済んだろう。さっさと帰ろう、と声を掛けようとして、はっとした。いつの間にか、沙羅が静かになっていた。じっとコースを見つめながら、どこか濁った声で言った。

「……お兄さん、ヤクザなん？」

「まあな」

「じゃあ、吉川さんは？」

「違う」

「あの人、バンドネオン弾くんやったら店を紹介する、て言うてはったでしょ？」

「やめとけ。あいつには関わるな」

「関わるつもりなんかないよ。でも、あの人、あたしがバンドネオンを弾くこと、なんで知ってはったんやろ」

はっとした。沙羅の言うとおりだ。あのときは舟券を押しつけられた不快で、そこまで気が回らなかった。沙羅がバンドネオンを弾くのを知っているということは、俺だけではなく俺の周囲までもかぎ回っていたということか。くそ、と心の中で舌打ちした。それほどまでに俺の奇跡が欲しいか。俺を道具にしたいか。

迷惑を掛けてすまん、と沙羅に謝ろうとして、気付いた。沙羅の顔はひどく青かった。先程までの喜びはどこにもなく、険しい表情で水面を見ている。そうだ、あのとき、沙羅はベンツを見て怯え、警戒していた。俺はすこしためらって訊ねた。

「この前、あの男が来たとき、驚いてたが？」

「そやったっけ？」そこで、急に沙羅の口調が変わった。「あたし、アルゼンチンにお母さんと弟がいてるねん。義理の弟やけど、ほら、めちゃめちゃかわいいやろ」

妙に浮かれた早口で言うと、沙羅が財布から写真を出した。双子の男の子とその母親らしい女が写っていた。双子は浅黒い肌で大きな眼をしている。白い制服らしきものを着ていた。双子に寄り添う母親は沙羅にそっくりだった。

たしか、アルゼンチンはヨーロッパからの移民の子孫が人口の大半を占めていたはずだ。俺は圭介との勉強を思い出した。イタリア、スペイン系が多く、先住民族のインディオなどは少数派だ。沙羅の母親は容貌からするとヨーロッパ系と先住民族の混血だと思われた。

沙羅はアルゼンチンに帰った母親に仕送りをしているのか。だが、義理の弟たちは糊のきいた服を着ている。なるほど、捨てた娘に金をたかる母親か。

ほら、と沙羅が胸のペンダントを示した。

「お母さんが送ってくれてん。サンタ・マリア・デ・ルハン。ルハンのマリアさま。お父さんも持ってる。おそろい」

沙羅は話し続けた。薄っぺらな明るさが痛々しい。また吐き気がぶり返してきた。

「ブエノスアイレスの近くにルハンっていう町があって、そこにはとても立派な大聖堂があるねん。巡礼の人がみんな訪れる。そこのマリアさま」

沙羅がペンダントのマリア像にそっと唇を寄せた。

「ルハンに行くのは、日本で言えばお伊勢参りみたいなものやねんて」

伊勢には行ったことがない。だが、津までなら何度も行った。競艇場があるからだ。小学校の修学旅行で伊勢に行くはずだったが、行けなかった。風邪を引いて熱が高かったからだ。

「そう言えば、ヤクザのお兄さん、奇跡とか言ってはったけど……？」

俺は返事をしなかった。沙羅はペンダントを握り締めたまま返事を待っていたが、やがて諦めた。小さなため息をつき、もうそれきり喋らなかった。

南加賀屋郵便局は競艇場とは交差点を挟んで対角線の位置になる。大きな交差点なので結構な距離だ。すれ違う人がみな沙羅を見て、それから俺を見た。

郵便局に着くと、沙羅はATMで全額を入金した。外に出ると、急に風が強くなっていた。沙羅はポケットからヘアゴムを取り出し、長い髪を後ろでひとつに束ねた。細くて長い首だった。

「じゃあな」

沙羅がなにか言いたかけたところを、気付かないふりをして背を向けた。

空が青い。突き抜けるように青い。めまいがする。奇跡など二度と御免だった。

俺はまっすぐ平野のあけぼの荘に戻った。

まだ残る吐き気をこらえ、畳に転がって眼を閉じる。頭が割れるように痛んだ。本当ならいろいろ買い物をしたかったが、気分が悪くてそれどころではなかった。

中学を出てから結婚するまで暮らしたアパートでも、よくこんなふうに寝転がっていた。線路沿いのアパートは住吉大社のすぐそばだった。


今から十七年前。俺は二十歳、唯は十八歳。二人とも大学一回生だった。

住吉大社の夏祭りの夜、唯は白地に手鞠（てまり）の浴衣姿でアパートにやってきた。大学に入ってすこし化粧をするようになった唯は、赤い口紅をつけていた。浴衣の白に映えて妙になまめかしく、一瞬見とれてしまった。

——今日は夏越祓（なごしのはらえ）やから、茅（ち）の輪（わ）くぐりに行こ。

祭りに興味はなかったし、茅の輪がなんなのかわからなかったが、唯があまりきれいだったので出かけることにした。

街の雰囲気はすっかり変わっていた。狭い道に人があふれ、あちこちから声が聞こえる。ずらりと並んだ屋台からは、さまざまな匂いが漂ってきた。本来は神聖な祭礼のはずが、そこかしこに猥雑（わいざつ）で濃密な雰囲気が満ちていた。

唯は屋台でりんごあめを買った。一口舐めて、甘い、と当たり前のことを言う。浮かれているのか、浮かれたふうに振る舞っているのか、どちらかはわからない。俺は黙って唯の横を歩いた。

遠くから神楽の音が聞こえてくる。反橋を渡って石段を上ると、石の鳥居が立っていた。その先に朱塗りの門がある。そこに藁のようなもので作った巨大な輪が取り付けてあった。

──あれが茅の輪か？　はじめて見る。

──茅でできた輪だから茅の輪。夏越祓神事ではあの輪をくぐるの。そうすれば、罪や穢れが祓えるんやって。

唯はすんなりと茅の輪をくぐった。だが、俺は逡巡した。神頼みなどばかばかしい。こんな輪ひとつくぐったくらいでなにが祓えるというのだろう。

──ほら、早く。

唯が振り向き、笑いながら俺を呼んだ。

たかが草で作った輪だ。何の意味もない。だが、茅の輪の向こうから手を伸ばす唯には、たかがと言えないほどの力を感じた。この輪をくぐったら引き返せないような気がする。

するとﾞ、唯がもう一度呼んだ。

──森二、ほら。

白い浴衣の袖から伸びた手が、俺を手招きしていた。りんごあめの赤と唯の唇の赤が血のように鮮やかだ。どきりとして、かあっと身体中が熱くなった。

周りには祭りを楽しむカップルや家族連れが大勢いる。だが、俺の眼には唯だけがくっきりと浮き上がって見えた。

白い袖が揺れた。茅の輪を挟んで唯と向かい合っていると、俺の頭もぐらぐらしてきた。興奮しているのか、怯えているのか、自分でもどちらかわからなかった。

――森二。

勝手に身体が動いた。俺は唯に引き寄せられるように、茅の輪をくぐった。瞬間、すっと身体が軽くなった。全身にまとわりついていた淀んだものが、きれいさっぱりはがれ落ちたような気がした。

唯が手を伸ばしている。俺は黙ってその手を握った。ぐい、と引き寄せる。唯は驚いた顔をしたが、なにも言わなかった。手を繋（つな）ぐのもはじめてだった。そのまま、無言でアパートに戻った。

布団も敷かず、帯も解かないまま、俺は唯に重なった。唯は拒まなかった。すぐ窓の向こうを何本も電車が走っていった。

俺の身体も唯の身体も汗で濡れていた。俺は呻（うな）り声をあげて唯を突いた。唯も潰れた帯の上で悲鳴のような息づかいで応えた。唯の汗は塩の味がした。意外だ。唯の汗なら桃の味がすると思っていた。

闇の中に茅の輪が見えた。その先には青い空がのぞいている。ぐるぐると眼が回る。螺旋を吸い上げられる。ダメだ、と思った瞬間下半身が震えた。

突然、空とつながった。白。白が見える。寒い。凄まじい冷気だ。生駒の山の上のような、底冷えのする朝。身体が凍りそうだ。俺は恐怖に叫びそうになった。だが、それはほんの一瞬のことだった。俺の中に溜まったものが唯に向かって流れ出していく。声も出せないほどの快感だった。


音が聞こえた。部屋中で音がしている。不愉快な音だ。止まない。鳴り続けている。はっと眼を開けると、古臭い電灯の笠が目に入った。いつの間にか眠っていたらしい。流れてくる額の汗を拭き、息をつく。のろのろと身体を起こし、しばらくじっとしていた。部屋の中は明るい。音はまだ続いている。ぼんやりとだが、頭が働きはじめた。これは呼び鈴の音だ。誰かが部屋の前にいる。光一か。圭介か。

また呼び鈴が鳴った。頭を殴りつけられたような気がした。うめきながら、時計を見ると二時だ。一瞬、わけがわからなかった。今が午後の二時だということを理解するまで、すこし時間がかかった。沙羅と競艇場で別れ、アパートに戻ったのは夕方だった。まさか、そのまま眠り続けていたのか？

今日は月曜日。仕事に行かねばならない。こんな時間まで眠ってしまうなど信じられなかった。激務だった不動産屋時代にもこんな寝坊はしたことがない。刑務所に入っていたときは当然規則正しい生活をしていた。

また呼び鈴が鳴った。今度は、二度三度、連続で鳴った。俺は痛みを堪えながら、息を吐たのか。

いた。やはり住之江のせいか。久しぶりに水と空に近寄ったせいで、頭と身体が悲鳴をあげ

「吉川さん。居留守は感じ悪いで」

ドアの外から押しつけがましい声が聞こえた。

「吉川さん。こっちも忙しいんや。早よ出てきてえな。親父に頼まれて来たんや。いい加減にしてくれや」

丸山息子の声だ。激しいノックがはじまった。薄いドアが壊れるかと思うほどの勢いだ。

すると、沙羅の部屋のドアが開く音が聞こえた。

「……なにか？」

「え、エ、エクスキューズミー」

「あたし、日本語喋れるし」

ドア越しに聞こえる沙羅の声はまるで容赦がない。

「ああ、そうですね。ははは」突然、丸山の声のトーンが上がった。「ここの人、いくら呼び鈴鳴らしても出てきはれへんのです。裏回ったら窓開いてたから、居留守ですよ、絶対」

「で？」

「ここの人、ちょっと前から僕の親父の会社で働いてるんです。そやから、僕のほうが先輩なんですよ。で、今日、この人無断欠勤しはったんです。連絡取ろと思たけど、携帯も家の

電話も持ってはらへんから困って。そやから、僕が見に来たんですよ。具合でも悪いんかと心配して」

丸山は媚びた口調でべらべらと話し続ける。うんざりして、また吐き気がした。沙羅を前にして、鼻の下を伸ばしている顔が眼に浮かぶ。

だが、たった一日の無断欠勤で様子を見に来るとは意外だった。親切なのか、それともトラブルを警戒されたのだろうか。

「これ、僕の名刺です。メアドはここに……」

とうとう我慢ができなくなって、ドアを開けた。

「吉川さん。やっぱりいはったんですね。僕、親父に言われて、吉川さんの様子を見に来たんですわ。早く携帯、契約してくださいよ」

働くなら携帯は必要だとわかっているが、つい先延ばしにしている。別の世界にいた四年。浦島というわけではないが、電子機器の発達にはついて行けない。電車に乗れば、みな、うつむいてスマホを操作している。昔使っていたガラケーなどほとんど見ない。

だが、携帯を持つことに気乗りがしない一番の理由は「人とつながりたくない」からだ。だれとも話したくない。だれとも関わりたくない。

「黙って休みはるから、僕も心配してたんですわ」

丸山が太った身体を揺らして愛想笑いをした。その後ろで沙羅が露骨にうんざりしていた。

化粧はまだだが、身体の線がはっきりと出る黄緑色のミニワンピースを着ている。思わず息を呑むほどのプロポーションだが、足許はボロボロの突っかけだった。

手には押しつけられたらしい名刺を持っている。俺が沙羅に眼を向けたのを見て、丸山が妙に鼻に掛かった声で言葉を続けた。

「何回呼び鈴押しても出てきはれへんから、お隣さんも心配して来てくれはったんですわ」

沙羅に鼻を鳴らして笑いかける。「こんな親切なかたがすぐ隣に住んではって、羨ましい限りやね」

沙羅がさりげなく俺の背後に移動した。すると、丸山が大きく舌打ちした。俺の後ろの沙羅をちらりと見て、それから突然声を荒らげた。

「吉川さん、おたく、新入りやろ？　ずっと歳下の僕に指示されるのは不愉快かもしれんが、仕事を憶えるまでは仕方がない。ここできちんと頭を下げられるかどうかで、人間の値打ちが決まるのと違うか？　おたくのこれからの人生が掛かってるんやで？」

説教を終えると、丸山は満足そうに鼻を膨らませた。どうだ、言ってやったぞ、というわかりやすい顔だった。

サラリーマンだったとき、この手の人間はいくらも見た。殴られたことも、土下座したこともある。だが、屈辱を感じたことはなかった。俺は営業マンとしてはかなり優秀だった。あんな愛想のないやつが、と陰口を叩かれたが、だからこそ契約が取れたと今ではわかる。

だが、生来の無口が役に立ったのはそのときだけだった。

「わざわざすみません。社長に伝えてもらえますか。本日は申し訳ありません。明日は必ず出勤いたします、と」

頭を下げた。そして、ゆっくりと頭を上げると、じっと丸山を見た。ただそれだけだった。

だが、丸山の顔色が変わった。

「わかった。じゃあ、必ず来てくださいよ。おたくみたいな人でも勝手に休まれると他の人に迷惑が掛かるんやから」

丸山は負け惜しみのように、鼻を一つ鳴らして背を向けた。だぶついた肉を揺らしながら、階段を大きな音を立てて下りていく。

「……最低」

沙羅が丸山に押しつけられた名刺を引き裂いた。なんのためらいもない仕草だった。


火曜日、出勤してまず社長に詫びた。

「これからは気いつけてや。まあ、一日で来え(け)へんようになる人もいるからなあ。頭下げに来るだけ、あんたはまだマシやけど」

最初から期待されていないから、叱責(しっせき)されることもない。社長の話がすぐに終わった一方で、息子がうるさかった。朝からまとわりついて離れない。だが、話は仕事のことではなかった。

「なあ、おたくの隣の女の子、表札に佐藤沙羅ってあったけどハーフ？　ええな、褐色美少女て」

返事一つしないのに、丸山は一人勝手に話しつづけた。

「あんまり喋れへんかったから、おとなしい子なんやろな。でも、名刺渡したらまんざらでもない顔してたしな、慣れない日本で不安なんかな。いろいろ相談に乗ってくれる男が欲しいんかもしれへん。ここは僕が力になるべきやろうな」

丸山の目はどこを見ているわけではない。眼の前に俺がいて、俺と話しているのに、俺の姿は映っていないようだ。独り言と変わらない。

「遠慮なんかせんと、メールでも電話でもしてきてくれたらいいのに。恥ずかしがってるんやろうか。……ああ、たぶんそうや。僕のほうから来てほしいんや。誘ってくれるのを待ってるんや」

妄想を垂れ流す丸山はただただあさましかった。


仕事を終えて部屋に戻ると、呼び鈴が鳴った。また丸山息子か、とうんざりした顔で出ると、沙羅が立っていた。手に料理の載った大皿を持っていた。見ると、半月形をした大ぶりの揚げ餃子のようなものだ。

「競艇のお礼。本見て作ってん。あんまり自信ないけど……」

沙羅は恥ずかしそうに笑っている。まさかこんなかたちで礼があるとは思わなかった。なんと言っていいのかわからない。困惑し、黙って突っ立っていると、沙羅の顔から笑顔が消えた。なにも言わず皿を引っ込め、そのまま部屋へ戻ろうとする。慌てて声を掛けた。

「いや……ありがとう」

沙羅が振り向いた。まるで感情のない顔と声で言う。

「百五十万も貰てお礼せえへんわけにはいかへんし。スジは通そうと思て」

沙羅は料理を押しつけると帰って行った。皿はまだ熱く、油の匂いが空腹を刺激した。

——ねえ、森二。晩御飯、なにが食べたい？

——唐揚げ。トンカツ。海老フライ。

——なにそれ。揚げ物ばっかりやん。野菜も食べなあかんよ。

唯が唐揚げを作ってくれた。むさぼるように食べた。唯はその勢いに驚き、笑った。お兄ちゃんは脂っこいもの苦手やから、森二が美味しそうに食べてくれると嬉しいわ、と。

アパートには机がひとつきりだった。電車が通るたび、部屋が揺れた。机も揺れて、ときどき字が歪んだ。

——この問題解いてたとき、電車通ったでしょ？　各停やない。たぶん急行？

——よくわかるな。でも、急行やない。特急や。こうや号。

――惜しかった。

俺のプリントを採点しながら唯が笑った。俺は揺れるアパートに感謝した。ボロアパートのおかげで、唯の笑顔を見ることができた――。

テーブルがないので、畳の上に直接皿を置いた。沙羅を傷つけたことはわかっていた。詫びなければいけないこともわかっていた。だが、詫びることで、また関わりが生まれる。碌(ろく)なことにならない。

まだ熱い料理を口に運んだ。揚げ餃子のようなものに見えたが、すこし違っていた。外はパイ皮で中にはスパイスの利いた挽肉と野菜が入っている。エスニック風のミートパイといった感じだ。はじめての味だったが、美味しかった。

食べ終えて、煙草に火を点(つ)ける。額の汗を拭いた拍子に、葉が大量に口に入った。流しに吐き出し、手の甲で口を拭く。ふたたび煙を吐きながら、箱を見た。もうあまり残っていない。どんどん量が増える。

また呼び鈴が鳴った。無視し続けていると、廊下から沙羅の声がした。

「吉川さん、お客さんが来てはるよ」

ドアを開けると、廊下に立っていたのは沙羅だった。なぜか途方に暮れた顔をしている。あたりを見回した。人の姿は見えない。

「客は？」

沙羅が無言で身体を横に滑らせた。背後の客が見えた。思わず息を呑んだ。小学生くらいの女の子が立っていた。眼も鼻も口も唯の面影がある。つまり、圭介にも似ている。丸くて耳たぶが大きい耳は長嶺家の特徴だ。

女の子はじっと俺を見つめている。なにも言わない。

「……冬香」

恥ずかしいほど声がかすれた。歳はたしか十。この春、五年生になったはずだ。

会うのはあの夜以来。俺が唯を殺した夜以来だ。

「私の名前を憶えていたんですね。そりゃそうですよね。戸籍上とはいえ、一応あなたの娘なんですから」

冬香は一言一言はっきりと発音した。ひどく芝居がかった口調だった。「演技派」の子役が台本を読んでいるふうに聞こえた。息ができない。冬香の言葉の一つ一つが胸を抉る。三月の夜、怯えて泣いていた娘はこんなふうに成長したのか。

「私は戸籍上のお父さんが、どれだけ最低の人間かを見に来たんです」

今度はさらりと言った。強弱、緩急をつけた話し方は、意図的に人を翻弄させるかのようだった。

沙羅は唖然とした顔だ。小鼻をぴくぴくとさせながら、俺と冬香を交互に見ている。冬香は俺から眼を離さず、さらに言葉を続けた。

「安心しました。会ってわかりました。戸籍上の父親はやっぱり最低でした。圭介おじさんとは全然違います。比べものになりません」

俺の頭の先から足の先まで、冬香が一瞬で点検したのがわかった。最低という言葉は俺の人間性のみを指すのではない。外見、行儀などすべてを含めて言っている。今さらだが、身なりを整えずに出て来たことを後悔した。皺だらけのシャツに折り目の消えたパンツ。裸でないだけマシという程度だ。慌てて出て来たので、安物のスニーカーの踵を踏んでいる。髭はどうだ？　今朝は剃っていないが、と顎に手をやると、さっき吐き出した煙草の葉が貼り付いていた。羞恥で顔が熱くなる。

「ちょっと、そんな言い方……」沙羅が我慢しきれず口を出した。

俺は沙羅を眼で制した。納得できないふうだが、沙羅は口をつぐんだ。だが、その様子を見た冬香が顔を歪めた。皮肉たっぷりに言う。

「仲がいいんですね。そういう関係なんですか？」

十歳の女の子の口から出た言葉とは思えない。呆然とし、なにも言い返せなかった。立ち尽くしていると、沙羅が怒りをあらわにした。

「あんた、いい加減にし。さっきからなに言うてんの」

冬香がなにか言い返そうとしたので、慌ててドアを大きく開けた。

「もういい。とにかく入れ」

なにか言いたげな沙羅を廊下に残し、冬香を自分の部屋に入れた。

「おじゃまします」

冬香が軽く頭を反らして王女のように部屋に入ってきた。まるで、背後に眼には見えない召使いが控えているかのようだ。物のない2Kの部屋をぐるりと見渡す。

使った痕のないキッチン。箪笥や棚といったものはない。畳の上には油で汚れた皿。西陽の差し込む窓には埃だらけのブラインドが下がっている。壁のビニールクロスは四隅がはがれかけているし、染みも落書きもあった。奥の部屋の真ん中には布団が敷いたままで、その横には吸い殻だらけの灰皿と、ビールの空き缶が三本。そして、コンビニ弁当の容器だ。

部屋の隅に紙袋が二つ。着替えも下着も、身の回りの物はすべてこの中だ。つまり、これが全財産というわけだ。その気になれば、今すぐ路上で暮らせる。

「惨めな部屋ですね。それに煙草臭い。こんな部屋で暮らすなんて信じられない」

冬香の言うとおり、線路沿いのアパートよりも、もっと惨めな部屋だ。机すらない。

「でも、まだまだ足りない。だって、お母さんは死んだのに戸籍上の父親のあなたは生きてる。だから、まだまだ足りません。もっともっと惨めにならなきゃ」

冬香は昂然と顔を上げ、額を輝かせていた。

俺はどうしていいかわからなかった。塀の中で四年。娘に会いたくてたまらず、だが、会うのが恐ろしくてたまらなかった。どうやって詫びればいいのだろうか、と考え続け、結局わからずじまいだった。今、実際に娘を眼の前にして、俺は怯えている。唯そっくりに成長した娘が愛しくてたまらない。血のつながらない娘だとしても、抱きしめたくてたまらない。でも、できない。俺はこの子供の眼の前で母親を殺したのだから。

俺は一番陳腐な言葉を口にした。

「……冬香、すまなかった……」

「謝らないでください」冬香がぴしりと言った。「私、あの夜のこと、憶えてるんです。あなたは私の眼の前でお母さんを殺しました」

息を呑んだ。なにもかも憶えているのか。俺がこの手で唯を殺したことを憶えているのか。なんと残酷な記憶だろう。なにもかも俺のせいだ。だが、謝罪することもできない。

「そうか。憶えているのか……」

声が震えて、それだけ言うのがやっとだった。

「ええ。私、ちゃんと憶えてるんです。だから、今日、ここへ来ることも私が決めました」

冬香がまた眉を寄せた。圭介と唯とまったく同じ、困ったような、むずかるような顔だ。

「おじさんの部屋を探したら、書類がありました。あなたの出所日や新しい住所、新しい勤め先。おじさんはきちんと整理整頓してるから、探すのは簡単でした」

なにもかも冬香の意志だというのか? これが十歳の女の子の決意か? 酷すぎる。どれだけ冬香の心は傷ついているのだろう。

「じゃあ、圭介には内緒か？　あの男は会わせないと言っていたが」

「ええ、内緒です。でも、ばれたって平気」冬香はくすりと笑った。「おじさんはやさしいから。私がなにをしたって許してくれる。お母さんがいなくても平気です」

その笑顔があまりに自然なので、俺は泣きたくなった。冬香の感情の不均衡はあまりに痛々しかった。そして、そんなふうに冬香を壊したのは紛れもなく俺だ。

「用件は？」

「だから、さっき言いました。戸籍上の父親を見に来た、って。……それから、私の本当の父親は誰なのか、教えてもらおうと思ったんです」

蒸し暑い部屋の中に、冬香が冬を運んできた。凍てつく二月の朝に生まれたせいか。二月の朝を思い出した。あの朝、咲いていた花は白々と冷え切った空気を突き刺す香りがした。あれほど美しい朝はなかった。

「でも、私、嬉しいんです。あなたの本当の子供じゃなくて、すごく嬉しいんです。だって、人殺しの血が流れてないから。私は人殺しの子供じゃなくて喜んでるんです」

俺は息ができなかった。冬香の言葉は俺を抉り、切り裂いた。それは一瞬気が遠くなるほどの物理的な痛みだった。

俺の子供でなくて嬉しいのか。血のつながりがないことを喜ぶのか。だが、俺には傷つく資格などない。なにもかも俺のせいだ。冬香の心を傷つけたのは俺だ。

「……すまん。俺はなにも知らない」

「嘘です」

冬香の眼が、声が、なにもかもが俺を責める。だが、どれだけ苦しくても抗弁できない。

「本当になにも知らない」

絞り出すように言うと、冬香がため息をついた。わざとらしいため息だったが、ほんの一瞬よぎった影は演技ではなかった。

「また、来ます。話してくれるまで来ます」

冬香は挨拶もせずに出て行った。

手近にあった空き缶をつかむと思い切り投げつけた。中に詰まった吸い殻がこぼれて畳を汚した。俺は顔を覆った。涙など出ない。だが、顔を上げられない。

唯を殺したのは、三月の夜だった。

作業場にしていたガレージは震えるほど冷え込んでいた。眼の前には完成したばかりの白い机がある。あたりにはまだペンキの臭(にお)いが漂っていた。

——お母さん。お父さん。

声がして振り向くと、冬香が立っていた。

今の話を聞いていたのか。俺は愕然(がくぜん)とした。そのとき、唯が冬香に手を伸ばした。俺は唯の手をつかんで引き寄せた。唯は逃れようとし、もみ合いになった。

いやな音がした。

唯は冷たい作業場に倒れていた。眼を開いたまま動かない。耳と鼻から血が出ていた。救急車を呼んだが、助からなかった。

俺は逮捕された。「殺すつもりはなかった」とだけ言い、唯と争った理由は話さなかった。だが、警察は書斎から大判の封筒を見つけた。

──原因はこれかいな？　ＤＮＡ鑑定の結果。

俺は黙っていた。年配の刑事が気の毒そうな顔をした。

──そりゃあ、ショックやったろうなあ。気持ちはわかるけど、かと言うて殺してもうたらあかんわ。

それでも黙っていると、白髪頭を振って刑事は座り直した。

──奥さんのお兄さんにも確認したけど、驚いてはったわ。全然気づかんかった、て。夫婦の揉めごとは言いにくいかもしれへんが、自分一人で抱え込んで奥さん殺すくらいやったら、早めに誰かに相談しといたらよかったんや。

刑事の言葉はまるで無意味にしか聞こえなかった。圭介に相談か。そんなことができるわけがない。あの男にこう訊くのか？　冬香の父親はだれや？　と。もしそう訊いたなら、あの男はなんと答えただろう。

いや、俺は訊くべきだったのか？　そうすれば唯を殺さずに済んだのか？

──あんた、エリートさんやったのになあ。不動産鑑定士、難しい資格なんやろ？　もったいない。

今になって同情されてるのか。本当に同情してほしかったのは子供の頃だった。あのとき、心の底から願っていた。誰か助けてくれ、と。だが、そのときには助けは来なかった。

何度警察に駆け込もうと思っただろう。もし、そうしていればなにもかも変わった。父は逮捕され、俺は施設に保護された。そこでまったく別の人生を歩んだだろう。圭介と唯に会うこともなく、唯を殺すこともなかった。冬香を傷つけることもなかった。そのほうがずっとよかった。なぜ、やり直そうなどと思ったのだろう。あのまま底辺にいればよかった。夢など見なければよかった。

裁判の過程で検察側はＤＮＡ鑑定書を持ち出し、俺に殺意があったと主張した。俺は一貫して殺意を否定した。圭介も証人として出廷した。

──妹は軽々しい行動をするような人間ではありません。もし妹が間違いを犯したのなら、よほどの事情があったと思います。妹を追い詰めて誤った行動を取らせたなにかが、夫婦の間にあったはずです。僕は妹を殺したこの男を赦さない。厳罰を希望します。

致命傷になった頭部の傷以外に暴行の痕はないこと。頭部の傷はもみ合って転倒した際、床に置いてあった万力（まんりき）にぶつけたものであることなどから、殺意は認定されなかった。結果、傷害致死で懲役五年。執行猶予はつかなかった。

　圭介からは何度も面会の申し入れがあった。だが、俺は拒んだ。手紙も拒否した。なのに、仮釈放の上申書では圭介を身柄の引受人にした。兄は不適格だったからだ。圭介に引受人を頼むことに、ためらいがなかったわけではない。ただ、一刻も早く出たいという欲求には勝てなかった。塀の中ではこう思っていた。外界から遮断された生活では、なにも刺激のない生活では、逃げ場がない。唯と冬香のことばかり考えて苦しくてたまらない。早く外へ出たい、と。

　四年目で仮釈放が認められた。俺は圭介を引受人にしてまで、出所した。だが、外の世界はもっと苦しかった。なにを見ても唯を思い出す。自分が殺した女のことを思い出してしまう。そして、娘に詫びる方法などないことを思い知らされた。開かれた世界は閉じた世界よりも、ずっと地獄だった。

　その週の土曜日、圭介の勤める大学へ向かった。

　駅から正門まで続く道は学生で溢れていた。どうしてこんなに多いのかと考え、新入生のせいかと思い当たった。ガイダンスやらオリエンテーションやらで忙しい時期だ。ゴールデンウィークを過ぎれば、あっという間に人も減るだろう。

　正門をくぐり、ヒマラヤ杉とイチョウの並ぶ長いスロープを上る。「学内完全禁煙」の看板を見ながら、研究棟へと向かった。壁のプレートで在室を確認すると、そのまま通った。

理工系と違って文系の研究室のチェックはザルだ。

ノックをすると、中から返事があった。黙っていると、ドアが開いた。俺の顔を見ると長嶺圭介は一瞬驚いた顔をしたが、すぐに中へ招き入れた。室内には大量の書籍があるが、整然としている。許される前に、勝手にソファに腰を下ろした。

テーブルの上には眼鏡ケースとコードバンの手帳が置いてあった。使い込まれた手帳の革にはなめらかな光沢がある。どちらも見覚えがあった。知り合ったときから同じ物を使っている。気に入ったものは長く使うのがこの男の流儀だ。

「仕事はどうした？　挽物工場に勤めるということやったが」

「隔週で半休がある」

「それでどうした？」

「火曜日、冬香がアパートに来た」

「冬香が？　まさか一人でか？」圭介が顔色を変えた。

「おまえの部屋を漁って俺の資料を見つけたらしい。不用心やな」

「冬香がそんな泥棒みたいな真似をするなんて……」圭介はショックを受けたようだった。

「あの子は思いつきで来たんやなかった。考えて考えて、相当な覚悟で来た」

圭介はわずかに悔しそうな顔をしたが、なにも言わなかった。俺は圭介の顔を見つめながら、ゆっくりと言った。

「冬香の顔は唯にそっくりやった。そして、伯父のおまえにもな。あれは、長嶺家の顔や」

圭介が一瞬眼を逸らしたのを見逃さなかった。俺は言葉を続けた。

「おかしなもんやな。おまえと唯は兄妹といっても実の兄妹やないはずやろ？　遠い親威というだけや。そのわりには似てるな」

「……なにが言いたいんや？」

返事まですこし間があった。明らかに圭介は動揺している。ここで一旦話を変えることにした。

「冬香は事件のことを憶えてる、と言うてた。だが、六歳のときのことを、そんなにはっきりと憶えてるものか？　仮に断片的な記憶はあったとしても、事件の細部を誰かが教えた可能性はないか？　その誰かとは、圭介、おまえやないのか？」

「僕がそんなことを教えるはずがない。両親は二人とも死んだと説明していた」

「冬香の様子は尋常やなかった。子供の使う言葉やなかった。一体、なにがあった？」

「なにがあったやと？　森二、おまえが言うな」

圭介が凄まじい眼で俺をにらみつけた。俺は圭介をにらみ返した。この男が俺を赦さないように、俺もこの男を赦さない。

しばらくにらみ合っていると、圭介が大きな息を吐いた。眼鏡を外し、こめかみを指で押さえたまま動かない。

「圭介、話せ」

うながすと、圭介は眼鏡を掛け直し、俺の向かいに腰を下ろした。先ほどの激情は消え、今は理性の勝った眼に戻っていた。

「二年前、冬香がまだ八つのときや。夕方、仕事から帰ると、薄暗い中、冬香が呆然とリビングに座り込んでいた。横には冬香あての封筒があった」


――どうした、冬香。そろそろ灯りをつけんと。

僕は天井の照明のスイッチを入れた。そして、ぎょっとした。冬香が手にしているのは、古い新聞のコピーやった。

――なにを読んでるんや？

いやな予感がした。冬香は返事をしない。顔も上げない。新聞記事を手にじっとしている。

見出しの文字が眼に入った。

『住宅街、深夜の惨劇』

はっとした。僕は冬香の手から新聞記事を取り上げた。間違いない。あの事件の記事をコピーしたものや。

――どうしたんや、これ？

見ると、まだある。僕は冬香の周りに落ちていた紙を拾い集めた。どれも、新聞、雑誌記事のコピーやった。

『夫はエリート。妻は専業主婦。一人娘。庭付き一戸建ての理想家庭。幸せな夫婦に一体なにが？』

男と女の極限、と銘打たれたシリーズ記事だった。あの事件が小説仕立てで描かれている。公判で検察が提出したＤＮＡ鑑定書のこともあった。一人娘が自分の子供でないと知った夫が、かっとなって妻を殺害する、という内容だ。

まさか、冬香はこの記事を読んだのか？　僕は恐怖で気が遠くなりそうやった。冬香は子供の頃から本が好きやった。新聞程度の文章なら簡単に読める。それが裏目に出た。

──あたし、なんで忘れてたんやろ。

冬香が僕をじっと見た。泣いてはいなかった。驚いてもいなかった。一言で言えば、無表情やった。

僕は返事ができへんかった。眼を逸らして封筒を見た。宛名は吉川冬香。裏を返すと、差出人は吉川唯となっている。だが、どちらも印刷やった。

自分宛に死んだ母親から手紙が来たら開けてしまうのは当然や。なんて汚いやり口や。

──お父さんが怖い顔で怒ってて……大きな声でなにか言って……それで、お母さんが倒れて……。

冬香が突然ぶるぶると震えだした。あの夜のことを思い出してしまったんや。

──あたし、見てた……。お母さんの耳と鼻から血が出てて……。

僕は冬香を抱きしめた。冬香は黙ってされるままになっていた。僕はただ冬香を抱いていることしかできなかった。


「あまりにも強いショックを受けたため、冬香は一時的に幼児退行を起こした。つまり、赤ちゃん返りや。指を吸い、一人ではトイレにも行かれへんようになった。赤ちゃん言葉で話すようになった。もちろん、学校どころやない。友達が誘いに来てくれても、会うことすらできへんかった。わかるか？　冬香はコップが使われへんようになった。ほ乳瓶でしか飲まれへんようになったんや。夜は同じベッドで抱いてやらないと眠られへんようになった。甘えて、わがままを言うようになり、叶えられへんと怒り狂った。すこしの失敗でパニックを起こして泣き叫ぶんや。僕は休職して冬香に付き添い、カウンセリングに専念した。どん底の状態から抜け出すのに半年かかった。冬香はようやく落ち着きを取り戻し、年齢相応のことができるようになった。さらに、半年。なんとか学校に行けるようになった。今、ようやくここまできた。でも、安心はできへん。一度壊れた傷を修復しただけや。細心の注意を払わなければならないんや」

話し終えると、圭介は顔を覆い、長く苦しげな息を吐いた。

二月の朝に生まれた娘。沈丁花（じんちょうげ）の香りのように、甘くかわいらしい赤ん坊。幸せになることしか想像していなかった。だが、現実は簡単に俺を裏切った。

「だれが、そんなコピーを送りつけた？」

「まずは君の兄貴を疑った。会って確かめると、君の兄貴はこう言った」

――先生、なんの証拠があって疑うんです？

「どれだけ食い下がっても、取りつく島がなかった。そのまま追い返された」

「それでどうなった？」

「嫌がらせは、その一度きりやった。だから、真相はわからずじまいや」

光一が俺の奇跡に執着しているのは事実だ。実際、仮釈放後も俺の周りをうろついている。だが、こんなチンケな真似をするとは思えない。また、させるとも思えない。

以前、加藤と持田が俺と唯の結婚披露パーティに押しかけ、くだらない嫌がらせをしたことを思い出した。だが、仮にあの二人がやったとしても、わからないのは時期だ。今から二年前。俺は服役中で、仮出所の話もなかった。あの二人が面会に来たこともなく、手紙も来なかった。俺に接触もせず、いきなり冬香を狙う理由があるだろうか。

「くそ……」

思わず舌打ちした。今の段階では加藤持田の仕業だと決めつけるだけの根拠がない。冬香を狙った犯人が特定できないのが苛立(いらだ)たしい。

「森二、今、おまえは息をするのも辛いほど苦しんでるか？　たった一秒生きるのも辛いほど後悔してるか?」

　圭介が軋るような声で俺を問い質した。俺は正面から圭介を見つめ、圭介以上に錆びた耳障りな声で言った。

「ああ、後悔してる。俺は唯を信じてた。疑ったことなど一度もなかった。おまえと唯に助けられ、俺は人生をやり直せた。冬香が生まれたとき、どれだけ俺は嬉しかったか。俺ほど恵まれた男はいない、そう思たんや。……なのに、そこから地獄に突き落とされた」

　圭介が一瞬息を呑む。俺は覚悟を決めた。圭介の顔を見つめながら、はっきりと言った。

「圭介、冬香の父親はおまえか?」

「まさか。そんなことがあるわけがない。失礼にも程がある……」

　圭介が愕然とした表情で言い返した。顔がたちまち朱に染まる。声は震えていた。

「俺はずっとおまえを疑ってた。刑務所の中で、毎晩毎晩、そのことばかり考えていた」

「ばかばかしい。なんの証拠があってそんなことを言う?」

「耳の形と血液型や。おまえと唯、冬香の耳の形はそっくりや。そして、俺はB型。唯はO型。生まれてくるのはBかOしかない。やのに、冬香はA型やった。圭介、おまえの血液型はたしかA型やったな」

「くだらん。A型の人間がどれだけいると思う?」圭介が早口で言った。「僕と唯を疑うなんてとんでもない。僕と唯は兄妹や。そんな恐ろしいことがあるわけない」

「血のつながらない兄妹やろ？　あの夜、俺は唯に冬香の父親は誰かと訊ねた。だが、どれだけ訊いても唯は答えなかった。決して口に出してはいけない相手ということや。つまり、圭介、おまえのことやないのか？」

「絶対に違う。薄汚いことを考えるな。そんな下劣な想像をする人間を僕は軽蔑する」圭介が怒鳴ってソファから立ち上がり、俺を見下ろした。「じゃあ、おまえがかっとなったのは、相手が僕やと思ったからか？　なぜ、そのことを裁判で言わなかった？　僕を非難することだってできたやろうに」

「すべて記録が残るのに、そんなことが言えるか。唯と冬香の名誉を傷つけるだけや。それに、合意でない可能性だってある。おまえと唯は一回り離れていた。唯はおまえのことを絶対的に信頼していた。おまえが無理矢理に関係を持ったのかもしれん……」

声が震えた。そんな非道があったなど考えたくない。だが、刑務所の中では、考えずにはいられなかった。

「僕が唯を襲ったというのか？　ありえない。僕を侮辱する気か？　取り消せ」

圭介の顔は今は真っ青だった。ぶるぶると全身が震えている。嘘を言っているようには見えない。だが、信用はできない。俺は真っ直ぐに圭介を見上げた、そして、静かに言った。

「圭介。信じていた者に裏切られ、拒まれる絶望がわかるか？」

圭介が一瞬息を呑んだ。じっと俺の顔を見つめていたが、また強い口調で言った。

「それはこっちの台詞(せりふ)や。僕はおまえを信じてた。信じて妹を任せた。よく考えてみろ。おまえにも原因があったはずや。妹に愛想を尽かされる原因がな」

「俺はやましいことなんかしてない」

「自分の育った環境を思い出しても、そう言えるか？　自分の兄貴を思い出してみろ。おまえのしてきたことを思い出してみろ。妹がおまえを裏切ったとしても、おまえのほうにこそ非があるんやないか？」

「圭介、てめえ……」

それ以上、言葉が続かなかった。怒りで身体が震えた。育った環境？　今さらそれを言うか。やりなおせる、新しい牛乳を注げばいい、と言ったのは圭介ではないか。

「てめえ、か。その言葉遣い。本性が出たな。妹は本来浮気や不倫なんかする人間やない。それやのに別の男の子を産んだということは、よほどおまえに不満があったということや。おまえが唯にひどいことをしていたとしか考えられん」

「俺はなにもしていない。唯にそんなことをするはずがない」

「信用できるか。現におまえはかっとなって唯を殺した。おまえは簡単に人を殺す人間ということや」

圭介の言葉が胸を貫いた。簡単に人を殺す人間。その言葉は真実だ。俺は言葉に詰まった。

圭介は俺を凄まじい眼でにらみつけていたが、やがて大きなため息をつき、再びソファに腰を下ろした。

「おまえが僕を憎むように、僕もおまえを憎んでいる。唯は死んだ。もう取り返しがつかないんや。これ以上話しても無駄や。互いの品性を下げるだけや」

圭介は落ち着きを取り戻したようだった。激情に駆られても、正義、公正を保とうと努力する。この男の尊敬すべき点だ。「かっとなって人を殺す」俺との違いだ。

しばらくの間、二人で黙って座っていた。意見は一点で一致した。——もう取り返しがつかない。

「冬香のことやが、俺に渡さんと言うたな。それに異論はない。養子縁組でもなんでもやれ。遠慮は要らん。俺との縁を切ってくれ。冬香も喜ぶやろ。あの子は俺に向かってこう言うた。——あなたの本当の子供じゃなくて、すごく嬉しいんです。だって、人殺しの血が流れてないから、ってな」

「なに？」

「とにかく、二度と冬香を寄こすな。あの子のためにならん」

「血のつながらない子供にはなんの興味もないということか？」

「……血のつながらない、最低の父親や。俺は」

言い捨てて、圭介の研究室を出た。早足で廊下を歩く。エレベーターを待つのもうっとうしく、階段を駆け下りた。春のキャンパスに飛び出すと、メチャクチャに歩いた。叫び出したい。何人かに突き当たったような気がするが、謝ることすらしなかった。

「血のつながりがない」ということ、それは俺が冬香にしてやれる唯一のことだ。俺は人殺しだ。娘の眼の前で妻を殺した鬼畜だ。赤の他人に徹するほうが冬香にとっては救いだ。もう父親らしさなど見せてはいけない。父親の真似事など決してするな。

塀の中では夜が怖かった。考えてしまうからだ。俺は何度も何度もあの夜を思い出した。息が白い夜。白い机。赤い血。床に広がる血。耳と鼻から血を流した唯。動かなくなった唯。怯える冬香。泣きじゃくる冬香。

なぜ？　なぜだ。俺は考え続けた。なぜ唯は俺を裏切った？　俺は裏切られても仕方のない男だからか？

　唯の裏切りを赦すこともできず、憎むこともできない。あの夜にひっかかったまま心が動かない。忘れたい。ただ、忘れてしまいたい。いや、忘れたくない。俺はずっと混乱している。唯。おまえに裏切られたと知っても、おまえが忘れられない。唯。おまえを憎みきることができない。唯。なぜ俺を裏切った？　それでも、俺はおまえを怨（うら）むことができない。それでも、俺はおまえを忘れられない——。

　あけぼの荘に帰ると、ドアになにか貼り紙がしてあるのに気付いた。近づいて見ると、見出しの文字が眼に入った。

『住宅街、深夜の惨劇　夫が妻を殺害』

ドアに貼ってあるのは、新聞と雑誌記事のコピーだった。様々な記事がドア一面にべたべたと貼られている。

『妻を殺害した男はエリート不動産鑑定士』

『娘は誰の子？　ＤＮＡ鑑定書が引き金か？』


——気持ち悪い。


あの夜の唯の言葉が聞こえた。

ドアから記事のコピーを乱暴に剝がし、全部くしゃくしゃに丸めた。だれが一体こんなことをした？　冬香に手紙を送りつけたのと同一人物か？　一体なんのためにこんなことを？

後ろから声がした。

「吉川さん」

振り向くと、沙羅が立っていた。買い物帰りらしい。片手にスーパーの袋を提げている。もう片手に持っていたコピーの束を差し出した。

「……これ、郵便受けに入っててん」

沙羅は途方に暮れたような、だが、奇妙に濡れて輝く眼で俺を見た。

2

あんた、まだ十七やろ？　あんまり若いうちから何回も染めんほうがええよ。

こんなこと言うたらあかんねんけど、と年配の美容師が言った。将来、やばいよ、と。それを聞いた俺は思わず鼻で笑ってしまった。——将来？　なんや、それ。

鏡の中の俺の髪は鮮やかな青だ。ブリーチして色を抜いてから染めている。だから、ばかばかしいほどきれいな青、絵の具の青だ。

その青さを保つため、月に一度、根元の伸びた部分を染め直している。また真っ青になった頭を見て光一がどれだけいやな顔をするかと思うと、今からすこし楽しくなった。

待ち合わせはミナミの場末の喫茶店だ。コーヒーよりも食べ物の匂いがしているほうが多い。カレーピラフやらナポリタンやら、いつも安い油の匂いが漂っている。

店に入ると、光一が片手を上げて合図した。そして、俺を見てほんの一瞬だが、はっきりと顔をしかめた。くだらない嫌がらせに満足し、光一の隣に腰を下ろした。

眼の前に光一の新しい客がいる。六十半ばの貧相な男だ。俺を紹介すると、光一は声をひそめた。

「ここだけの話なんですが、弟は子供の頃、奇跡を起こしたことがあるんですよ。しかも二回も」

「奇跡？　大穴でも当てたんですか？」

ストローを握ったまま、男が身を乗り出した。俺と光一を交互に見る。

「いや、大穴なんてぬるいもんやない。まさに奇跡なんです。奇跡としか言いようがない」

光一はもったいをつけてはぐらかし、コーヒーを飲んだ。

光一が奇跡の話題を持ち出すのは、「むしる」と決めたときだ。そして、男は予想通り餌に食いついた。もう死ぬまで離れられない。

「焦(じ)らさんと教えてください。奇跡てなんですねん」

アイスコーヒーを飲む男は、常連から紹介されたという新規客だ。野田(のだ)といって、痩せて鶏ガラのような男だった。定年退職してひっそりと暮らしているが、すこしばかり生活に刺激が欲しい、と。

身なりは並みだ。到底金を持っているようには見えない。だが、光一が会う以上、それなりの元手があるのだろう。北浜(きたはま)の小さな証券会社で働いていたというから、蓄財だけが楽しみだったというわけか。おとなしく株の上がりで暮らしていればいいのに、と思う。競艇をはじめるにしても、なにもノミ屋で買わなくてもいいだろう。

光一は地味だが金のかかったスーツを着ている。服装だけ見ればお堅い大手銀行員だ。実際、仕事も堅くて簡単に客を増やさない。常連の紹介が必須で、必ずこうやって面接をする。

「まだ小学生の頃の話なんですがね。賞金王決定戦。あれはすごかった」

「ほお、賞金王ですか。大きなレースですね」

「ええ、SGです。十二月二十三日。住之江がお祭りになる日ですよ」

「まだ半年先ですね。待ち遠しいなあ」

アイスコーヒーを一気に飲むと、野田がちらりと俺の髪を見た。しばらく見とれているので、にらんでやった。野田は慌てて眼を逸らした。

無愛想な態度を光一にとがめられたことはない。光一は俺にいつもこう言う。

――おまえはそれでいい。愛想なんかいらん。口を利くな。なにを考えているかわからんくらいでいい。

俺は仏頂面のまま、山盛りの砂糖を入れたコーヒーを飲んだ。今は六月。梅雨入りしたかと思うと猛暑がやってきた。外はとっくに三十度を超えている。アイスコーヒーを頼めばよかった、と後悔した。

横で、光一が男に奇跡の説明をしている。新規客には必ず聞かせる。毎度のことだ。だが、俺はすこしも慣れることができない。奇跡、という言葉を聞くと身体が震えて息が詰まる。光一の話に嘘はない。だから、苦しい。住之江の南スタンド。父の怒声。冷たい水の横で俺は凍えて死にかけていた――。

空とつながる恐怖、不快が甦る。気付くと、コーヒーカップを持つ指が震えていた。懸命に吐き気をこらえ平静を装った。

「ほんまですか？　それはすごい。その運を分けてほしいですねえ」野田が賞賛の眼で俺を見た。

「お分けしますよ。こいつの運はすごいんです。優秀な予想屋なんです。ただ、奇跡の話は他の人に話さんといてください。洩れたら困るんです」光一はごく上品に笑った。だが、眼は笑っていなかった。

「ええ、ええ。わかってます。こっちもえらいことになる」野田がうなずいた。

ギャンブルをする人間はみな知っている。どれだけデータ重視の予想をしても、最後は運だ。運に勝てる人間はいない。だから、光一は決して俺を離さない。ただ手許にいるだけでも価値があると考えている。

「じゃあ、その頭は験担ぎですか？」野田が俺の髪を見た。「青い髪の毛なんてはじめて見ましたわ」

返事をせずに黙っていた。すると、光一が愛想よく困り顔を作った。

「さあねえ。こいつの考えてることは私にもわからないんですよ」

「なるほど」野田はたしかに嬉しそうだった。

この先はいつも通りだ。俺はいつもの勘を働かせて予想をし、新規客に適度にいい思いをさせてやる。数ヶ月気持ちよく遊んでもらったら、俺は手を引く。あとは光一と加藤持田が転がすだけだ。これが昔ながらの賭場でサイコロでも振っているなら、客も警戒するだろう。だが、俺が当てるのは公営ギャンブルだ。だから、客も「的中率の高い、非常に優秀な予想屋」だと思うしかない。実際、イカサマなどない。俺は望めば奇跡を起こすことの出来る予想屋というだけだ。

「そうそう。実は、私の知り合いで競艇が好きな方がいるんですが」

「お知り合いですか?」

「嫁さんがちょっと信心してましして、そこの代表の息子さんなんです」野田が苦笑した。

「ボートが好きなんやけど、忙しくてなかなか遊ぶ暇がないと」

「宗教団体の代表の息子さん、いうことですか?」光一の眼が一瞬細くなった。

「そうです、そうです。早い話が教祖さまの息子さんですわ。お若いけどお金はかなり持ってはります。まあいわゆる新興宗教やけど、そこそこ信者の数もいてます。もしよかったら、吉川さんとこを紹介してあげたら、と思て」

野田の顔は紅潮している。奇跡の話を聞いてから、ずっと舞い上がっていた。

「ありがとうございます。ですが、それはもう少々お待ち願えますか? なにせこういう商売ですから、簡単にお客さまを増やせないんですよ。また時期が来ましたら、ご紹介をお願いするかもしれません」

「なるほど、なるほど。たしかに。調子に乗って手え広げたら痛い眼を見るのは、どんな商売でも一緒ですわ」

俺はコーヒーを飲み干した。底に砂糖が溜まっていたので、最後すこしむせた。

光一はノミ屋をやっている。表向きは「吉川企画」の代表ということになっているが、実際はある広域暴力団に連なる組の構成員だ。若いが優秀で、競艇のノミで手堅く稼いでいる。上の人にも眼を掛けてもらっているらしい。この前、背中に見事な青の蔵王権現(ざおうごんげん)を彫った。別に武闘派というわけでもないのに、光一の露悪趣味はすこし哀しい。

光一は俺を憎んでいる。俺の眼の前で「奇跡」の話を繰り返すのは、俺への嫌がらせだ。俺自身は「奇跡」の話など触れて欲しくない。思い出したくもないし、二度と起こしたくない。

口の中が甘ったるい。すっかり氷の溶けた水を飲んだ。レモンの味がする。だが、光一には逆らえない。光一の人生を変えたのは俺だからだ。

喫茶店を出たところで野田と別れた。見上げると空が青い。ずきんと眼の奥が痛む。梅雨は一体どこへいったのだろう。

野田が行ってしまうと、喫茶店から男が二人出て来た。

雷神の刺繍のサテンジャケットを着た背の高い金壺眼(かなつぼまなこ)が加藤。紫のジャージを着た小太りが持田だ。二人とも汗だくだ。このクソ暑いのに律儀なことだが、まともな連中でないのは一目でわかる。この二人は、野田と話している間、ずっと後ろの席に座っていた。なにかあったときのため、光一が待機させていたのだ。

「鰻でも食うか」

光一が二人に声を掛けた。この二人に昼をおごるときには、「寿司」「鰻」「焼肉」この三つをローテーションする。喜んで二人はついてきた。

「森二、おまえも来い」

逆らっても面倒なので黙ってついていった。昼飯代が浮くと思えばいい。

心斎橋筋をぶらぶら南へ下る。いつものように道頓堀の老舗の鰻屋に行った。ここは関東風の鰻を出す店だ。二階には川を見下ろす静かな座敷がある。光一のお気に入りだ。

関西風と関東風の違いは開き方と蒸しが入るかどうかだ。関東は背開きにして蒸してから焼く。関西は腹開きで蒸さずに焼く。俺は弾力のある関西風が好きだが、光一は柔らかな関東風が好きだ。小学生の頃、俺は土日には親父に連れられ江戸川、平和島と遠征をしていたことがある。そのときによく鰻を食べた。そのことを思い出すから今でも関東風の鰻は苦手だ。

光一と加藤持田はずっと金の話をしていた。俺は聞かないようにして、自分のことだけを考えていた。今月のぶんをまだ光一に渡していない。家賃もまだだ。財布には十三万入っているが、まったく足らない。

「吉川さん。さっきの教祖の息子の話、断んのはもったいないのと違いますか？」加藤が肝吸いをずるずると啜りながら言った。

「宗教に関わるのは面倒や。あとあとろくなことがない」光一が一蹴した。

「そうですか」加藤は釈然としない顔だった。

光一は根っからの不信心だ。ギャンブルをやる連中は、たいてい神頼みやら験担ぎをする。だが、光一は一切やらない。子供の頃から初詣に行くのも煩わしいようだった。毎年、父に連れられて住吉大社に行ったが、光一はいつも面倒くさそうだった。

鰻屋を出て、戎橋筋を南に歩いた。光一は湊町の向こうにベンツを駐めていた。御堂筋を越えて裏通りに入ったときだ。前からひょろひょろした若い男が来た。

肩が触れた、という古典的な言いがかりだった。

相手は大学生だろう。黒縁眼鏡に白のポロシャツに紺のチノパン。ちゃらちゃらと遊び呆けている学生ではない。研究一筋の世間知らずという青臭さがあった。光一のもっとも憎むタイプだ。

加藤と持田が学生を取り囲むようにして、じりじりと道路の端に追いやった。俺はすこし離れたところで見ていた。気の毒な学生だ。

「なんのつもりや」気丈に言い返すが、学生は青ざめている。

「まあまあ、ちょっと散歩しよか」

光一が軽くいなして笑った。先程とはまるで口調が違う。これが本当の光一だ。

学生はあっという間にビルの谷間のパーキング、大阪で言うモータープールに連れ込まれた。錆びた鉄骨がむき出しの二階建ての駐車場だ。縞鋼板（しまこうはん）のスロープを上って二階の隅へと引きずられた。

警察を、という学生の口を加藤が殴った。学生はよろめいて膝を突き、口を押さえた。指の間から血がこぼれた。その背中を持田が靴の裏で踏みつける。学生はカエルのように突っ伏した。はずみで眼鏡が飛んで、すこし離れたところに転がった。光一はわざわざ歩いて行って踏みつけた。フレームの折れる音、レンズの砕ける音が縞鋼板の上で甲高く響いた。

胸に突き刺さるような音だった。俺は思わず身がすくむような気がして、なんとか平静を保った。殴られ、蹴られる音などよりもずっと痛ましい。学生も同じことを感じたようだ。眼鏡の壊れる音を聞いた瞬間、絶望的な顔になった。

加藤が学生のカバンを逆さにした。ばらばら落ちて来たのは、横文字の辞書、横文字の本、文庫本、ルーズリーフなどなど。古い革の財布を見つけると中から札を抜こうとした。

「やめとけ」光一が静かに叱った。

「はい」加藤が慌てて財布を戻した。

阿呆だ。こんな派手な格好をしているときに、後先考えずにふるまう。傷害と強盗傷害ではまるで違う。さっきまで道頓堀をぶらぶら歩いていた。いたるところで人に見られている。簡単に特定されるだろう。

「散歩は楽しいやろ？」加藤がポケットに手を突っ込んだまま学生を蹴った。「ストレス解消、気分爽快」

加藤と持田が声を揃えて笑うのを、光一はつまらなそうな顔で眺めていた。金を取らない以上、これはただの八つ当たり、うっぷん晴らしだ。昨日のレースで派手に負けたからだ。学生は倒れたままうめいていた。気の毒に、運が悪い。俺たちと行き合わなければ、この男は一生暴力などを知らずに生きていけたかもしれない。まるで住む世界の違う男だ。

「もうええやろ。つまらんいたぶりはやめろや」つい俺は割って入った。

「あ？　しょうもないこと言うな」光一がちらと俺を見た。

「しょうもないのはそっちや。金にもならんことはやめようや」

「はあ？　兄貴に向かって偉なったもんやな。金儲けの極意でも教えてくれるんか？」光一が口許だけで笑った。

「八つ当たりはみっともないやろ。ちょっと負けたくらいで苛々すんなや」

「なんやて？」

光一の顔色が変わった。よほど、昨日の鉄板レースを外したことが悔しいのか。反対したのに、つまらない一点買いをするからだ。当てる自信がないのなら無難に流しておけ。そう思うが、無論、口には出せない。返事をせずに光一に背を向けた。

光一はノミ屋として優秀だが、たった一つ欠点がある。それは自分でも舟券を買うことだ。そして、大抵負ける。無論、限度を超えた賭け方はしないし、客の金に手を付けるわけでもない。商売はきちんとしている。決して父のように身を滅ぼしたりはしないだろうが、それでもふっと不安になる。

俺にはわかっている。光一は競艇になど興味はない。父のように一攫千金を望んでいるわけではない。なのに、好きでもない舟券を買う。その愚かさが哀しくなるが、そんなことは顔には出せない。弟に同情されたと知ったら、光一はどれだけ激怒するだろう。本当に殺されかねない。

これ以上怒らせても面倒だ。さっさと切り上げてこの場を立ち去ろう。俺は倒れている学生に近づいた。

「おい、大丈夫か」

手を伸ばそうとした瞬間、いきなり背後から蹴られた。振り向くと、光一がすさまじい形相でにらんでいた。

「なにすんねん」

かっとして言い返すと、持田に後ろから羽交(はが)い締めにされた。眼の前には光一が真顔で立っている。

「おい、やめろや」血の気がひいた。

「おまえが言うな。外道が」

光一は怒鳴って俺の腹に思い切り拳を入れた。持田が手を放した。俺は前のめりに倒れ、すこし吐いた。いやなやつだ。昼に鰻を食ったばかりだ。どうせ殴られるなら、もっと軽いものを食えばよかった。

「来週、頼むからな」

知るか——。そう答えたかったが、口を開けばまた吐きそうなので言えなかった。光一と加藤、それに持田は縞鋼板に足音を響かせ去って行った。

俺は立ち上がった。動くとまた吐き気がしたが、なんとかこらえた。学生は座り込んだまま、俺を見上げている。ひどい顔だった。

「あんた、大丈夫か？」

学生は顔半分と胸元が血まみれだった。白のポロシャツだから目立つ。口許が切れていたが、たいした傷ではない。大量の出血は鼻血のせいだ。眼鏡がなくてあまり見えないのか、ぼんやりと焦点の合わない眼をしていた。

「大丈夫やない」学生ははっきりした口調で言った。

大丈夫やない、と正直に言われて気分がよかった。俺は壊れた眼鏡を拾った。黒いフレームにわずかに残ったレンズはかなり分厚い。相当眼が悪いようだ。

「しかし、君の頭、すごい色やな。よう見えへんけどカツラか？」学生が驚嘆の声を上げる。

「地毛や。染めてるだけ。それよりすまんな」

「兄貴と言うてたが、血のつながった兄ということか？　それともヤクザの舎弟がよく言うあれか？」

「血のつながった本物の兄や」学生に眼鏡を渡した。「弁償する」

「君がか？　でも、君がするのは筋違いや。するなら君の兄貴や。とにかく、これから警察に行く」

「それはやめてくれ。治療費も出す。慰謝料も払う。だから、警察はやめてくれ」

「なぜ？　理不尽な暴力を受けたんや。我慢しろと言うんか？　それは間違ってる」学生は語気を強めた。

「こっちが悪いのはわかってる。でも、詫びならいくらでもする。だから、なかったことにしてくれ」

俺は大学生の持ち物を拾ってカバンに突っ込んだ。横文字の辞書と本はずしりと重く、文庫本にはびっしり書き込みがあった。お勉強大好きな優等生か。たしかに、俺もすこしむっとした。

「君はなぜそこまで兄貴をかばう？　君自身は暴力には反対のようやが」

「俺はあいつとは違う。でも、あいつを刑務所送りにはできへん。俺ができるかぎりのことはする。見逃してやってくれ」俺は頭を下げた。

学生は黙って俺を見ていた。そして、ひとつため息をついた。

「兄貴を警察に突き出して、手を切ったほうがいいと思うが？」

俺は返事をしなかった。それができればどんなにいいだろう。もう一度黙って頭を下げた。

「仕方ないな。じゃ、今回はなかったことにしよう」学生は立ち上がったが、ひと声うめいて壁に手をついた。

「大丈夫か？」

「大丈夫やないと言ったやろ？　さっき、背中を踏まれたとき、腰を痛めたらしい。思ったより痛い」学生が顔をしかめて笑った。

「病院、行くか？」

「いや。とりあえず家に帰る」

「家は？」

「阿倍野（あべの）」

「じゃ、ここで待っててくれ。タクシー呼んでくる」

どちらにせよ、血まみれで街を歩くのは無理だろう。学生を置いてタクシーを拾いに行った。歩くとまた吐き気が来た。

タクシーを捕まえて戻る。待っていた学生を押し込み、運転手に一万円札を渡した。

「今日は悪かった。じゃあな」

こっそり学生のカバンに持っているだけの万札を押し込んだ。

タクシーを見送り、歩き出した。学生の言っていることは正しい。光一を警察に売って縁を切る。それが一番だ。だが、そんなことをして、光一の顧客に怨まれても困る。

光一は仕事熱心でサービスのいいノミ屋をやっている。スジの客もいれば、堅気の客もいる。顧客の満足度は高い。光一が引っ張られたら困る人間が山ほどいる。そうなると、矢面に立つのは俺だ。だが、それは言い訳だ。俺には光一を売れない別の理由がある。光一を怨みながら、こうやって腐っていくだけだ。

腹をさすりながら歩いていると、いきなり後ろから来たタクシーに横付けされた。ドアが開いて、腰をかばいながら降りてきたのはさっきの学生だ。

「なんのつもりや」俺をにらむと、札を突き返した。

「収めてくれ。慰謝料込みや」

「君はいくつや？」

「十七」

「十七歳が人のカバンに十二万も突っ込むんか？　こんな下品な真似をされて不愉快や」学生は本気で怒っていた。

「下品？　十万やそこらでグダグダ言うなや」俺は背を向けた。

「待てよ」

学生が俺の腕をつかんだ。そのとき、窓が開いてタクシーの運転手が苛々と言った。

「ちょっと、乗るんか？　それとも乗らんのか？　はっきりしてくれや」

「乗る」俺は叫んだ。「もうええ。さっさと家帰れ」

学生の背中を押して、もう一度タクシーに乗せようとした。すると、学生が抵抗して足を踏ん張った。俺が思い切り背中を突いて押し込もうとすると、学生がおかしな声を上げた。後部座席に上半身だけ入れた状態で動かなくなる。

「おい、どうしたんや」

「……たぶん、ぎっくり腰や。動けん。癖になってるんや」学生が荒い息をつきながら言った。

タクシーの運転手が迷惑そうな顔で振り返った。

「うちは救急車と違うんやけどな。こっちも腰、悪いんや。大の男よう運ばんで」降りてくれ、と言わんばかりの顔だ。

「わかってる。あんたの手は借りへん」俺は運転手に怒鳴り、学生に向き直った。「とりあえず乗れるか？」

「ああ、なんとか」

学生はずるずると芋虫のように這って、なんとか後部座席に乗り込んだ。俺は前に回って助手席に座った。とても一人で歩けそうにない。家だろうが病院だろうが手伝いがいるだろう。

「じゃあ、結局、もとの阿倍野でええんか？」運転手が面倒臭そうに言う。

「お願いします」うめきながら学生が答えた。「君、すまん」

俺は返事をしなかった。俺は一体なにをやってるんや、と思った。


学生の家は阿倍野、桃ヶ池にほど近い場所にあった。

このあたりは古くからの住宅地だ。帝塚山、北畠ほどの高級住宅地ではないが、閑静で上品な町並みだ。庭のある家も多い。同じ大阪市内でも俺の実家のある住之江とはまるで雰囲気が違う。

タクシーが停まったのは、レンガ積みの上に生け垣をめぐらした二階建ての家だった。赤い屋根に壁は白。門は鋳物で凝った曲線デザインだ。建物自体は古いが、敷地は百坪はあるだろうか。かなり裕福な暮らしのようだった。

「悪いけど、家の中まで連れてってもらえるか」

俺はインターホンを押した。横の表札には長嶺とあった。

「はい」中から女の声がした。

「唯、僕や。開けてくれ」

しばらくして玄関ドアが開いた。

「お兄ちゃん。鍵は……」

出て来た少女が血だらけの学生を見て小さな悲鳴を上げた。それから、付き添いの俺を見て息を呑んだ。声が出ないようだ。みるみる顔が強張っていく。

「大丈夫、鼻血だけや。この人に助けてもらった。それより、ぎっくり腰が出た」

「ぎっくり腰？　また？」妹が眉を寄せながら門を開けた。

唯という妹はまだ中学生くらいだろうか。心配した顔がむずかるように見えるのは兄妹そっくりだった。俺は学生を支えながら、玄関に入った。妹は門に鍵を掛けてから、更にドアに鍵を掛けた。

「すみません。お兄ちゃんがお世話になりました」唯が頭を下げた。すこし声が震えていた。

「靴を脱がしたってくれ」俺は唯に言った。

手早く唯が学生の靴を脱がせた。俺も適当に靴を脱いで家に上がる。

「どこへ？」俺は訊ねた。

「廊下の奥。リビングのソファに」

広いリビングだった。二十畳近くあるように見えた。大きなソファに大きなテレビ。観葉植物も置いてある。奥には台所やら風呂やらがあるのだろう。この一階部分だけでも俺の実家より広い。

学生をソファに横たえると、うめきながら大きな息をした。妹はどこからか大判の湿布（しっぷ）を持って現れた。癖になっているというのは本当らしい。

「じゃあ、貼るよ。どのあたり？」唯が学生のシャツをめくって背中を出した。すこしチノパンを下げる。慣れた手つきだった。

「右。もうすこし。そう……痛たた」学生は尻を半分出してうめいた。

兄妹の仲の良さを見せつけられ、思わず眼を逸らした。痛みに苦しむ家族をいたわる。家族で助け合う。そんな当たり前のことを、俺は知らない。きっとこの先も知ることはない。知らないまま、理解する機会のないまま死んで行くのだろう。ここでは俺は完全に場違いだ。まったく縁のない世界だ。

「じゃ、な」俺は帰ろうとした。

「待ってくれ。そんなにすぐに帰らんでもいいやろ。礼をしたい。せめてコーヒーくらい飲んでってくれ」

学生が俺を呼び止めると、唯がすぐさまキッチンに急いだ。

「今、コーヒー淹れますから」

「俺みたいなのを家に上げて、あんたらの親がどう言うか」

「心配ない。親はもういないんだ。僕と妹の二人暮らしだ」

意外だった。こんな立派な家には上品な両親が揃っていると思い込んでいたからだ。なるほど、門と玄関ドアの両方に鍵を掛ける用心深さは兄妹二人暮らしのせいか。

もう一度部屋の中を見回した。親がいないのに、家の中はきれいに片付いていた。床に脱ぎ捨てた衣服が落ちていない。雑誌、カップ麺の容器、スナック菓子の袋、紙くず、煙草、空き缶、その手の物が一切落ちていない。

ふいにたまらなくなった。俺は兄妹に背を向け、玄関に走った。すると、俺のスニーカーがいつの間にか揃えてある。唯がやったのか、と思うとかっと恥ずかしくなった。

「おい、待てよ。唯、止めてくれ」学生の声がした。

靴の踵を踏んだまま、ドアを開けて外へ飛び出した。いたたまれなかった。腹が立った。悔しくてたまらなかった。あの二人は兄妹だ。仲良くきれいな豪邸に住んで、大学に行き、なに不自由なく暮らしている。

アプローチを走って門を開けようとしたが、鍵が掛かっていて開け方がわからない。仕方なく振り向くと唯が立っていた。

「お兄ちゃんが絶対に行かせるな、って。……勝手に帰ったら警察に言う、って」

唯の眼は真剣だ。俺は諦めて引き返した。コーヒーを飲んだらすぐに出て行けばいい。無言でリビングに入る。ぎっくり腰の学生がソファを占領しているので、床に腰を下ろした。

「すいません。これ、使ってください」

唯が大きなクッションを持ってきてくれた。俺はうまく返事ができず、黙ってうなずいた。

「唯、悪いけど、書斎の袖机の三番目の抽斗にコードバンの眼鏡ケースが入ってる。持ってきてくれ」

学生が頼むと、唯は部屋を出て行った。

コードバン？　聞いたことのないブランドだ。ヤクザ御用達ではない、お上品な人間専用ということか。

「コードバンというのは馬の革だ。滑らかで、独特の艶がある。きちんと手入れをすれば長く使える」

驚いて学生の顔を見た。なぜわかったのだろう。

「君が訊きたそうな顔をしてたんだ」

はっとした。この男は当たり前のように教えてくれる。すこしも押しつけがましくない。本当に好意で「知識」を分け与えている。光一とは正反対だ。光一はガラの悪いノミ屋だが、博学だ。頭は抜群にいい。だが、俺には皮肉と嫌みしか言わない。光一になにか教えられるときは、「こんなことも知らないのか」と言われているような気がする。

同じ「兄」でも全然違う。俺の実の「兄」は下品で鬼畜のノミ屋。眼の前の「兄」は知的でお上品な学生さまだ。しかも、兄妹二人で豪勢な暮らしをしている。両親はよほどの財産を遺してくれたのだろう。そこで、ふっと気付いた。また光一と学生を比べている。いい加減にしろ。そんなふうに比べて何の意味がある？

「で、用件は？」

「君にきちんと礼を言いたい。それから、十二万のこと。こんなにもらえない」

唯が戻って来て、学生に眼鏡ケースを渡した。学生が予備の眼鏡を掛けた。銀縁だ。壊された黒縁よりもずっと神経質に見えた。

「礼はもう何回も聞いた。だからいらない。それから、十二万は壊した眼鏡代、治療費、慰謝料。すこしも多くない」

唯がコーヒーを運んで来た。飲もうとしたが、砂糖がない。ブラックで飲めないのが恥ずかしくて、砂糖の催促ができなかった。

「多いよ。それから何度も言うが、君からもらうのはおかしい。僕を殴って眼鏡を壊したのは君の兄貴や。だから、払うなら兄貴や」

湿布の匂いをまき散らしながら男は相変わらず正論を語った。融通のきかない男だ。そこだけは光一と似ている。

「あの十二万はあいつがくれた金や。だから、あいつが払ったようなもんや」俺はコーヒーを飲みながら言葉を続けた。苦くて酸っぱかった。「警察には行かんといてくれ、と言うた。だから、示談金やと考えてくれ」

「君は十七やて言うたな。さっきから治療費、慰謝料、あげくに示談金。よくそんな言葉がぺらぺら出て来るもんや。使い慣れてるのか？」

「……悪かったな」恥ずかしくて顔が熱くなった。

光一の連れていた二人組。加藤と持田は子供の頃からカツアゲ、強請の常習だ。肩が触れた、車が当たった、などと因縁をつけしょっちゅう金を巻き上げている。肩が触れた、の最高額は八十万だと言っていた。

俺はそんな連中と一緒にいる。使い慣れているのは本当だ。返事をせず黙っていると、学生がため息をついた。じっと俺を見ている。

「自己紹介が遅れたな。僕は長嶺圭介。院生」妹を示した。「妹の唯。今、中学三年生」

「長嶺唯です」軽く頭を下げた。まだ警戒しているのがわかった。

「吉川森二」それ以上の肩書きはなかった。

「十七ってことは、高校二年、三年？」

「高校は行ってない」

「じゃあ、なにしてる？」

「あいつの手伝い」

「あの兄貴の？」圭介が顔をしかめた。

「あいつは競艇のノミ屋。俺は予想屋みたいなもん」

「ノミ屋って違法やな。親父さんやおふくろさんは知ってるのか？」

「親父は死んだ。おふくろが知ってるかどうかは知らん」

「兄弟揃って犯罪者ってわけか。知ったらおふくろさんが悲しむぞ」圭介が真顔で言った。

俺は返事をしなかった。後ろ暗いことをしているのはわかっている。だが、ノミ屋が親不孝だとは思っていない。光一にそんな商売を選ばせたのは父だ。それに、母も息子二人の生業(なりわい)を知ることはない。親に気遣いなど無用だ。

「しかし、その髪。よくそこまできれいに染まるもんやな。なんで青にしようと思ったんや？　茶色か金色やったらだめなのか。まだ、赤の方がわかる」

「ゴロワーズ？」

「ゴロワーズを吸ってるから」

ポケットから煙草を取り出して見せた。普通の自販機ではまず売っていない。珍しがる人間が多い。

「ははは」圭介が嬉しそうに声を立てて笑って、それからうめく。「痛たた……そのパッケージより、君の髪のほうがよっぽど青い」

「お兄ちゃん。笑いすぎやよ」

唯が真顔でたしなめる。妹に叱られ、圭介はしまったという顔をした。

「すまん。でも、君は未成年やろ。法律で禁止されてる。それに、身体によくない」強い口調で言い、それからパッケージをまじまじと見つめた。「たしかに青や。ゴロワーズ、フランス語か。意味はゴール人か？」

「知らん」

圭介の関心は煙草そのものよりも言葉の意味だ。俺はバッグの中身を思い出した。横文字の辞書と本が入っていた。勉強する人間は興味の持ち方も違うということか。

「唯、悪いけど僕の部屋に行って、仏和辞典持ってきてくれ」

「仏和辞典？　どこにある？」

「机の横の左の本棚。上から二段目。辞書ばっかり並んでる棚」

すこしすると、唯が辞書を持って戻って来た。圭介は早速辞書を引いて調べた。

「……ゴール人の、ゴール語、ゴール人の女。陽気でみだらな……らしいな」

熱心に辞書を読む圭介を見ていると、いたたまれなくなってきた。明らかに世界が違う。これまで、一体どれだけのゴロワーズを吸ってきただろう。だが、その言葉の意味を調べようなど、一度も思わなかった。

そもそも、髪を青にした理由は光一がうるさかったからだ。

——服装ってのは記号なんや。相手にこちらをわからせるために着る。

光一が高級スーツを着て黒のベンツに乗るのは、相手にわかりやすく威圧感を与えるためだ。一方、加藤と持田にはガラの悪い時代遅れのヤンキースタイルでも文句を言わない。高級スーツとヤンキー。このアンバランスも、わかりやすい不気味さを感じさせると知っているからだ。

光一は俺にもわかりやすい格好をすることを求めた。だが、俺は拒否した。似合わないスーツを着てホスト崩れになるのは御免だったし、かといって、加藤持田のように田舎の暴走族の真似をするのもいやだった。

それでも光一がうるさく言うため、思いついたのは髪を染めることだった。一度染めてしまえば、服と違って着替える必要がない。青にしたのは、ゴロワーズがポケットに入っていたからだ。

青い髪で戻ると、光一は露骨にいやな顔をした。だから、ずっと青頭のままだ。

「なんでノミ屋の手伝いなんかやってる？　あんな兄貴の言いなりになることはないやろう」

俺は黙っていた。

「なにか事情があるのか？」

事情はある。光一は決して俺を赦さないだろう。俺がやはり黙っていると、圭介が大きなため息をついた。

「君の思わせぶりは計算か？」

「違う」

「じゃあ、なんで話さないんや」

「あんたの詮索（せんさく）好きは生まれつきか？」

しばらく圭介は黙っていたが、それから言った。

「僕は君に兄貴と手を切るように勧める。君はまだ十七やし、やり直せる。君は僕を助けようとして殴られた。ちゃんとタクシーも拾ってくれたし、家まで手を貸してくれた。認めたくないやろうが、君は善人や」

お気楽な理屈だ。この男の理屈だと、道に落ちているゴミを拾っただけで善人にされかねない。また黙っていると、圭介は今度はすこし強く言った。

「君は間違いなく善人や。せっかくの人生を無駄にするなんてもったいない。やり直したいと思ったことはないのか？」

「ない」

「じゃあ、今から思えよ。予想屋なんかやめて、ちゃんとした職に就くか、学校に行くかしたほうがいい。十七やろ？　せめて高卒の資格を取るか、いや、どうせやり直すなら大検取って大学に行ったらどうや」

「やり直しなんて阿呆らしい」俺は立ち上がった。「もういいやろ？　帰る」

「おい、待てよ」

圭介が引き止めようと手を伸ばした。瞬間、ひと声叫んで突っ伏した。そのまま震えている。

「お兄ちゃん、大丈夫？　救急車呼ぶ？」唯が駆け寄った。

「大丈夫。しかし、今回はひどいな。本気で痛い」圭介が息を切らせながら言った。

この状態で、兄妹を見捨てて帰ることはできない。俺は途方に暮れた。すると、すこし痛みの治まった圭介が言った。

「夕飯、食べていかへんか？　いや、食べていってくれへんか？」

俺は唯を見た。ほんのわずかだが困惑していた。ガラの悪い青頭と食事をするのが不安らしかった。

「いや、いい」

「そこをなんとか頼む。痛みは今がピークやと思う。唯じゃ僕を支えられない。このままやったらトイレも行かれへん」

ひどいぎっくり腰の原因は光一が蹴ったことと、俺が無理矢理タクシーに押し込んだことにある。俺は長嶺家で飯を食うことにした。善人と言われるのは癪だったが、女の子ひとりでは無理だろう。

夕食は豚肉の生姜焼きだった。唯がすべての用意をした。慣れているようだった。俺と唯はテーブルで食べた。圭介は半分だけ身体を起こして、ソファで食べた。たぶん、すごく美味しいのだろうが、居心地が悪くて味などまるでわからなかった。

幸せそうな兄妹を見ていると、どんどん苦しくなる。圭介と唯が無自覚に垂れ流す家庭の温かさは、俺には拷問だ。これなら凍てつく冬の山で風に吹かれている方がましだった。

俺は立ち上がった。身体が起こせるならトイレくらい行けるだろう。

「おいおい、まさか帰るんやないやろうな。まだデザートがある。この前、いい桃をもらったんや」圭介が笑いかけた。

「外で煙草吸ってくる」玄関に向かった。

「なに言ってるんや。君はまだ未成年やろ」

「一本だけや」

勘弁してくれ。俺は善人やない。玄関を出ると、鍵の掛かった門を乗り越え、道路に飛び出した。そのまま、夜の住宅街を全力で駆けた。

今頃、唯は桃を剝いている。そして、兄妹で俺を待つ。だが、俺がいつまでも戻らないので、きっと眉を寄せる。兄妹揃って眉を寄せて心配そうな顔をする。遅いな、と圭介は言うに違いない。何本吸ってるんやろう、と。なにかあったんかな、と唯が言うだろう。大丈夫かな、と。

すこしでも遠くに逃げたい。あの幸せな兄妹が追ってこないところに行きたい。俺は息を切らして走り続けた。食べてすぐに走ったので、横っ腹が痛くなってきた。家々はひっそりと静まりかえっている。俺の足音がやたら高く響いた。

やがて、桃ヶ池のほとりに出た。俺は足を止めた。夜の池は暗い板のようだった。ただ高い月が映っていた。

まっすぐ帰る気がせず、阿倍野をぶらついた。

兄妹の家では食べた気がしなかったので、中華料理屋に寄って餃子と炒飯を食べた。その後、玉でも撞こうかと思ったが、結局ゲーセンでクレーンゲームをした。千円使ったがなにも取れず、アパートに戻ることにした。

阿倍野から阪堺線に乗る。大阪では唯一の路面電車だ。終点は堺、浜寺駅前。大通りも走るが、ところどころでは両側から迫る住宅の間をすり抜けるようにして通る。のろのろと走る電車で神ノ木まで行き、そこから歩いた。南海高野線の線路近くのアパートに着いたときには、日付が変わっていた。

前の道路にベンツが駐まっていた。車の横に男と女が立って、なにか話をしていた。俺に気付くと、話をやめてこちらを見た。光一と、このところ光一が気に入っている女子大生ホステスだった。店で二人を見れば単なる客とホステスだが、外で見れば普通に恋人同士に見えた。

「車で待っててくれ」

光一が女子大生に言う。女子大生はうなずいて助手席に乗り込んだ。光一は俺に向き直ると面倒臭そうに言った。

「遅かったな。待ちくたびれた」

無視して階段を上った。光一もすぐその後をついてくる。

「森二、昼間は悪かったな。あいつらの手前もある。悪く思うなや」すこしも悪いとは思っていない口調だ。

返事をせずに部屋に入ろうとすると、光一がドアをつかんだ。

「森二、話がある」

「俺はない」

「おふくろの話や。関係ないとは言わせん」

深夜だ。廊下で騒ぐわけにもいかず、仕方なしに光一を部屋に入れた。

六畳一間のなにもない部屋だ。あるのは敷きっぱなしの布団だけ。テーブルひとつもない。服やら身の回りのものはダンボール箱に入れたまま、部屋の隅に置いてある。料理をしないので皿の一枚もない。

光一がぐるりと見渡して言う。

「これで月いくらや？」

「五万」

「家に戻れや。金の無駄や」

「一人で暮らしたい」

去年、ようやく金が貯まったので、住之江区の家を出た。一生戻るつもりはない。家を出るのは子供の頃からの夢だった。父と、光一と、母とも別れて一人で暮らす。そこでは俺は自由だ。そんな暮らしをどれほど夢見ただろう。だが、皮肉なことに、一人暮らしがかなったときには、家に父も母もいなくなっていた。

そのとき、ごおっと音がしてアパートのすぐ裏を電車が走っていった。そろそろ終電の時間だ。各停だから、のろのろといつまでも音が続く。

「ようこんなところで暮らせるな。やかましいやろ？」

「一日中、有線かかっとるよりマシや」

「たしかにな」光一は鼻で笑って腰を下ろした。

電車が通ると音もすごいが部屋が揺れる。おまけに踏切が近いので、一日中カンカンうるさい。

だが、うるさいのは実家の理髪店も同じだった。少々耳の遠かった父は店内で有線を大音量で鳴らした。あまり音が大きいので、客から苦情が出るほどだった。一日中、演歌と昭和歌謡が流れる家に暮らし、俺は音楽嫌いになった。

それでも、有線はまだマシだった。競艇ラジオが流れると身がすくんだ。胃が苦しくなり、頭が痛んだ。父に呼ばれると、気が遠くなるような気がした。

「おふくろの転院先が決まった。新しい病院の住所や」

光一が渡したメモを俺は見もせずにポケットに突っ込んだ。すると、光一が語気を強めた。

「一度くらい、見舞いに行ったらどうや。この恩知らずが」

「行っても、もうなんもわからへんのやろ？　意味ない」

恩などない。父にも母にもだ。すると、光一がいきなり俺の頰を張った。

「だれのせいで、おふくろが倒れたと思てんねん」

「知るか。俺には関係ない」光一をにらみつけた。

「なんやて？」

光一はもう一度殴ろうと手を振り上げた。俺はすかさずその手をつかんだ。そのままにらみ合う。

「……もう俺をほっといてくれ」光一の手を放し、ゆっくりと言った。

「おまえは絶対に手を上げへんな。俺が殴ろうと加藤や持田が殴ろうと、絶対に殴り返してけえへん」

「面倒臭いだけや」

「いや、そうやない」光一はもう一度俺を張った。「自分だけは違うと思てるんやろ。俺はおまえらなんかとは違う——。そう思てるんやろ？　やから、だれのことも相手にせえへん」

「もうええ。さっさと出て行ってくれ。ここは俺の部屋や」光一を玄関に押しやった。

光一はしばらく黙っていた。そして、薄い布団と汚いダンボール箱を見て、小さなため息をついた。

「じゃあな、森二。また来る」

「来るな」

光一は笑って出て行った。階段を下りていく足音を聞きながら、畳に転がった。

そのとき、ふっと長嶺圭介の誘いを思い出した。くそ、あいつのせいで、と腹が立った。あんな調子のいいことを言うから、やり直せるなんてお気楽なことを言うから、つい期待をしてしまいそうになる。もう一度、やり直してみようかなどと思ってしまいそうになる。あの兄妹は世間知らずだ。なにも知らない。俺や光一の住む世界のことなど知らない。だから、優しい言葉を掛けられる。親切にしてくれる。所詮、他人事だから無責任なことが言える。

畳に転がったまま、染みだらけの天井を眺めた。

俺につまらない期待をさせるな。今さらやり直しなど無理だ。今さら――。


それなのに、翌日、俺は再び桃ヶ池の家を訪れた。

来ては見たものの、門の前で逡巡した。インターホンに手を伸ばすが、どうしても押せない。今になって押さない言い訳を考えている。

昨日の今日だ。まだ圭介は安静にしているだろう。呼び出しなどしたら悪い。昨日の迷惑を詫びる以上に、さらに迷惑を掛ける可能性が高い。だから、帰ったほうがいい。そうだ。帰ったほうがいい。

長嶺家に背を向け、歩き出した。なのに、そのまま駅に向かうことができず、ふらふらと住宅街を歩いて桃ヶ池公園に向かった。

梅雨のさなかだが、今日も空は晴れて暑かった。桜は新緑の柔らかさが消え、濃く鮮やかな緑に変わっている。俺は煙草を吸いながら、池のほとりを歩いた。池の噴水の音がさわさわと聞こえていた。

桃ヶ池は複雑な形の池が四つ組み合わさってできている。周囲は公園として整備されていて、子供が遊ぶ遊具もある。かと思えば、池につき出した中島には水際ぎりぎりまで家が建ち並んでいる。昭和初期の面影を残す不思議な家もあった。

俺は池の周りをぐるぐると歩き続けた。犬の散歩。ベビーカー。ジョギング。すれ違う人が、みなぎょっとした顔で俺を見る。青頭のせいだ。ミナミの裏通りを歩いているときはそれほどではないが、陽の光の下では目立つ。他人の眼がわずらわしい。

手土産が邪魔だった。紙袋の中には途中で買った桃が入っている。昨日のデザートを台無しにしたので、お詫びに代わりの桃を買った。だが、考えてみれば、あの兄妹は二日続けて桃になる。うんざりするだろう。馬鹿なことをした。

そうだ。二日続けての桃など迷惑なだけだ。だから、絶対にこのまま帰ったほうがいい。俺は早足で歩き出した。

桃をどうしよう、と思った。箱入りのそれなりに高い桃だ。どうやって食べればいいのだろう。まともに包丁を持ったことがないから、皮を剝く自信がない。いや、そもそも果物など食べたことがない。半分ほど吸ったゴロワーズを投げ捨て、靴底で揉み消した。そのまま歩き出そうとして、気付いた。正面に唯が立っている。

唯は両手にスーパーのビニール袋を提げていた。俺が捨てた煙草を見て、眉を寄せる。どうしていいかわからず、俺は立ち尽くしていた。

「昨日、どうして勝手に帰ったんですか？　お兄ちゃんががっかりしてました」

返事ができない。黙っていると、唯が困った顔をした。

「あたし、桃剝いて、ずっと待ってたんです」

「……代わりの桃を買ってきた」俺は紙袋を見せた。

「昨日の桃はどうなるんですか。せっかくコンポート作ったのに」唯がちょっとすねたように言った。

「コンポート？」

「コンポートっていうのはシロップ煮です。昨日、吉川さんが帰ってこなかったから、剝いた桃が食べられなかったんです。放って置いたら色が変わって汚くなるから、お兄ちゃんと相談して、本を見てコンポートを作りました。今、冷蔵庫に入ってます。まだ誰も食べてません」

「……食べる」

言ってから驚いた。自分でもなぜそんな返事をしたのかわからなかった。だが、唯は驚かなかった。当たり前のように嬉しそうな顔をし、それから急に恥ずかしそうに眼を逸らした。そして、今さらのように言う。

「はじめて作ったから自信がないんです。食べない方がいいかも……」

「食べる」

「よかった。ありがとう。作ってよかったです」

俺はすこし呆然とした。なぜ俺に礼を言う？　理解できない。思わずまた煙草に手が伸びた。

「どうして手の甲にトントン、ってするんですか？」

「両切りやから」

「両切り？」

「フィルターがない。やから、葉を詰めて吸い口をつくる」

唯に煙がかからないよう、横を向いて煙を吐いた。唯は俺の顔をじっと見ていた。煙草を吸う人を見慣れないのだろうが、きまりが悪かった。

「手の甲にトントンしたらできるんですか？」唯はわけがわからない、といった顔をした。

「まあな」

もっと説明しようと思ったが、やめた。それに、俺の吸い方は変則だ。手の平でやる人間は多いが、手の甲はあまり見ない。なぜ、と訊かれても困る。

そのとき、前から来たジョギング中の老人が俺と唯を見ておかしな顔をし、すれ違ったあとも振り返って見ていった。俺はさりげなくあたりを見回した。子供を散歩させている母親、中年の女三人組がいる。俺が視線を向けると、みな慌てて眼を逸らした。

なるほど、青頭のガラの悪いヤンキーが女の子に絡んでいるように見えるのか。通報されたら面倒だ。さっさと行ったほうがいい。

「兄貴は家にいるのか？」

「はい」

唯が身をかがめ吸い殻を拾った。俺は慌てて奪い返して、ポケットに突っ込んだ。唯はなにも言わなかったが嬉しそうな顔をした。

「でも、よかった。吉川さんから来てくれて。お兄ちゃん、まだ腰が痛いのに、吉川さんを捜しに行くつもりやったんですよ」唯が俺を見上げて笑った。

驚いて唯を見た。唯は笑いながら話し続けた。

「夕方になったらミナミの駐車場に行ってみる、って。殴られた場所に行くのは気が進まへんけど、吉川さんに会えるかもしれへん、て」

なぜそこまでするのだろう。押しつけた十二万のことか？　だが、壊された眼鏡と殴られた慰謝料だと思えば、すこしも高くはない。こだわる必要などないことだ。

並んで歩くのは気が引けたから、すこし離れて歩いた。だが、どのくらいが適度な距離かがわからない。考えれば考えるほど不自然になる気がして、十メートルも歩かないうちに気疲れした。すっかり面倒臭くなって、いっそこのまま帰ろうかと思ったとき、気付いた。唯は両手にスーパーの袋を提げている。俺は桃の紙袋だけだ。

圭介ならどうするだろう。俺が知っているまともな人間は圭介だけだ。あの男のしそうなことを想像するしかない。

「一つ持つ」

「ありがとう」唯は素直に差し出した。

正解だった、とほっとした。そして、また苦しくなった。きっと、圭介はいつもこうやって妹の荷物を持っている。荷物だけではない。あの兄妹は当たり前にいたわり、助け合い、満ち足りて生きている。悔しくなるほどにだ。

今の出来事でわかった。唯はなんのためらいもなく他人の好意を受ける。それと同じように、なんのためらいもなく他人に好意を差し出すことができる。唯だけではない。きっと圭介もそうだ。だが、俺にはできない。一生できない。

「お兄ちゃんは思い込みが激しいんです。昨日から吉川さんのことばっかり気にしてる。吉川さんが見つかるまで、ずっと捜すつもりです。やから、吉川さんから来てくれて本当によかった」唯が呆れたように笑った。

一度馴染むと唯はよく喋った。こんな胡散臭い青頭をなんとも思わないのだろうか。心配になるほど人懐こかった。

「お兄ちゃんとは十二歳離れてるんです。三年前にお父さんとお母さんが事故で死んで……。それから二人で暮らしてるんです」

唯の口振りは不思議と明るく聞こえた。俺は最低限の相槌しか打たなかったが、唯はすこしも気にする様子はない。先程の荷物と同じだ。俺が聞いてくれていると無条件で信じている。

「お兄ちゃんは言語学の研究やってるんです。専門はラテン語。今、実際には使われてない言葉なんやけど」

唯はすこし得意そうだった。ラテン語と言われてもぴんと来ない。黙っていると話題を変えた。

「ほら、前に鳥居が見えるでしょ。あれ、明神さまなんです」

小さな赤い橋の向こうに鳥居が見える。明神は周りを池に囲まれ、小さな島のようになっていた。

「大昔、この池に棲んでた大蛇を聖徳太子が退治したんです。この池にはその大蛇を埋めたおろち塚があったそうです」

赤い橋のそばまで来た。その奥はすぐ石段になっていて、上った先が祠らしかった。

聖徳太子か。ずきりと胸が痛んだ。昔、憶えた。十七条憲法。冠位十二階。ちゃんと社会のテストに出た。無意味な知識だった。

明神を通り過ぎて、南側の池に沿って歩いた。このあたりは水面が見えないほど浮き草で埋め尽くされていた。

「……すごいな」

「これ、蓮です。七月に入ったら咲きます。すごくきれいです」

「へえ」

また話が途切れた。すると、すぐに唯が話しかけてきた。

「吉川さんの家はどのあたりなんですか？」

「住吉区」

「意外と近いんですね。住吉区のどのへんですか？」

「住吉大社のそば」

「初詣、近くて便利ですね」

「まあな」

父に連れられて行ったことがある。凄まじい人出で、はぐれないよう光一の後を追うのに必死だった。人に押されて、反橋(そりはし)を渡るときに転んだ。縁起が悪いと父に怒鳴られたのを憶えている。

唯はそのあともしゃべり続けた。そのほとんどが兄の話だった。本の虫であること、クラシックが好きなこと、なんでも五分前に行動すること。どんな些細なことからもわかる。妹は兄が大好きで、圭介も妹をかわいがっている。本当に仲がいい。

「なあ」思わずきつい呼びかけになった。

唯がはっと俺の顔を見た。しまった。なんとか取り繕わねば、と言葉を続けた。

「そんなお上品な兄貴と暮らしてて……俺みたいな青い髪のヤンキーと歩くの、平気なんか？」

「平気です」唯は即答した。「だって、お兄ちゃんは、吉川さんはいい人だ、って言ってました」

阿呆か、と思ったが口には出さなかった。

「でも、その青い髪、いいと思います」

「これがか？」

「最初、びっくりしたけど、外で見たらすごくきれいやと思いました。空の色とおそろいです」唯は大真面目な顔で言った。

どきりとした。なにも知らない唯は無意識に言ったのだろうが、俺は怖くなった。

黙りこくったまま、公園を抜けて住宅地を歩いて行った。

家に着くなり、唯が叫んだ。

「お兄ちゃん、吉川さんが来たよ」

気まずい顔でリビングに入ると、圭介はまだソファにいた。部屋中に湿布の匂いがしている。圭介は昨日のことはなにも責めず、俺が持ってきた桃の礼を言った。

「ずいぶんマシになった。たぶん、明日一日安静にしてれば動けるようになるやろう」

結局、夕食も一緒に食べた。新生姜（しんしょうが）の炊き込み御飯だった。今日はちゃんと味がわかった。思わず美味しい、と口に出して言ってしまった。すると、唯が照れた。

「混ぜて炊飯器で炊くだけなんやけど」

唯は中三だと言った。俺より二つ下だ。俺の家はだれも料理などしなかった。買ってきた総菜、弁当、それに出前がローテーションでぐるぐる回っていた。みなが好き勝手に外食をすることも多かった。だが、それに不満を感じたことはなかった。当たり前だと思っていた。

俺はまた苦しくなった。

夕食の後で桃を食べた。桃のコンポートとは要するに缶詰の桃だった。ただ、缶詰よりは甘くなかった。その後で俺が持ってきた生の桃を食べた。一口目はコンポートの後なので酸っぱく感じた。だが、すぐに本来の甘さがわかるようになった。桃は水のかたまりのようだった。口の中が甘い汁でいっぱいになった。

「生の桃って美味しいな。はじめて食べた」俺はクリスタルの皿に載った桃を見下ろした。

「これ、相当いい桃やろ？　かえって気を遣わせたな」圭介が言う。

「果物の値段なんかわからんから、近鉄百貨店で一番高いの買ってきた」

六玉で五千円を超えた。さすがデパートの店員は青頭を見ても笑顔だった。

「家ではあんまり果物を食べないんですか？」唯が訊ねた。

「今は一人暮らしやから」

「小さい頃は？」

「家で食べたことがない。リンゴも桃もスイカもメロンもない」

他意のない質問だから正直に答えるほかなかった。だが、兄妹の顔色が変わった。俺は恥ずかしくなってごまかそうとした。

「別に果物だけやない。皮剝いたり、切ったり……包丁使うのは大変やろ？　料理自体、誰もせえへんかったし」

兄妹が黙って俺を見ている。俺は焦った。

「家は理髪店で、親父もおふくろも店が忙しくて……」

「そうか。店をやってりゃ、そりゃ大変やな」圭介が笑ってくれた。すこしわざとらしかった。「うちは果物好きなんや。ほとんど毎日ある。来たらいつでもご馳走するよ」

「あたし、本家の大お祖母さんと仲がよかったから、ケーキやチョコレートよりも果物やったんです。ミカンとかビワとか柿とか。結構古臭いやつが好きなんです」

兄妹が口々に気遣ってくれた。俺はどんどんいたたまれなくなった。家で果物を食べることがない。料理をすることがない。包丁を使うことがない。俺にとっては当たり前のことだが、兄妹にとっては、とんでもなく非常識でかわいそうなことらしい。

居心地の悪い空気を払うかのように、唯が明るく立ち上がった。

「なにか飲みましょう。コーヒーでいいですか？」

圭介はふたたびソファに戻って横になった。やはりまだ辛そうなので、肩を貸してやった。

唯はちゃんと豆から挽(ひ)いてコーヒーを淹れた。家でまともなコーヒーなど飲んだことがない。小さい頃は自販機の缶コーヒーがコーヒーだと信じていた。

「……悪いけど、砂糖、もらえるか？」今日はちゃんと言えた。

「はい」唯がはっとした。「ごめんなさい。昨日は気がつかへんで」

「いや」

すまなそうにする唯に申し訳ないと思った。早速、山盛りの砂糖を入れた。なぜか兄妹はやたらと嬉しそうに眺めていた。

コーヒーを飲み終わると、さて、と圭介は言った。

「昨日の話の続きや」前置きもなにもなかった。「君はやり直すべきや」

「今さら意味がない」

「やり直したいと思ったから、来たんやろう？」

「そういうわけやない」

「じゃあ、なんで来た？」

「桃のお詫びに」

「昨日は逃げ出したんやろ？　そのまま逃げたらよかったやないか。わざわざ戻ってくる必要なんかない」

圭介の正論に黙るほかなかった。唯が心配そうな顔でこちらを見ている。

「なんでそこまで俺にかまう？　おかしいやろ。二日続けて夕飯をご馳走してくれたり、デザートまで出してくれたり。それに、俺のことを根掘り葉掘り訊いて、説教して……」

突然言葉が出てこなくなった。圭介が大真面目に見つめていたからだ。

「たしかに、おかしいと思う。でも、僕も唯も君のことが気になる。喩(たと)えは悪いが……たとえば、道端に青のペンキまみれになった犬が捨てられている」

「お兄ちゃん、その言いかたはないでしょ」

唯が抗議したが、圭介は無視して言葉を続けた。

「青い犬を連れ帰って餌をやった。そうしたら出て行った。別に飼ってるわけやないから、出て行くのは当然や。でも、気になる。夜、眠れないくらいに気になる。とりあえず、また餌を用意して待つことにした」

餌を用意して――。はっとした。炊き込み御飯は俺がお代わりしても十分なほど、たっぷりあった。二人暮らしの量ではない。桃ヶ池で会ったとき、唯は買い物の帰りだった。なにも言わなかったが、三人分の食材を買っていたということだ。

圭介の顔を見た。そして、唯の顔を見た。どちらもやっぱり大真面目な顔で俺を見ていた。

「今の言い方が失礼なのは謝る。でも、君を放っておけない」

俺はしばらく黙っていた。圭介は俺のことを善人だと言った。だが、それは間違っている。善人は俺ではない。圭介と唯だ。

「……やり直そうと思ったことはある」

「あるのか。いつ？」

「中三のとき」

「それで？」

「うまくいけへんかった」

「どうまくいけへんかったんや？」

圭介は許してくれそうにない。大人げないやつだ。唯と十二離れているということは、二十七歳か。光一より五つ上だ。光一もガキだと思うが、こっちもガキだ。方向が全然違うだけだ。

「一度だけ、死ぬ気で勉強した。でも、ろくな結果にならへんかった」

兄妹が俺をじっと見た。下品な好奇心などすこしもない。心の底から俺を心配している。疑いたくても疑えない。それくらいに、兄妹の眼は真摯だ。

「光一と縁を切りたいと思った。やから、まともな高校に行こうと思った。中学二年が終わった春休み、死ぬ気で勉強した。そうしたら、三年になって最初の実力テストで早速点が上がった。今まで、クラス最下位やったのが、英語と数学以外は五十点取れた」

「すごいやないか」圭介がうなずいた。

「やから、中間テストではさらに勉強した。そうしたら、英語と数学以外は平均点が取れた。それで、俺は思った。もしかしたら、高校へ行けるかもしれへん。そして、もしかしたら、専門学校か……いや、もしかしたら、大学に行けるかもしれへん。そう思って、一学期の期末テストは必死で勉強した。そうしたら、全教科八十点取れた。がんばって憶えた社会は九十八点もあった」

聖徳太子。十七条憲法。冠位十二階。徹夜して憶えた。あのとき、嬉しくてたまらなかった。俺だってやればできる。高校に行って大学に行って、光一ともおふくろとも縁を切る。東京の大学へ行けばいい。下宿先は教えない。絶縁だ。もう死ぬまで会うことはない。

「でも、俺と最下位を争ってた連中は面白くない。俺がカンニングしてた、て言い出した。無論、俺は否定した。だが、そいつらは口裏を合わせて、こう言うた。――吉川はカンニング成功やと自慢してた。教師をだますなんてちょろいもんや、と笑てた、と」

そのときのことを思い出すと、胃のあたりがぎりぎりと痛くなった。

「それを聞いた教師は怒った。正直に話せ、正直に認めたら許す、と。担任、生活指導担当の体育教師、学年主任、教頭。四人がかりで吊し上げにあった。それでも、俺は言い続けた。カンニングなんかしていない。

「でも、やった証拠がないやろ？」

「俺の机の奥からくしゃくしゃのカンペが出た。社会のまとめプリントを縮小コピーしたものや。憶えがない、て言うたが通らへんかった」

はじめて一所懸命に勉強したのだ。やり方さえわからないので手探りだった。ひたすら教科書を読み、写し、丸暗記した。その努力を汚された。怒りもあったが、哀しみのほうが大きかった。惨めだった。人の足を引っ張ることしか考えない奴ら。そんな奴らと同じ世界にいる。これからずっと、そんな世界で暮らしていくほかないのか。

「ひどいな」圭介が眉を寄せた。

「ひどすぎる」唯も眉を寄せた。二人はそっくりだった。

「俺はひたすら、やっていないと言い続けた。でも、結局、一学期の評価はオール一やった。俺は勉強をやめた」

話し終えると、リビングは重苦しい空気になった。圭介も唯も黙りこんでしまった。やっぱりさっさと帰ればよかった。いや、来るんじゃなかった。俺は今さらながらに後悔した。関わるんじゃなかった。この男をかばわなければよかった。あのとき、モータープールに捨てておけばよかった。

「すまん。いやな話を思い出させた」圭介が詫びた。「でも、これで君のことがよくわかった。やから、今度はもっと具体的に言う。――勉強をやり直さないか？　僕が手伝うから」

「今さら。そんなことしてなんになるんや」

「面白い。その上、役に立つ」圭介がきっぱりと言い切った。

「なんの役に立つんや」

「大検を取れば、高校へ行かなくても大学を受けられる」

「大学？　そんなとこ行ってなんになる？」

「大学がすべてやない。別に行ってなくてもいいところや。行ったからといって、なにかができなくなるわけやない。でも、行ったら、できるようになることがある」そこで、圭介がすこし笑った。「別に大学にこだわるわけやない。他になにかやりたいことがあれば手伝う。専門学校でもいいし、たとえば音楽とか絵画とか芸術関係でもいい。なにかないのか？」

やりたいこと？　いきなりそんなことを言われてもわからない。黙っていると、圭介がまた笑った。

「思いつかないなら、大学へ行くのがいい。とりあえず四年間は猶予（ゆうよ）ができる。その間にいろいろ考えればいい」

「金がない」

「奨学金がある」

「そこまでして行く必要があるか？」

「あるよ。やり直しができる。君は中三のとき、やり直そうとして妨害に遭ったわけやろ？

そして、そのことをずっと気にして、今でも傷になって残ってる」

「別に気にしてるわけやない」

「そう言うならまあいい。じゃあ、こう考えてみろよ。自分の人生を自分で決められる」

「……自分で？」

「そうや。そして君はもう一生、今さら、って言わずに済む」

どきりとした。今さら——。本当にもうこの言葉を使わずに済むのだろうか。

圭介を見た。唯を見た。まだ大真面目な顔のままだった。俺はうつむいて眼を逸らした。

今しかない。これが最後のチャンスかもしれない。この機会を逃すと、一生、今さら——

と言い続けるだけだ。やり直すなら今しかない。わかっているのに声が出ない。

どうせまた失敗するかもしれない。努力しても無駄になるかもしれない。人生はそんなに
甘くない。だが、俺の人生は俺が決めたい。俺はやり直したい。今さら、なんて二度と言い
たくない。

でも、俺だけがやり直していいのか？　父と母と光一の人生を奪っておいて、俺だけがや
り直していいのか？

顔を上げた。やっぱり無理や、と言おうとして、兄妹と眼が合った。圭介と唯がじっとこちらを見ていた。圭介の真面目くさった顔。唯の真っ直ぐな眼。二人とも俺が断ることなど考えもしていない。俺を信じ切っている。バカみたいに——。

喉がからからだ。唇が縫い付けられたような気がする。それでも、懸命に口を開いた。

「お願いします」頭を下げた。声がかすれて震えた。「俺はなにもかもやり直したい」

3

あけぼの荘のドアにコピーが貼られた翌日、俺は出勤すると丸山息子のところへ行った。自分に都合のよいことしか聞こえない男だ。回りくどい言い方をしても通じないだろう。単刀直入に訊ねた。

「このコピー、俺の部屋のドアに貼ったたんは丸山さんですか?」

丸山息子はしげしげとコピーを眺めた。最初不審げだった顔が、次第に赤みを帯びて輝いてくる。鼻息が荒い。

「これ、なんのコピーや? さっぱりわからへんなあ。なあ、みんな、ちょっと見てくれるか?」

あたりを見回し、わざとらしく大声で言った。周囲で作業をしていた工員が手を止め、こちらを見る。味方がいると思ったのか。勢いづいた丸山はいっそう声を張り上げた。

「僕がやったと言うんですか? 失礼な。吉川さんのこと怨んでる人間と違いますか? たとえば遺族とか?」

丸山は心の底から嬉しそうだったが、嘘をついている様子はない。ただ単に他人の不幸を喜んでいるだけに見えた。たしかに証拠はない。俺が黙っていると、突然居丈高になった。

「おたく、それでどうすんねん。人に濡れ衣着せといて、平気か？」

「申し訳ない」

「ちゃんと大きい声で言うてくれんとわからへんがな」

丸山が大声を張り上げ思いきり机を叩いた。マウスとキーボードが跳ねる勢いだった。

「こちらの勘違いでした。申し訳ありません」

俺は深く頭を下げた。

「まあ、わかってくれたらええけど。しかし、おたくも大変やな。いろんなとこで怨みを買って」

満足そうに鼻を鳴らす丸山の言葉が胸に突き刺さった。否定できないから苦しかった。俺は三十七年間生きてきて、だれ一人幸せにできなかった。できたのは、人を不幸にすること、怨みを買うことだけだった。

今の反応を見たところでは、丸山息子がやったのではないだろう。ならば、残る可能性はやはり光一、もしくは加藤持田か。あの三人に会いに行かなければならないと思うと、うんざりして心が重くなった。

だが、コピーの一件は面倒な余波を立てた。その夕、憤慨した丸山息子がアパートに押しかけてきた。しかも、俺ではなく沙羅の部屋にだ。

「僕がチラシを貼った犯人やと思われてたら困るんです。そやから、誤解を解こうと思てわざわざ来たんですよ」

ドアを叩いて沙羅に話しかける。俺はやめるように言ったが、興奮した丸山は聞き入れない。

「わかったから、さっさと帰って」沙羅が部屋の中から怒鳴り返した。

「いやいや。もっとちゃんと説明したいから、ドアを開けてください」

丸山がまたドアを叩き出したので、大声で言った。

「彼女が嫌がってるのがわからへんのか？」

「は？　おたく、ずるいな。僕と彼女が仲良くなるのがイヤなんやろ。嫉妬は醜いで」

俺は呆れ、なかば、ぞっとした。これほど沙羅に執心だとは思わなかった。たった一度会ったきりの女性に、これほど勘違いができるのはある種の才能だ。

「沙羅ちゃん、この人にだまされたらあきませんよ。この人ね、刑務所帰りなんです。でも、まだ仮釈放やからほんまは刑期が残ってるんですよ。しかも、殺人犯なんです。自分の奥さんを殺した鬼畜なんですわ」ドアをばんばん叩きながら言う。

「沙羅ちゃんなんて言わんといて。とにかくさっさと帰って」

「いやいや、ちゃんと僕の話聞いてくださいよ。あのね、この吉川いう人は奥さん殺した人殺しなんです。そんな殺人鬼の隣に住んでるのは危ないんですわ。だから、僕は沙羅ちゃんのことが心配で……」

そのとき、いきなりドアが開いた。一瞬、丸山が中へつんのめる。キャミソールとミニスカート姿の沙羅が現れた。濃い化粧で丸山をにらみつける。

「人殺しやからなんやの。あんたより全然マシや」沙羅が丸山に強い口調で言い返した。

丸山は一瞬わけがわからなかったらしい。呆然と立ち尽くしていたが、やがて唾を飛ばして沙羅に詰め寄った。

「僕の言うこと、ちゃんと聞けや」

俺は無言で丸山の肩をつかんで引き戻した。肉が厚すぎて、まるで骨が感じられなかった。

「おたく、暴力はあかんやろ。そんなことしたら刑務所逆戻りやで」

肩をつかまれたまま、丸山が精一杯虚勢を張って言った。小鼻がひくひく震えている。脂と汗の浮いた顔をのぞき込むようにして、ごくごく小さな声でゆっくりと言った。

「たしかにシャバは暮らしにくいな。いっそムショに戻ったほうが楽かもしれん」

丸山の顔から血の気が引いた。言いながら思った。こんなばかげた陳腐な台詞でも、光一ならもっと上手に言っただろう。もっと絶望的に、もっと不快にだ。

「いやいや、そんな意味で言ったんと違う。逆戻りはあかんで」

丸山は何度も顔を左右に振った。たるんだ頬と顎の肉がぶるぶると揺れた。

「そうか？　むしろ箔がつくやろ」

「おたく、冗談もわからへんのかいな。困ったもんやな」

丸山はまだ強がりをやめない。仕方なくもう一押しした。

「俺と関わるともっと困ったことになるが……それでもええんか？」

これが冗談ならどんなにいいだろう。俺はつかんでいた腕を乱暴に放した。丸山は慌てて俺から離れた。今にも転びそうだった。

「あの、僕……。用事思い出したんで帰りますわ」

丸山は転がるように階段を駆け下りていった。左右に揺れる後ろ姿を見ながら、思った。なるほど、はったりよりも効くのは真実か。

「吉川さん、ありがとう。ねえ、晩御飯作ってんけど、一緒にどう？」

沙羅の眼が輝いていた。熱を感じる黒だ。胸を締め付ける夜の色だ。

「いや、もう済ませてきた」

「そう……」

残念そうな沙羅に背を向け、自分の部屋へ逃げ込んだ。悪い兆候だ。いくら鈍い俺でもわかる。俺は沙羅を勘違いさせてしまった。これ以上は関わってはいけない。思い切って引っ越すべきか。

オブリヴィオン。

あのバンドネオンが聴けなくなるのは残念だった。

週末、光一に会うため実家へ向かった。駅の売店で住之江の日程を調べた。今日は開催日。光一は必ずいるはずだ。

最後に実家に寄ったのは、絶対にやり直すと覚悟を決めた夜だ。父は死に、母は施設。光一だけが店にいた。俺は光一に絶縁を宣言し、「吉川理髪店」を飛び出した。ざまあみろ。心の底でうずく罪悪感を振り捨て、よい思い出のひとつもない家を捨てる高揚感に酔いしれた。

あれから二十年。俺は人生をやり直すことに一度は成功したが、結局は失敗した。人殺しになって、戻って来てしまった。

父の唯一の趣味は競艇で、住之江競艇場で開催されている間は毎日通っていた。土日には、俺も一緒にレースを見た。ほんのすこし勝っただけで父は上機嫌になった。数万の払戻金なら一日で使った。最上等の肉に寿司、酒。家では母親が待っていたが父は息子二人と飲み食いし、帰る頃には一文無しになっているときもあった。光一はいつも父に文句を言った。お母さんが待ってる、帰ろうや、と。だが、父は聞き入れなかった。せっかく気持ちよく勝って気分がいいのに、ぶち壊すな、と光一を叱った。

父が子連れで競艇場に通う間、母が店を切り盛りしていた。母に悪いな、と思いながらも父に連れられ住之江に通うのは楽しかった。

だが、無論、楽しいばかりではない。負けると父は機嫌が悪くなって些細なことで怒鳴ったりした。数日の間、家の中がぴりぴりし、家族は息を潜めて暮らさなければならなかった。だが、次に勝てば父の機嫌は直った。べつに大きなレースでなくてもいい。ＳＧやＧ１を取らなくても、ただの一般戦でもすこし勝てば上機嫌になった。

光一がしみじみと言ったのを憶えている。

――親父は頭悪いねん。そんで単純やねん。それだけや。

俺もそれだけだと思った。子供心に頭のいい人間でないというのがわかったし、だからといって悪人でないのもわかった。ボートが好きと言っても、店の金に手をつけたり借金を作るわけでもない。住之江開催のときにはすこし浮かれるだけだ。それに、ときどきは家族サービスもしてくれた。家族で生駒山上遊園地に行ったこともある。絶叫コースターなどない子供向けの小さな遊園地だが、俺は嬉しくてたまらなかった。さすがに五歳上の光一はつまらなそうだったが、文句は言わなかった。

奇跡を起こすまでは、俺も競艇が好きだった。

ピットを出た瞬間から戦いははじまっている。六台の艇がごく静かに、ゆっくりとコース取りをする。駆け引きに勝った艇、負けた艇。フライングと背中合わせのコンマゼロ秒を争うスタート。すぐ眼の前を疾走するボート。モーターの唸り。水しぶき。コーナーでのバトル。まくりか、差しか。艇が接触しようが乗り上げようが、レースは続く。一台の艇が鮮やかにかわして抜け出していく。興奮した父が唾を飛ばしながら叫んでいる。

水面に白く延びる航跡。熱狂。狂乱。俺は食い入るように水面を見ている。空の色が映っている。頭の中に渦ができる。ぐるぐると回っている。空に吸いこまれそうだ。

一方、光一はあまり競艇に興味がないようで、いつもつまらなそうな顔をしていた。スタンドにいても、レースを見ているよりは出走表を眺めているほうが多かった。レースそのものには興味はないが、細かなデータを見て予想することは面白い、といった感じだ。

ときどき、光一は自分の予想を俺に解説してくれた。全国と住之江での勝率の違い、フライング持ちの有無、それにモーターの勝率など。熱心に自分の予想を聞かせてくれた。だが、あまり数字に興味のない俺は上の空だった。ただ、水とボートと空だけを眺めていた。

北加賀屋の駅で降りて南へ歩いた。すぐ横を新なにわ筋が通っている。物流倉庫やら木場やらがあるので、大型トラックが多い。自然と街全体が埃っぽくなる。

駅前の大規模市営団地を見ながら加賀屋中の横を抜け、古い住宅地へ入った。しばらく歩くと、実家の前の通りに出た。ここは比較的道幅が広く、街路樹が影を落とす歩道もある。大抵の家の前にはいくつも植木鉢が並んでいた。どの家も庭がないので、家の前の歩道を庭代わりにしているというわけだ。

前方に「吉川理髪店」が見えてきた。入口の前には、年代物のサインポールが置かれたままだ。そのそばには鉢植えの大きなゴムの木がある。ガラスドアに白のペンキで書かれた「吉川理髪店」の文字はかすれてはいるが、まだなんとか判別できる。内側に取り付けられたカーテンのせいで、中の様子はわからなかった。

壁のインターホンを押した。サインポール、ドアの上の照明、植木鉢には防犯カメラが仕込んである。中のモニターで客の様子は丸見えだ。

ここは光一がノミ屋として使っている場所だ。住之江で本場開催の間はここで注文を取る。普段は「吉川企画」の事務所にいた。四つ橋筋東側のマンションの一室だ。

錠を外す音が三度して、ようやくドアが開いた。ドアにとりつけたベルが錆びた音で鳴る。開けたのは持田だった。俺が中に入るとすぐにまた鍵を掛けた。俺と向き合うと、にたりと笑った。薄くなった髪を明るい茶色に染めている。もともと小太りだったのが、さらに一回り大きくなっていた。もう四十になるのに軽薄な印象しかない男だ。

「おつとめご苦労さんっす」バカ丁寧な口調で言うと、腹を揺らして九十度に頭を下げた。

薄ら笑いを無視して、そのまま店の奥に眼をやった。大きなついたてがある。

「来たか、森二。ちょっと待てや。ちょうどスタート前や」ついたての向こうから光一の声がした。

陰から加藤が顔をのぞかせた。こちらはあまり変わらない。痩せて金壺眼の陰気な顔だ。やはりいやな笑いを浮かべて頭を下げた。

「……ご苦労さんです」

もちろんこれも無視して、店の中を見回した。入って左手の壁面が鏡になっている。理容椅子は三つ。シャンプーボウルも三つだ。小物が載ったままのワゴンもある。鋏(はさみ)、櫛(くし)、バリカン、シェービングカップにヒゲブラシ。大型ドライヤー。どれも埃をかぶっていた。右手は順番を待つ客のために、黒のビニール張りのベンチとテーブルが置いてある。ベンチの横にはマガジンラックがあり、すっかり黄ばんだスポーツ紙と週刊誌が突っ込んであった。バルセロナオリンピックという見出しが見える。

なにもかも昔のままだ。ただひとつ足りないのは、有線だ。子供の頃は、演歌と昭和歌謡が大音量で店中に響いていた。うんざりして、耳をふさぎたくなるほどに。

店の奥に進むと、ついたての横で足を止めた。かつてなかったものがある。大型の液晶テレビだ。ちょうど、レース中継をやっている。ついたての陰に小型のダイニングテーブルがあって、椅子は四脚。座っているのは光一だけで、加藤はその横に立って手持ち無沙汰だ。

光一は鬼畜だ。加藤と持田はいまだにただの使い走りらしい。顧客との連絡は光一だけが受ける。加藤が横に控えているのは予備の電話番のためで、持田は見張りだ。たぶん、普段の仕事も面倒な小口の回収程度だろう。

「適当に座ってろや」光一がスマホを持ったまま、にこりともせずに言う。

テーブルの上にはスマホが五台。出走表、予想紙、ノートにメモ用紙。それにＰＣもある。

見れば、こちらも住之江のライブだ。出走ギリギリまで注文を取るので、直前はとにかく忙しい。

スマホが鳴った。光一が注文を聞いている。

「2—3固定で三着流し」鉛筆で素早くメモを取る。「かしこまりました」

いつもより口調が丁寧だ。馴染みの上客だろう。それから、三本電話が続いた。光一の商売は相変わらず繁盛しているようだ。

「2—3で流し……と3—2で流し」

同じ注文だ。一番人気は2—3か。光一が仕事をしている間、出走表を見た。第十レース。フライング持ちが四人もいる。持っていないのは二号艇と六号艇。モーターはみなそこそこだ。

「光一はなに買うた？」

「2—3—5」

相変わらずの一点買い。流しやボックスを嫌う阿呆だ。

「森二、おまえなら？」

俺は眼を閉じひとつ息をした。さっき見た青い空を思い浮かべると、ずきりと頭が痛んだ。その後で、めまいと吐き気が同時に襲ってくる。空との通路が開いた。

「頭は4。あとは2と3」

俺は生唾を呑み込んだ。頭が割れそうに痛む。やはり、つながるのは苦しい。

「4？　買うか？」光一がいやな顔をした。

「要らん。それより、二年ほど前、冬香に事件の記事のコピーを送りつけた奴がいるらしいな」

「ああ、あの先生がなんか言うてたような気がするな」

白々しくとぼける。光一を追及しても無駄か。加藤と持田に目をやった。

「じゃあ、おまえらか？」

「まさか」加藤が首を振る。

「なんも知らん」持田も首を振った。

「最近、俺のアパートにつまらんビラ貼ったやつがいてな」

すると、ちらりと光一が俺を見た。だが、なにも言わない。

「へえ、大変やな」加藤が笑った。

「だれやろ。そんなしょうもないことしたんは」

持田が両手を広げて困ったふりをしたが、少々オーバーアクションだった。なるほど、やはりこいつらか。だが、証拠がない。今、ここで問い詰めても時間の無駄だ。

「スタートや」光一がテレビに眼を向けた。

ファンファーレが鳴って、レースがはじまった。風のせいかスタートが乱れた。アウトからダッシュスタートの六号艇がフライングを切った。残り五艇の戦いになる。第一ターンマークは二号艇がトップで回った。そのあとを三号艇、四号艇と続く。第二ターンマークで四号艇が差しに来た。ふくらんだ三号艇を抜いて二番手に上がる。

　正面に戻ってきて、二周目。再び第一ターンマーク。トップは相変わらず二号艇。その後を四号艇、三号艇と続く。そのままの順位で三周目に突入した。

　順位は変わらないが、二号艇と四号艇の差は明らかに縮まっている。第二ターンマークを回って最後のストレート。選手は上体をギリギリまで伏せている。二艇はほぼ同時に通過した。

　確定のアナウンスがある。4―2―3だ。

「相変わらずやな」光一が忌々しげに言った。

加藤と持田がそろって舌打ちした。憎しみと恐れの入り交じった眼を向けてくる。そのとき、またスマホが鳴った。俺は光一がメモを取っている間に店を出た。

　気がつくと、鼻血が出ていた。俺は空を仰いで、血を拭った。なんとか北加賀屋の駅までたどりつくと、駅のトイレで顔を洗った。鏡を見ると、まるで血の気がない。俺は鏡の中の顔を見つめた。妙に白茶けた顔は災厄のかたまりに見えた。

　俺は子供の頃からときどき、やけに勘の冴えることがあった。光一とトランプをしたとき、なぜか相手の手がわかったことがあった。テレビで野球を見ていると、勝ち負けだけでなくゲームスコアまでわかったこともあった。だが、そんな勘が働いたときには、必ず頭が痛くなった。だから、俺はあまり自分の勘が好きではなかった。勘が働きそうになると、慌てて別のことを考えたりして気を逸らした。それでも、勝手に勘は働いて、そのたびに俺は頭痛と吐き気をこらえていた。

勘。それがただの勘ではなくもっと恐ろしいものだとわかったのは、奇跡を起こしたときだ。勘とは空とつながること。空とつながって自分が蹂躙(じゅうりん)される苦痛を味わうことだ。

地下鉄を乗り継いであけぼの荘に戻ると、ドアに貼り紙があった。またか、と慌てて確める。

『冬香ちゃんが来た。あたしの部屋にいる。沙羅』

どっと疲れを感じた。つながったせいで消耗(しょうもう)した身体が余計に辛くなる。紙を剥がして丸めた。とりあえずポケットに突っ込み、沙羅の部屋の呼び鈴を押した。

すこししてドアが開いた。途端に、香ばしい揚げ物の匂いが押し寄せてきた。

「吉川さん、お帰りなさい」沙羅がほっとした顔をした。「あの子、昼間に来てん。吉川さんが帰るまで待つって言うから、うちに入れてん。……ずっと黙ってるけど」

追い返してくれたらよかった、と言いかけて呑み込む。

「すまん。迷惑を掛けた」

圭介に連絡して迎えに来てもらおうとすると、沙羅が制止した。俺に目配せして小声で言う。

「お願い、ちょっと待って」

「なにかあるのか？」

「頼むから、ちょっとの間、黙ってあの子の様子を見てて」

一体なんだろう。仕方なしに、沙羅の部屋へ入った。俺の部屋ほどではないが、物が少ない。四畳半にあるのは天板が樹脂の折れ脚テーブル、どこかで拾ってきたような色の褪せた整理ダンスだ。続く六畳の窓際にはパイプ椅子と錆びた譜面台（ふめんだい）が置いてあった。その足許にはバンドネオンがある。陽焼けした畳の上との取り合わせが妙にしっくりきた。

そんなわびしい部屋で眼についたのは写真だ。整理ダンスの上には写真立てが並び、壁には無数の写真が貼ってある。どの写真も空が青い。光の色が違う。アルゼンチンの風景だ。よく見ると、雑誌の切り抜きも多かった。

人物の写真もある。沙羅の弟の双子だ。褐色の肌をして、笑っている。目元が沙羅によく似ていた。眩（まぶ）しい陽光の下、双子の弟たちは子犬のように転がり遊んでいる。笑顔に陰はない。

「冬香ちゃん、ちょっと手伝って」

沙羅が声を掛けると、冬香はゆっくりと振り返った。そして、はっきりとした声で言った。

「いやです。お洋服が汚れたら困るから。せっかく圭介おじさんが買ってくれたのに」

冬香は堂々としていた。まったく当たり前のことを言っているかのようだった。

「お皿とか運ぶだけやよ」沙羅が優しく言い聞かせるように言った。

「でも、私はいやです」冬香が言い張った。

二人の会話を聞いていて、息苦しくなってきた。冬香は昔、あれほど料理をしたがったことを憶えていない。


――冬香がね、お料理してみたいんやって。包丁で切ってみたい、って。

――え？

――大丈夫。子供用の包丁ってちゃんと売ってるんよ。

うまく返事ができなかった。部屋には一週間前に届いたＤＮＡの鑑定書がある。俺と冬香の親子関係はほぼ否定されていた。

唯の笑顔を見ていると、頭がおかしくなりそうだった。いつから俺をだましていた？　いつから俺を裏切っていた？　結婚してからか？　それとも、もっと前からか？　俺に桜のハンコを押してくれたとき、心の中では別の男のことを考えていたのか？

その男はだれだ？　まさか、俺の知っている男なのか？

「いやです。私はやりません」

冬香の声で我に返った。どれだけ言っても手伝う気はないようだ。仕方なしに、沙羅が料理を置き、ナイフとフォークを並べた。小さなテーブルなので三人分の食器を置くと、もういっぱいだ。

「さ、座って」沙羅が俺と冬香を招いた。

断ろうとしたが、沙羅が眼で合図をしてきた。まだ黙って見ていろということだ。仕方なしに三人でテーブルを囲んだ。沙羅が簡単にお祈りをする。冬香は冷たい眼で見ていた。

「これはエンパナーダ。世界中で食べられてる。中は牛肉とか鶏肉とか。外はパイ生地みたいなもの。それを油で揚げてる」

冬香は黙って料理を見下ろしている。一言も口をきかない。ひどく重苦しい雰囲気だ。エンパナーダを一口食べた。だが、今日はすこしも味がわからない。泥団子でも食べているような気がした。

「さ、食べて」

沙羅がうながした。冬香はいただきますも言わず、ナイフとフォークを手に取った。慣れた手つきで口に運ぶ。さすが圭介が育てた。作法は超一流だ。

一口食べて、冬香がナイフとフォークを置いた。

「おいしくありません。もう結構です」

「えっ」沙羅の顔が引きつった。

「これ、おいしくないです。だから、いりません」冬香が礼儀正しく繰り返した。

「そんなにまずい？　なんか間違えたかな」慌てて自分の分のエンパナーダを口に運んだ。

「……ちゃんとできてると思うけど……」

「でも、私、これ嫌いです。欲しくない。なにかもっとほかにないんですか？」

冬香が繰り返した。表情は硬いままだ。正直、真面目と言ってもよい。わがままを言って困らせてやろう、というふうには見えなかった。


――うまくできるやろか。

――大丈夫。

離乳食の入った椀を渡され、俺はすこし途方に暮れた。

椀の中はかぼちゃのお粥。真っ黄色だ。長いスプーンですこしすくって、冬香の口許に運んだ。すると、まるで巣の中のひな鳥のように大きな口を開けた。そうっと流し込んでやる。

冬香はぱくんと音がしそうなほど勢いよく口を閉じ、もぐもぐと頬全体を動かした。

――すごい、ちゃんと食べた。

思わず大きな声が出た。じんときた。俺の手から娘が食べてくれた。たったそれだけのことが、こんなに嬉しいとは思わなかった。

——ね、簡単でしょ？　ほら、次。冬香が待ってるよ。

冬香が大きな口を開け、あーあーと催促している。俺はふたたび粥をすくった。

俺は呆然と冬香を見ていた。息が詰まって言葉が出なかった。あのとき笑っていた赤ん坊の面影はどこにもない。

「そんな言い方したらあかん。好き嫌いはよくないし、作ってくれた人に失礼やよ」沙羅が気を取り直して言った。

「なぜ？　それに、私、こんなものを食べに来たんじゃありません」

「こんなもの、て。あんた、いい加減にし」沙羅がとうとう声を荒らげた。

「いやなときははっきり言うように、っておじさんに言われました」

「でも、言うていいことと悪いことがある」沙羅が大声で言った。完全に怒っている。

「私は悪くない。それに、人を傷つけて平気な人間は私じゃない。この人です。違いますか？」冬香がまっすぐに俺を見た。

思わず息を呑んだ。胸に錐で突き刺されたような痛みが走る。返事ができない。眼の前にいるのは十歳の子供だ。整って聡明な顔だが、笑えばきっと愛らしいだろう。なのに、平気で人の心をずたずたに切り裂く。

「私が今日来たのは、二つ質問があるからです。一つ目は、私の本当のお父さんは誰なのかということ。二つ目は、なぜ、戸籍上のお父さんは私のお母さんを殺したかということです」

冬香の声にあるのは台本通りの正確さだけだ。怒りも哀しみも甘えもない。俺は我慢ができなくなった。

「やめろ」

「出所してから、一度でもお母さんの仏壇にお参りに来ましたか？　お墓参りに行きましたか？　お母さんを殺したこと、悪いと思ってないんでしょう？」

「違う」

「じゃあ、なぜですか？」

返事ができなかった。唯に手を合わせる。罪を詫びるのは当然だ。わかっているのにできない。身体がすくむ。どうしていいのかわからない。俺は今でも唯が憎い。俺を裏切った唯が憎い。だが、それでも、もう一度唯に名前を呼んでもらいたい。

――森二、ほら。

茅の輪の向こうから白い袖を揺らして手招きしてほしい。そして、もう一度、なにもかもやり直したい。俺を愛してほしい――。

「圭介おじさんが言ってたとおりですね。私の戸籍上のお父さんは何の反省もしていない。罪の意識もない冷酷な殺人鬼だ、って。でも、心配しなくていい、って圭介おじさんは言ったんです。なにがあっても守ってやる。絶対に傷つけるようなことはさせない、って」

ふと気付いた。冬香の足が震えている。いや、震えているのは足だけではない。冬香は左手でスカートを強く握りしめている。左の拳が真っ白になって震えていた。

俺は胸を突かれた。冬香は本当に嬉しいわけではない。喜んでいるわけでもない。苦しみをこらえている。自分で懸命に考えた台本通りに演技をすることで、自分を保っているだけだ。

だめだ。子供にこんな演技をさせてはいけない。眼の前に母親を殺した男がいれば、いつまでもあの夜を思い出す。いつまで経っても心の傷はふさがらない。圭介と暮らしたほうが絶対に冬香は幸せだ。俺にできることは、二度と冬香に会わないこと。会いたいなどと冬香に二度と思わせないことだ。

冬香をにらみつけた。精一杯冷たい声で言う。

「なら、さっさと圭介のところに帰れ。俺とは赤の他人や。なんの血のつながりもない戸籍上の父親に過ぎん。だから、二度と来るな。俺は君の父親やない」

冬香の顔から血の気が引いた。はっきりと表情が強張ったのがわかった。

「吉川さん、なに言うてんの……」

沙羅が怒りをあらわにし、俺に食ってかかった。俺は沙羅を無視し、もう一度冬香に言った。

「帰れ。二度と来るな」

冬香はすこしの間黙っていた。かすかに唇が震えていた。だが、なにも言わず、スマホを取り出した。慣れた操作で話しはじめる。

「圭介おじさん。すぐに迎えに来て。吉川森二の隣の部屋にいるから。それから、お腹空いた。ピザとパスタ食べて帰る」

一方的に話して切った。ほとんど命令口調だった。

「迎えが来るまで待たせてください。それから、喉が渇いたのでなにか飲み物をください」

冬香はエンパナーダの皿を押しやると、高飛車に言った。もう耐えられなかった。二人を残して部屋を出た。吉川さん、と沙羅の声がしたが無視した。階段を駆け下り、あてもなく歩き出す。

春は終わった。もう桜はない。五月の夜はもう寒くはない。中途半端に甘く、青臭い。

――たいへんよくできました。

唯が笑って桜のハンコを押してくれた。どれだけ嬉しかったか。それがすべてのはじまりだった。

冬香が生まれたとき、どれだけ幸せだったか。なのに、なにもかも失った。幸せに慣れたころに取り上げられた。牙を抜かれ、首輪をつけられ、すっかり飼い慣らされてから捨てられた。

正面に社が見えた。瞬間、胸が詰まった。神社は嫌いだ。あさましく神頼みをする人間も、卑屈に手を合わせる人間も、茅の輪の向こうから手招きする女も、なにもかも忘れたい。忘れてしまいたい。

そのとき、後ろから腕をつかまれた。振り向くと、沙羅だ。いきなり頰を叩かれた。女の力だ。たいして痛くはない。頰よりも、ぱん、と高い音が突き刺さった耳のほうが痛い。

「なにしてんの。子供置いて逃げ出して」沙羅が叫んだ。

かまわず歩き出そうとしたが、沙羅は腕を放さない。

「たとえ戸籍上でも父親なんやろ？　逃げるなんて最低や」

無視して、腕を振り払う。すると、沙羅が渾身の力を込め、もう一度俺を叩いた。さすがに二度目は我慢できなかった。沙羅に向き直り、にらみつけた。沙羅は一瞬ひるんだが、すぐにまた食い下がってきた。

「あんなん見たら黙ってられへん。あの子、ボロボロやん……」

ふいに沙羅の声が溶けて濁った。思わず振り返って沙羅を見た。どきりとした。

「お願いやから逃げんといてや。たとえどんなことがあっても、子供捨てたらあかん」

叫んだ途端、ひとつ涙がこぼれたのが見えた。沙羅が慌てて顔を背け、うつむいた。長い髪で顔が見えなくなる。

「……子供を見捨てて逃げるなんてやめてや。絶対にやめて……」

沙羅のか細い声が胸を刺した。俺は動けなくなった。

沙羅も母に捨てられた。父に捨てられた。誰も頼る人がいない。大人びた容貌だが、中身は十八。まだまだ子供だ。気丈にふるまってもどれだけ不安だろう。見捨てるな、逃げるな、とは冬香のことだけではない。助けを乞う沙羅自身のことだ。

生駒の山の上で凍えていた俺と同じだ。助けてくれ、だれか助けてくれ、と懸命に祈っていた。凍り付くような夜風に吹かれ、遠い街の灯りが消えていくのを眺めている。次第に気が遠くなる。だれか、だれか助けてくれ——。

「とにかく今は戻って。お願いや。嫌がらせの犯人も捕まってへんし」

沙羅に言われて気付いた。そうだ。冬香を一人にしては危ない。慌てて部屋に戻ると、冬香は壁の写真を見ていた。俺に気付くと、言う。

「逃げたのかと思いました」

真っ直ぐな眼は真っ直ぐな感情であふれている。軽蔑と憎悪。取り繕いもしない。覚悟を決めて答えた。

「一つ目の質問。君の本当の父親は誰か、やったな。答えは、俺は知らない、や。唯に訊いたが答えなかった。だから、わからないままや。唯が亡くなった今、もう知るすべはない」

「心当たりはないんですか？」

「ない。俺は唯を疑ったこともなかった。唯もそんな素振り一つ見せなかった」

「そうですか。じゃあ、二つ目の質問に答えてください。なぜ、お母さんを殺したんですか？」

「殺すつもりはなかった」

「それだけですか？」

「殺すつもりはなかった。そうとしか答えられない」

「嘘をつかないでください。そんなのただの言い訳です」

「嘘やない」

「私、知ってるんです。あなたは、私が自分の本当の子供じゃなかったから、怒ってお母さんを殺したんです。私が別の男の子供だったから、お母さんを殺したんです」

「唯の命を奪ったのは俺や。でも、殺すつもりなどなかった。本当や」

「だから悪くないと？」

「そうは言うてない」

「言ってるのと同じでしょ」

冬香が叫んでそばにあった本を投げつけた。本は見当外れの方向に飛んで、玄関の靴の上に落ちた。沙羅は本を拾うと、冬香の前に立った。

「物に当たったらあかん。謝って」

角の折れた本を示した。アルゼンチンのガイドブックだった。だが、冬香はだんまりでそっぽを向いた。

「悪いことをしたときは謝る。当たり前のことや」

「その本、元からボロボロです。私のせいじゃない」

「ボロボロでも、これはあたしの宝物や」沙羅が声を荒らげた。「アルゼンチン、いつか行こうと思ってる」

「そんなこと、あなたの勝手でしょ？」

冬香の顔がすこしずつ赤くなる。かまわず沙羅は話し続けた。

「そう。あたしの勝手や。仕事から帰ってきて、この本を見て、いつかアルゼンチンに行く、って思う。そう思うから……なんとか毎日生きていける」

「そんなこと知らない」

冬香は半分泣き出しそうな顔で言った。顔は真っ赤で小さな手を強く握りしめている。沙羅は奥の部屋からバンドネオンを持って来ると、かすかな音を鳴らした。

「これはあたしのお父さんのやねん。あたしのお父さんはお金を盗んだまま行方不明。指名手配されてる」

今までそっぽを向いていた冬香がはっと顔を向けた。沙羅はすこしうつむき加減でバンドネオンを弾いている。細く長い音が震えて伸びる。

オブリヴィオン。

「でも、お父さんはたぶんもう死んでる。……殺されてる」

「殺された……？　じゃあ、お母さんは？」冬香が勢い込んで訊ねた。

「あたしが小学生のとき、離婚してお母さんは一人でアルゼンチンに帰ってん。向こうで再婚して子供が生まれたんやって」ほら、と壁の写真に眼をやった。「双子の男の子がいてるやろ？　あれあたしの父親違いの弟」

沙羅はバンドネオンを弾き続けている。冬香は写真を見て、それから沙羅を見た。そして、もう一度、写真を見て、また沙羅を見た。

明るい陽光の下、頬を寄せ合って笑う、幸せそうな双子と母親。暗い文化住宅でうつむいて楽器を弾く女。

オブリヴィオン。

不思議だ。これほど感情あふれる音が出るのに、楽器というよりも機械を操作しているように見える。まるで旧式のレジスターを打っているかのようだ。寂れた田舎のドライブイン。毎日雨が降っている。一日に数台、型落ちの車が駐まって、美味しくも不味くもない料理を食べ、埃をかぶった商品を買う。そして、沙羅は無言でレジを打つ。そんな光景が浮かぶ。

「お父さんと一緒にアルゼンチンへ行く約束してん。だから、待つしかないねん。生きてないのはわかってるけど、死んだって証拠がない以上、待つしかないから」

冬香はテーブルの上に置いた手を固く握りしめ、じっと沙羅を見ていた。唇はかすかに開いたままだ。顔は真っ赤だ。今にも泣き出しそうに見えた。

「……ごめんなさい」冬香が小さな声で謝った。

冬香が詫びるのをはじめて聞いた。ほっとする一方、奈落へ落とされたような気がした。

冬香の心をほぐしたのは沙羅の過去だ。父親が犯罪者で、しかも殺された、ということだ。

冬香は沙羅を仲間だと認識し警戒を解いた。つまり、冬香が人を受け入れるかどうかの基準は、「親を殺されていること」「親が犯罪者」にある。なんと酷い連帯感だろう。

「ううん、あたしもいろいろ言いすぎた。ごめん」沙羅が恥ずかしそうな顔をした。

「それ、楽器？」冬香がそろそろと沙羅に近づいた。

「そう。バンドネオン。タンゴの演奏に使うねん」

「アコーディオンに似てる。そのボタン押したら音が出るん？」

冬香の眼は今までとはまるで違った。子役の演技のようなわざとらしい光が消えている。

「弾いてみる？」

沙羅が冬香の膝の上にバンドネオンを載せた。両手を持ち手に通して、指がボタンに届くようにしてやる。

「結構重い。足、痺れそうや」冬香がうふふと笑った。

「古いからね」沙羅がそこで驚いた。「大阪弁、喋れるんや」

「……学校はみんな大阪弁やし」

「そらそやね」沙羅は冬香に手を添えた。ゆっくりと蛇腹を広げる。「適当にボタン押してみ」

冬香がボタンを押した。すると、ふぃん、と高い音が鳴った。

「あっ、鳴った」冬香がびっくりして、すこし跳び上がった。

「あはは、そこまで驚かんでも」

沙羅が笑うと、冬香も笑った。二人は笑いながら、音を鳴らし続けた。無論、曲にはならない。ちぎれたようなメロディーと、妙に心地よい不協和音を響かせている。俺は呆然と二人を見ていた。今の冬香はごく普通の小学生に見えた。大好きなお姉さんにべったりな、甘えん坊の女の子だ。

「ねえねえ、もっと教えて。ねえ、ねえ」

「ええよ」

すっかり馴染んで、二人はバンドネオンに夢中だ。俺は一人、取り残された気分だ。

冬香を見ていると次第に不安になった。たった二度しか会っていない見知らぬ大人への甘えかたとしては、すこし異常だった。いきなり親しくなりすぎだ。距離が近すぎる。冬香のやることは極端すぎる。そこで、また思い知らされた。冬香は飢えている。これほどまでに、親を殺された仲間に飢えているのか。

「ずっと習ってるん？」冬香が沙羅に訊ねた。

「お父さんがやってたのを見ただけ」

「お父さん、上手かった?」

「あんまり。下手くそやけど好きやった、みたいな」

「あたしもピアノやってるけど全然うまくなれへんねん」

「ピアノも難しそうやもんね」

二人で声を合わせて笑う。ほっとして、でも、いたたまれなくなる。

「ねえ、なんか弾いて」

「ええよ」

沙羅が「オブリヴィオン」を弾き始めた。冬香が真剣な表情で聴き入っていると、呼び鈴の音がした。ドアを開けると、圭介が立っていた。青ざめ血の気のない顔は、硬く強張って作り物のようだった。

「冬香は?」

俺は黙って中を示した。冬香と沙羅はバンドネオンに夢中で気付かない。笑い声を聞いて、圭介が驚いた顔をした。部屋の中に戻り、冬香に玄関を示した。

「圭介が来た」

一瞬で冬香の顔から笑みが消えた。また、もとの無表情に戻る。無言で玄関に向かった。

「これ、忘れ物」沙羅がカーディガンやらランドセルやらを指さした。

「ああ、僕が持ちます。渡してください」

「自分の物は自分で持たな。……ほら、冬香ちゃん、これ持って」

沙羅は圭介を無視して呼びかけた。冬香は当惑して沙羅と圭介を見ている。

「僕が持ちますから。渡してください」圭介がすこし苛立つ声で繰り返した。

「あんたは黙っとき。ちょっと甘やかしすぎや」沙羅が強い口調で圭介に言い返した。

「失礼だが君は？　なぜ冬香を部屋に上げる？　この男とはどういう関係や？」

圭介がちらと俺に眼をやり、それから沙羅を値踏みするような眼で見る。沙羅はむっとした顔で言い返した。

「あんたに関係ない」

「冬香の伯父として関係がある。仮釈放された途端、若い女性と親しくなって部屋に上がり込む男と、知り合ったばかりの男を平気で部屋に上げる女性。そんな連中に冬香を近づけるわけにはいかない」

「なんやの、その言い方」

「とにかく、なにも知らないくせに口出しは遠慮してくれ」

「知ってる。その子のお母さんは、戸籍上のお父さんに……」そこでちらりと俺を見た。

「吉川さんに殺されたんやろ？」

「なにを……」圭介が一瞬絶句し、俺に向き直った。「森二、おまえ、他人にべらべらと……。言っていいことと悪いことの区別もつかんのか」

「吉川さんから聞いたんやない。その子から聞いてん」

「え、冬香から……」今度は冬香の方を見た。「冬香。軽々しく他人に話すべきやない」

「口出ししないで。あたしの勝手でしょ？　それより、帰る。お腹空いたから。お店、予約してきてくれた？」冬香が圭介に言った。おもわず身がすくむほど、きつい声だった。

「あ、いや。まだや」

「今日、土曜日なのに。あたし、待たされるの好きじゃない」

俺も沙羅も啞然としていた。今の冬香には先程までの子供っぽさのかけらもなかった。

「あ、ああ、すまん。じゃ、すぐに電話しよう」

圭介がスマホを取り出した。すると、沙羅がいきなり手を伸ばしてスマホをもぎ取った。

「なに言いなりになってんの」圭介を叱り、それから冬香に向き直った。「目上の人にそんな口のきき方したらあかん」

「でも……」沙羅に叱られると、冬香が急に弱気になった。

「他人が口を出さないでくれ。冬香がかわいそうや。さあ、スマホを返してくれ」

「あんた、ほんまにタチ悪い。子供を甘やかしてダメにする気？」沙羅はスマホを握りしめたまま、怒鳴った。

「君になにがわかるんや」圭介が硬い声で言い返した。

「親を殺されたこと、それに親が犯罪者、ていうことならわかる」沙羅が食いつきそうな迫力で言い返した。

するとと、圭介は一瞬黙った。それから眼を伏せ、小さなため息をついた。

「そんな共感なら勘弁してほしい。さあ、スマホを返してくれ」

沙羅と圭介がにらみ合った。俺は冬香が泣きそうな顔をしているのに気付いた。

「沙羅、圭介にスマホを返せ」

「でも……」

「返すんや」

すこし強く言うと、沙羅はしぶしぶスマホを返した。圭介はスマホを受け取ると、冬香の手をつかんだ。

「さあ、帰ろう」

無言で冬香がその手を振り払った。部屋の中に戻ると、カーディガンとランドセルを手に取った。沙羅が大真面目に言った。

「よかったらまた遊びにおいで」

「……うん」冬香は眼を伏せたままだったが、はっきりとうなずいた。

圭介がその様子を唇を噛みしめて見ていた。悔しそうだった。ドアノブに手をかけたままためらい、振り向いた。低い声で言う。

「……オブリヴィオン」

「え？」沙羅が問い返した。

「君がさっき弾いてたのは『オブリヴィオン』やな」圭介が部屋の奥に眼をやった。「あれがバンドネオンか。はじめて見た」

「へえ、知ってるん。ピアソラ好きなん？」

「タンゴはよく知らない。ただ、クレーメルの演奏で聴いた」

「クレーメル？」

「ギドン・クレーメル。バンドネオン奏者やない。バイオリン奏者や。人気実力とも現代最高やろう。そのクレーメルがたびたびピアソラを演奏してる。それを聴いた」

「ふうん。クラシックの人なん」

「クラシックでピアソラは人気がある。ヨーヨー・マもやってる。一時期、いやというほど流れてた」

知らない、と肩をすくめた沙羅に圭介が説明を続けた。

「ヨーヨー・マはチェロ奏者。こちらも世界的に活躍してる」

圭介がバッグから煙草ほどの大きさの銀色の板を取り出した。イヤホンがささっている。

「iPhone やなくて iPod？　見たことないけど」沙羅がちらと見て眼を丸くする。

「iPod クラシック。もう製造中止になってる」

この男もやはり過去に生きている。俺は惨めな安堵を覚えた。世間に取り残されていくのは、俺だけではない。二人の兄もそうだ。圭介は今は話す者のいない言語を研究し、製造中止のiPodにしがみつく。光一は時代錯誤の彫り物を背負って、旧態依然としたやり方のノミ屋にこだわる。

「クレーメルや」

圭介が下部のホイールを操作して、沙羅に渡した。沙羅はすこしためらってから髪をかきあげ、圭介のイヤホンを両耳に刺した。

「……あ」沙羅が小さな声を洩らす。

しばらく黙って聞いていたが、その唇が音なしで動いた。なんと言ったかはわかった。

――オブリヴィオン、だ。

「森二、『オブリヴィオン』の意味を知ってるか？」

「知らん」

「忘却や。忘れること、無意識、人事不省(じんじふせい)。そして、忘れ去られた状態をいう。もしくは

……」

「もしくは？」

すると、圭介がゆっくりと俺に視線を移した。低い声で言う。

「恩赦。大赦」

思わず息を呑んだ。動揺を見透かしたか、追い打ちを掛けるように圭介が言葉を続けた。

「おまえにはどれも無縁やな。おまえは忘れ去られることもないし、赦されることもない」

忘れ去られることもない——。その言葉はどんな言葉よりも過酷に響いた。俺は打ちのめされ、圭介を見つめた。かつてあれほど慕った男の顔は泥水の流れた跡のようだった。

「森二、箕面の家に帰るつもりはないんやな」

更に追い打ちを掛けられる。あの夜、唯を殺した家。ときどき夢を見る。冷え切ったガレージ。白い恐怖。

「ああ。二度と住むつもりはない。あれは冬香のものや。好きにしてくれ」

「なら、さっさと私物を片付けてくれ。目障りや」

圭介は事務的に言うと、俺に家の鍵を手渡した。俺は黙って受け取った。目障りという言葉に納得した。光一も俺を見てよくうっとうしそうな顔をする。あれもきっと心の中でこう言っている。目障りや、と。

俺と圭介を見て、沙羅が怪訝な顔でイヤホンを外した。

「なに？」

「いや、なにも」圭介に向かって短く、思い切り下品に言った。「去ね」

その言葉を聞いても、圭介は表情ひとつ変えなかった。

「ありがとう」沙羅が困惑した様子で、圭介にiPodを返した。

オブリヴィオン。

忘却もしくは恩赦、大赦。

なるほど。真の赦しとは忘れ去られることだ。記憶が風化し、最後の砂一粒まで吹き飛ばされて消えてしまって、ようやく赦しが訪れる。だが、そんな日は決してこない、と圭介は言っている。

「……去ね」

俺はもう一度繰り返した。


圭介と冬香が帰り、俺は部屋に戻ろうとした。すると、沙羅に呼び止められた。

「吉川さん。あの子のこと」

振り向くと、沙羅がペンダントを握り締めて立っていた。

「みんなで寄ってたかって、あの子を傷つけてる。吉川さんもやけど……伯父さんは一番タチの悪い方法であの子を虐待してる」沙羅が俺を見据え、きっぱりと言った。

「虐待？」

「あたしも他人のこと言われへんけど、あの子、全然しつけされてへん。あんなこと平気で言うなんて無神経すぎる。きっと家でも同じことしてると思う。不味い、嫌い、って言うたら食べんでもええ、てふうに。それに、いただきますもごちそうさまも、言わへんかった」

昔はちゃんと言った。両手を合わせ、三人で声を揃えた。いや、週の半分は四人だった。圭介もいたからだ。

「いただきますを言わへんのに、上手にフォークとナイフを使てた。たぶん、テーブルマナーは完璧やと思う。あたしの家に上がるとき、靴を揃えた。なんか、しつけが中途半端やねん」

——右と左を確かめて。脱いで、きちんと揃えて。

唯が玄関で言い聞かせていた。冬香も憶えて、二人で声を揃えて歌うように言っていた。その習慣は残っているということか。

「着てたカーディガンを脱いだら、床に捨てた。それに、ランドセルも」沙羅がすこし語気を強めた。「ご飯の支度手伝って、て言うたら断られた。お料理なんかせえへん、て。家では全部、あの伯父さんがしてるんやろね。あの子が脱いだ服を、伯父さんが拾って歩いてるんや。お料理も洗濯も掃除も全部。手伝いもさせへんで」

それは、俺の知っている圭介ではなかった。しつけには厳しく、家事もきちんとした。兄妹は二人とも料理が得意だった。おでんを作り、デザートに桃を剥いた。コンポートも作った。包丁が使えないなど、考えられない。また、料理だけではない。兄妹の家はいつも片付いていた。服を脱ぎ捨てるなど考えられなかった。

俺は今までこう考えていた。事件記事を送りつけられたショックで冬香が壊れてしまったのだ、と。だが、壊れたのは冬香だけではない。圭介もだ。行儀作法に厳しく、礼儀を重んじた圭介はもういない。「かわいそうな冬香」を守るために、正常な判断ができなくなっている。

「冬香は俺のことを知って不安定になって、カウンセリングを受けてた。だから、圭介は気を遣ってる」

「気を遣うんと甘やかすんは全然違う。あの子はなにもできへん。でも、できへんのやなくて、させてもらわれへん。禁止されてるんやよ。あの子がしていいのは、お勉強と吉川さんを怨むことだけや」

沙羅の言葉は的確だった。俺は唇を嚙んだ。

「でも、俺は怨まれても仕方ない」

「なに言うてんの。そんな無責任なこと言うて、あの子がどうなってもええん？」

沙羅がすぐさま言い返した。俺は無意識のうちにポケットを探った。だが、煙草はなかった。部屋に置いてきた。

いや、違う。冬香と圭介を壊したのは俺だ。俺が唯を殺してしまったからだ。冬香から最愛の母を奪い、圭介から最愛の妹を奪った。俺が二人を壊した。

「じゃあ、どうすればいい？　俺が冬香を育てろと？」

「そうやよ。戸籍上でも父親は父親なんやろ？」

「そんなことできるか。自分の母親を殺した人間と暮らせるわけない。冬香はきっと一日中言い続ける。――私の本当のお父さんは誰ですか？　なぜ、お母さんを殺したんですか？　そんな暮らしのどこがまともや」

「まだわからへんの？」沙羅が大きな声で遮った。「あの子はさっきはっきり言うたやん。――私が別の男の子供だったからお母さんを殺したんです、って。つまり、母親が死んだんは自分のせいや、て言うてるやん」

愕然とした。そうだ。冬香はきっぱり言った。自分が本当の子供ではなかったから、俺が怒って唯を殺したのだ、と。

「吉川さんが奥さんを殺したのは、あの子が自分の子やないと知ったからやろ？　もし、あの子が本当の子供やったら、殺してないってことやろ？」

「殺すつもりはなかった」

「つもりはなくても死んだんは事実や。あの子にしたらただの言い訳やん。あの子は、自分が本当の子供やなかったから母親が殺されたんやと思てる」

「じゃあ、なぜ俺に訊く？　なぜお母さんを殺したのか、て。答えは自分で言ってるやないか」

「あの子は自分の責任やと思てる。お母さんが殺されたんは自分のせいやと思て、自分を責めてる。だから苦しくてたまらなくて、混乱してる。あの子はなんも悪ないのに、かわいそうやんか」

沙羅の眼に涙が溢れた。俺は呆然と立ち尽くすことしかできなかった。

冬香を助けてやりたい。俺にできることがあったらなんでもしたい。今の冬香の心のよりどころは、俺と血がつながっていないこと、人殺しの子供ではないということだ。だから、決めた。二度と冬香の前で父親の真似事などしない、と。それでは冬香を見捨てることになってしまうのか。

俺は冬香になにを言えばいい？　なにを言っても傷つける。どんな答えを用意しても、必ず冬香は傷つく。俺はどうすればいいのだろう。どうすれば冬香を救うことができるのだろう。いや、そもそも、人を壊すことしかできないこの俺に、一体なにができるというのだろう。

どこにも答えが見つからない。歯を食いしばり、叫び出したいのを堪えた。


月曜、俺が仕事に出るとすぐに、丸山息子が寄ってきた。

「今晩、ちょっと付き合って欲しいんやけど」ぐふぐふと笑いながら丸山息子が頭を掻いた。

「彼女のことで、いろいろ進展があったんやけど……聞いてるか？」

驚いて丸山の顔を見た。まさか日曜日に何かあったのだろうか。到底信じられない。

「とにかく、今晩外で会う(お)て話をしよか」

無視しようかと思った。だが、丸山の言う「進展」が気になった。もし、丸山が勘違いして暴走しているのなら、放っておくとまずい。沙羅に迷惑が掛かる前に、俺が止めるべきだ。

丸山に呼び出されたのは、東梅田(ひがしうめだ)、太融寺(たいゆうじ)の近くだった。このあたりはラブホテルが密集していて、風俗店も多い。俺を誘い、丸山は真っ直ぐに角のコンビニに向かった。なにか買うのかと思ったら、入口で立っている。

「ここで待ち合わせしてるんや」

すると、沙羅が来た。胸の膨らみの目立つぴったりとしたグリーンのサマーセーターに白のミニスカートという格好だ。あたりを見回し、人を捜しているようだ。

「待ってたで、アンナちゃん」

丸山がにたにた笑いながら声を掛けた。すると、沙羅の顔が一瞬で強張った。

「また、あんた？　お断りや言うたのにメアドまで変えて」

バッグからスマホを取り出し電話をしようとして、横にいる俺に気付いた。

「なんで……？」

沙羅は呆然と立ち尽くしていた。夜の街にいる沙羅はどこから見ても風俗嬢だった。割り切って風俗バイトをしている学生、ＯＬではない。性を売ることを専業にしている女特有のなにかが染みついている。派手な容姿も、派手な化粧も、人目を引くスタイルもすべてが上(うわ)っ面(つら)だけの偽物に見えた。

「ほら、あそこのマンション、待機部屋になってる。待ち合わせOKのええ店や」丸山が得意気に言った。「御崎アンナちゃんって言うんや。きれいな名前やろ?」

ようやくわかってきた。丸山は偽名で沙羅を指名し、待ち合わせ場所に俺を誘った。なにも知らない俺がショックを受けると思っていたからだ。

「それがどうした?」

その返事を聞くと、沙羅がはっと俺を見つめた。

「どうって……おたく、驚かへんのか? 彼女、デリヘル嬢やで?」

「だからどうした?」

それを聞くと、丸山が悔しそうな顔をした。なにか言おうとするのを遮って、沙羅がきっぱりと言い返した。

「嬢にも選ぶ権利があるねん。あんたなんか御免やわ」

丸山はしばらく黙っていたが、やがてわざとらしいため息をついた。

「ええなあ。女は身体で稼げて。僕なんか毎日工場で朝から晩まで働いてんのに、女はちょっと手と口動かすだけで金がもらえるんやから。なあ、ほんまは好きでやってるんやろ? 好みの男が来たらタダでやらせるんやろ?」

「……最低」

沙羅が真っ青な顔でにらみつけた。俺が思わず丸山の胸ぐらをつかもうとしたとき、後ろから声がした。

「太った兄ちゃん、えらい失礼なこと言うてはるやないか」

振り向くと加藤が立っていた。ニヤニヤと笑いながら近づいてくる。その横には持田の姿も見えた。

白のスーツ姿の加藤は俺を見ると、わざとらしく深く頭を下げた。

「森二さん。こんばんは。この前はどうも」

「どうも世話になりました」

持田は相変わらずジャージだ。ゴールドのラインが街の灯りにきらきら輝いている。

加藤は丸山に向き直ると言った。

「この人はなあ、うちの社長の大事な弟さんなんですわ。その人の彼女を侮辱されたら、俺らも黙ってるわけにはいかへんのです」

その言葉を聞くと、丸山が真っ青になって俺に食ってかかった。

「おたく、ずるいで。僕をはめたんか」

「違う」俺は丸山に向かってきっぱりと言い切り、加藤をにらんだ。「加藤。おまえらには関係ない」

「森二さん。いやいや遠慮なさらずに。揉めごとは俺らに任せて下さい。森二さんの顔潰すんは、光一さんの顔潰すんと同じことやから」加藤は相変わらず笑っている。

「どこが関係ないんや。おたくがこいつら呼んだんやろ。卑怯者」

丸山がぶるぶる震えながら怒鳴る。すると、加藤がいきなり丸山の足を払った。不意を突かれた丸山は呆気なく転がった。

「あれ、いきなり転んでどうしたんですか？　飲みすぎと違いますか？」

加藤が笑いながら言った。持田が近寄り、丸山を助け起こすふりをしながら、手の甲を踏みつける。

「大丈夫ですか？　起きられますか？」

丸山が悲鳴を上げた。加藤は楽しそうにその様子を見下ろしながら言った。

「森二さんには若い頃から世話になっとるんです。俺らにとっても大事な人なんですわ」

「やめてくれ。僕はなんにもしてへん」丸山が怯えた顔で見上げた。

「それやったらいいんですけどねえ。えらい重いな。ちょっとダイエットしたほうがいいんと違いますか？」

持田が丸山を引き起こしながら、手首を逆にひねった。丸山がまた悲鳴を上げた。

「やめろ」

制止したが、加藤はまるで聞こえないふりをした。

「大丈夫ですか？　どこか痛くありませんか？」白々しい口調で言いながら、丸山の顔をじっと見る。「丸山木工所でしたっけ？　御挨拶にうかがわせてもらっても？」

「いや、いや、結構や」丸山がすごい勢いで首を横に振った。

「そうですか。それは残念ですわ」

加藤が丸山を放した。そして、意外そうな口振りで言う。

「森二さん、これくらいでいいですか？　もっと俺らに任してくれてもええんですよ？」

俺はにやにや笑う加藤を無視し、丸山に声を掛けた。

「すまん、大丈夫か？」

丸山は返事をしなかった。引きつった顔で俺をにらむと、そのまま逃げ出した。加藤も持田も後は追わなかった。

丸山の姿が見えなくなると、加藤がにやにや笑いを消した。真顔になる。

「今からちょっと話をせえへんか？」

「断る」

「俺らと組んだほうが得やと思うけどな」

「断る。それよりも、おまえらが粉掛けてきたこと、俺が光一に伝えたらどうする？」

「それは困るな」加藤はわずかに顔をしかめたが、すぐ口の端だけで笑った。「光一さん、怖いからな」

横で話を聞いている持田がびくりとした。だが、やはりすぐに平静を装い、引きつった笑いを浮かべた。

「まあ、ゆっくり考えてくれ。俺らは諦めへんから」

口では怖いと言いながら妙に余裕がある。知られたくはないが、知られてもなんとかなる心積もりがあるのだろう。加藤と持田は一体どんな保険を掛けているのだろうか。見当がつかなかった。

気を取り直して、沙羅を捜した。だが、どこにも見当たらなかった。

「へへ、カッコつけて振られよった。惨めやな」

持田が子供じみた笑い声を上げた。相手にせず俺は歩き出した。沙羅の行方が気になったが、どうすることもできなかった。

部屋に戻ってシャワーを浴びた。沙羅はまだだった。帰ってくるまで待とうと思い、缶ビールを開けた。

やはり加藤と持田の動きが気になる。光一のことだから二人の動きは把握しているだろうが、まだ様子見というところか。光一には光一の思惑があるのだろうが、これ以上うろつかれると困る。

もし、加藤持田が当てにしているのが光一と敵対する勢力ならば、抗争とはいかなくても小競り合いの一つや二つは起こるだろう。巻き込まれたくない。とにかく一切関わりを持たないことだ。今後、あの二人が接触してきても完全に無視する。これ以上、沙羅に迷惑を掛けるわけにはいかない。

ラブホテル街を歩く沙羅の姿を思い出すと、ふいにビール缶を持つ手が震えた。缶を畳の上に置くと、ひとつ息をついた。

光一の下にいた頃は、そんな女性をいくらも見た。海外旅行のため、ブランドバッグのため、というあっけらかんとした者もいた。ホストに貢ぐ者もいた。思わず眼を背けたくなるほど手首に傷のある者もいた。そして、もちろんただひたすら借金を返す者もいた。

風俗嬢とは非難されるべきものなのだろうか。身体を売ることは汚いことなのか。では、その汚いとされるものをなぜ買う？　金で女の身体を求める男がそれを口にするのはおかしいだろう。

風俗嬢だという理由で沙羅を責めようと思ったことは一度もない。やめるように言おうと思ったこともない。沙羅の事情、沙羅の自由を尊重しているつもりだった。そもそも、人殺しに風俗嬢を非難する資格があるわけがない。だからなにも言わなかった。だが、それは正しい態度だったのか？　本当に沙羅のためを思っていたのか？

明け方近く、三本目のビールを飲んでいると沙羅が戻って来た。

物音を聞いて部屋を出た。沙羅は俺を見て一瞬驚いた顔をしたが、すぐに眼を逸らした。そのまま自分の部屋に入ろうとするが、腕をつかんで引き留めた。

「話がある」

無理矢理に沙羅と一緒に部屋へ入った。沙羅は相変わらず俺の顔を見ない。うつむいたまま、バッグを部屋の隅に放り投げた。

「……今はやめて。あの後、ロングやったから疲れてるねん」

沙羅が冷蔵庫を開けた。麦茶を取り出し、グラスに注ぐ。一息で飲み干した。

「さっきは迷惑を掛けた」

「別に」

沙羅は投げやりに答えると、グラスを洗って拭いた。すぐに棚にしまう。

「丸山につきまとわれてたんか？」

「後、つけられてたみたい。店がばれて、指名入れられた。すぐに拒否したけど、いろんなアドレスからしつこくて」

「なぜ黙ってた？」

「これはあたしの仕事の問題。いざとなったら店にケツ持ちもいてるし」

沙羅は椅子に腰を下ろすと、真っ赤な爪でピアスを外した。

「平気やよ。あいつだけやないもん。最近、いやな客ばっかり続いてて……でも、そんなんすぐに慣れるし……」

テーブルの上には開いたままのアルゼンチンのガイドブックが置いてあった。沙羅はボロボロのガイドブックを見下ろし、ふっと笑った。

「……いつか、あたしもアルゼンチンに行くねん」

沙羅はうつむいた。長い髪が肩からこぼれ落ちる。強い香水の匂いが立った。

ふいにわかった。ああ、そうか。俺と沙羅は同類だ。

「いつか」と「今さら」は似ている。どちらも辛い現実から逃避する呪文だ。「いつか」と唱えれば現実から眼を逸らすことができる。「今さら」と唱えれば現実を諦めることができる。

沙羅は「いつか」で、俺は「今さら」だ。前を向こうが後ろを向こうが、自分をごまかしていることには違いない。

父のことも母のことも忘れてしまえば、沙羅はきっと自由に生きていけるだろう。人生をやり直すことができるはずだ。だが、行方不明の父と仕送りが必要な母を抱え、この先ずっと足枷(あしかせ)をつけられたまま生きていくしかないのか。

「今の仕事、やめたほうがいい」

「あいつも言うてたやん。ちょっと手と口を動かすだけでお金がもらえる、て」

沙羅はテーブルに両肘を突き、大きなため息をついた。眼を伏せ、そのままじっとしている。疲れているというのは嘘ではない。だが、その疲れは「今夜はロング」だったからではない。もう何年もの間、もしかしたら生まれてからずっと、沙羅に積もった溶けない雪のような疲れだ。

「それでもやめたほうがいい」

沙羅が顔を上げた。俺を真っ直ぐ見すえ、きっぱりと言う。

「あんなんたいしたことない。ちょっと前までは本番やっててん。それに比べたら今は全然マシや。本番ＮＧって断れるし」

「だとしてもやめるべきや」

沙羅はしばらく黙って俺をにらんでいたが、やがて眼を逸らした。そして、唇を歪めて泣きそうな顔で笑った。

「昔はわからへんかったけど今やったらわかる。あたし、五百万返すのに二年かかってん。その気になったら半年で返せる金額やのに。あの頃、どんだけ抜かれてたんやろ。ほんまに阿呆みたい……」

「もう言うな」それ以上は聞いていられず、沙羅の言葉を遮った。

「なんで今さらやめろなんて言うん？」

「そんなことを言う資格がないと思てた。それから……」

「それから、なに？」

「俺と関わるとろくなことにならない」

「なにそれ？　いい歳して中二病ってやつ？」沙羅がすこし笑った。

「冗談やない。俺と関わって幸せになったやつはいない。親父もおふくろも、妻も……」

沙羅が小さく息を呑んだ。言わなくとも次の言葉はわかったらしい。

「じゃ、なんで気が変わったん？」

「濃い化粧をしてホテル街を歩く姿を見たら、気が変わった」

「あはは。そんなに変やった？」沙羅がひどく下品に笑った。

「まったく似合てなかった。バンドネオン弾いてるほうがいい」

その言葉を聞いた途端、沙羅が泣き出しそうな表情をした。だが、すぐに強い眼で俺をにらみつけた。

「失礼なこと言わんといて。あたし、これでもベテランやよ。大抵のことはやってるねん」

「それがどうした。たとえベテランやとしても、バンドネオン弾いてるほうが合うてる」

沙羅が悔しそうな顔をして、眼を逸らした。テーブルの上のピアスを指先でもてあそびながら、ぼそりと言う。

「なんで、そんなこと言うん……」

「すまん、もっと早く言うべきやった」

「でも、あたしのバンドネオン、自己流やし、人に聴かせられるレベルと違うんよ」

えへへ、と沙羅が笑った。笑った拍子に涙が一粒テーブルの上にこぼれた。沙羅は涙を拭きもせず、話し続けた。

「お父さんはね、バンドネオン奏者になりたくてアルゼンチンに勉強しに行ってんけど、全然上手くいかへんで借金作って、そこで知り合ったお母さんの世話になって、あたしができたから結婚した」

沙羅の声が震えている。上下する胸の上で、ルハンのマリアも震えている。

「妊娠したお母さんを連れて日本に戻ってきてん。あたしが生まれてからも、お父さんの借金癖は直らへんかって……返さへんお父さんが悪いんやけど、借金取りが来て」

沙羅が光一を怖がった理由がわかった。ヤクザの取り立てに遭い、恐ろしい目に遭った経験があるからだ。

「お母さんはだまされた、て言うてた。ほんまは日本なんか行きたなかったけど、お金が稼げる、て聞いたから来た、て。そやから、毎日ケンカばっかりで……結局、あたしを置いてアルゼンチンに帰った」

沙羅が疲れた顔をした。ラテン系のゴージャスな容姿に、ふいに東洋人の曖昧さが重なる。奇妙な愁いに俺は落ち着かなくなった。

「お父さんはバンドネオン諦めて、工場で働いたり、居酒屋で働いたり、いろいろやっててん。で、五年くらい前から交通誘導の仕事はじめてん。夜中に工事現場で赤いライト振ってるやつ。でも、三年前、突然行方不明になってん」

沙羅がすこし言い淀んだ。やがて、ふたたび話しはじめたがその声は苦しげだった。

「お父さんの派遣先の現場事務所の金庫からお金がなくなってん。いつもはそんなに入ってないんやけど、たまたまその日は五百万ほど現金があったんやて。で、うっかり金庫の鍵を掛け忘れたらしいねん。調べたら、事務所の防犯カメラに全部映っててん。お父さんが忍び込むとこも、金庫からお金盗るとこも、紙袋に詰めて逃げるとこも」

不自然な事件だ。普段は大金を入れない金庫にたまたま五百万が入っていて、そのことをなぜか沙羅の父親は知ることができた。しかも、たまたま事務所が無人になって、うっかり金庫は無施錠で、防犯カメラだけが作動していた、と。

たぶん、沙羅の父親は金を「盗まされた」のだろう。なんらかの金の処理に利用され、用済みになったから消されたということだ。今は海か山か、そんなところだ。

「『オブリヴィオン』は君の父親が好きだったのか？」

「そう」

沙羅がバンドネオンに手を伸ばした。すこしうつむき加減になって弾きはじめる。細く長い音が震えて伸びる。オブリヴィオン。いつもの旋律だ。沙羅の身体とバンドネオンがひとつに溶けている。胸が波打つと、唇から音が流れ出すようだ。

「お父さんがお金盗んで消えたあと、派遣先の偉い人が来てん。裁判になったとき、ちゃんと弁償してたら裁判官の心証がよくなる、て。もしかしたら執行猶予がつくかもしれへん、て……」

「執行猶予？」俺は顔をしかめた。

「犯罪は犯罪やけど、金庫に鍵を掛けなかったこちらも悪い。だから、お金さえ返してくれたら、裁判のときに罪を軽くするよう上申書を書いてやる、て。だから、あたし……」

怒りで身体が震えた。向こうの言っていることは大嘘だ。沙羅はだまされたのだ。初犯とはいえ五百万という大金を盗み、しかも逃亡したのなら、いくら被害者に弁済が完了したとしても執行猶予は難しいだろう。それがわかっていながら、沙羅に五百万を背負わせ、回収した。

いや、そもそも、沙羅の父は「盗まされた」だけだ。沙羅の父を始末すると、五百万はすぐに回収されたはずだ。その上でなおかつ沙羅に五百万を払わせた。ボロい商売だ。

「そんなときにかばってくれた人がいてん。あたしに優しくしてくれて……その人も黒のベンツに乗ってた。若いけど会社をやってる、って言うてた。バンドネオンが弾けるんやったら、ええアルバイトを紹介したる、て言うてくれて……」

オブリヴィオン。沙羅の中の夜から哀しい旋律が溢れ出る。

「……よかった。吉川さんが人殺しでよかった。ねえ、デリヘルなんかたいしたことないよね」沙羅がすがるような眼で俺を見た。「学生とかＯＬも副業でやってる。みんな割り切ってるし」

俺は返事をしなかった。沙羅が懸命に言葉を続けた。

「ねえ、全然たいしたことないよね。親が指名手配されてる女の子が稼ごう思たら、風俗以外ないねん。ほんまに……ないねん」

懸命に言い訳する沙羅が哀しい。本人がその浅ましさ、醜さに気づいているのがわかるから、余計に哀しい。

「お母さんにも弟たちにも仕送りせなあかんし……」

沙羅の声が震えていた。沙羅が弾くバンドネオンより、ずっとずっと細く響いた。沙羅自身が楽器だ。

「これまでイヤなことばっかりやった。でも、これからもイヤなことしかないような気がする」

沙羅の細い声が胸をえぐった。オブリヴィオン。心が引き裂かれる。あのバンドネオンの音のように。

「もういい。俺は人を殺した。それに比べたらデリヘルがなんや」

俺は思わず声を荒らげた。そして、ドアに向かおうと歩き出した途端、背中に沙羅がしがみついてきた。細い指が俺の胸に食いこむ。バンドネオンのボタンを押すように。

「お父さんがお金を盗んだ次の日、電話があってん。——沙羅、アルゼンチンに行こう。お母さんを迎えに行こう、って」

背中に押しつけられた乳房は堅く張り詰めているのに、柔らかくたわんだ。平らな下腹は肉が薄く、合わさった部分の骨までがはっきり感じ取れる。

「……マリアさまが絶対に赦してくれへんこともしてん……」

背中が濡れている。沙羅の涙だけではない。俺の汗も噴き出している。沙羅から女の匂いがする。濃い夜の匂いだ。

「お母さんも仕送りの催促はするのに、あたしがアルゼンチンに行きたい言うたら返事せえへん」

沙羅が俺の背中で震える。しゃくり上げながら、俺の首筋に熱い息を吐く。痙攣（けいれん）するように身体が波打っている。

「吉川さんだけやねん。あたしに優しくしてくれたんは。吉川さんだけやねん。あたしにイヤなことせえへんのは、吉川さんだけやねん。吉川さんだけ……」

オブリヴィオン。忘却と赦しと。どちらも俺には無縁だ。身も心もあの夜にとどまったまま。沙羅の望みに応えることはできない。身をひねって、沙羅の腕から抜けた。

「俺は人殺しや。勘違いするな」

「吉川さん……」

沙羅の絶望的な顔が見えた。激しく胸が痛んだが、振り切って部屋を出た。ドアを閉めた途端、沙羅の号泣が聞こえた。自分の部屋に駆け込み、歯を食いしばる。すまん。すまん、沙羅。

人殺しでよかった、と言う沙羅が憐れだった。俺が唯を殺したことで、別の女を安心させることができたのか。酷（ひど）い皮肉だ。震える手で煙草に火をつけた。

三月の夜。桜にはすこし早い。まだ寒い夜だった。

冬香は圭介にあまりに似すぎていた。それに気付くと、もうそのことしか考えられなくなった。頭がおかしくなりそうだった。


——気持ち悪い。


そう言った唯の眼が忘れられない。嫌悪と恐怖。唯は混乱しきっていた。それを見た俺もおかしくなった。

唯が手を伸ばした——。

殺すつもりなどなかった。俺は冬香が愛しかっただけだ。ただそれだけだった。なにもかもやり直せた、と思っていた。だが、それは俺の勘違いだった。

人間は変われない。変われたと思ったのは、ただの傲慢だった。

4

やり直すに当たって、圭介が注文を出した。

一つ目は煙草を止めること。二つ目は「やり直し」の方法はすべて圭介に従うこと。

「下手をしたら小学校の算数からのやり直しになるかもしれない。それで嫌気が差して文句を言うのは許さない」

今まで勉強したのは、中三の一学期の間だけだ。勉強しようにもやり方すらわからない。圭介に頼るほかなかった。

「髪はいいんか?」

「髪?」

「青いままでいいんか?」

「別に髪の色は関係ない。君の好きにすればいい」

染め直すのも面倒なのでそのままにすることにした。最初に実力を計るためのテストをされた。その結果、圭介が選んだのは算数の問題集だった。

「計算そのものがあやしい。頭ではわかったつもりやけど、身についてない」

まず宿題として渡されたのは、百ます計算という小学生レベルの問題だった。要するに、ただの足し算引き算だ。いくらなんでも簡単すぎる。馬鹿にするな、と思ったが口には出さなかった。約束した以上文句は言えない。最初に釘を刺された意味がよくわかった。圭介はこのことを見越していたのだろう。

百ます計算と並行して、小学校の算数を復習した。しばらくは不満を抱えながらの勉強だった。いくらなんでも算数くらいできる、と思った。だが、すこし難しくなると途端につまずいた。特に、応用問題になるとボロが出た。考えかたは合っている。計算式も合っている。なのに、正しい答えにならない。問題が解けてもごく単純な計算ミスで落とす、ということが続けてあった。

それでようやく俺は理解した。できるつもりでいたのは自分だけだった。

「基礎は完璧にしておかないとな。いくら文章題が解けるようになっても、計算ミスで間違ったらもったいないからな」

やがて、百ます計算は終わって、分厚いプリントの束をもらった。どれも記号だらけの複雑な計算問題で埋まっていた。

「一日五枚。サボるなよ」圭介はこともなげに言った。

翌日、俺は小さな机と椅子を買った。机は天板が樹脂製の安物だったが、俺にとってはこれがはじめての勉強机だった。早速、宿題のプリントをすることにした。腰を下ろすと、それだけで嬉しかった。自分でもびっくりするくらいに興奮していた。布団とダンボール箱をのぞくと、机は唯一の家具だった。

同じ頃、長嶺家にも家具が増えた。広いリビングルームに大きなホワイトボードが置かれた。圭介は一対一で授業をしてくれた。

「この図形の面積を求めるには、補助線を引く必要がある」圭介は黒と赤のマーカーを使い分けながら説明した。「たとえば、こういうふうに斜めに引く。すると、三角形が二つできたやろ？」

なるほど、線を一本引くことで簡単に面積が出せるようになった。

「じゃ、この図形ならどこに線を引く？」

黒のマーカーを渡された。ホワイトボードの前で悩んで、思い切って補助線を入れた。

「正解。君は勘がいいな」

勘か。どきりとする。だが、圭介はそんな俺には気づかず、どんどん問題を進めていった。圭介の教え方は自由だった。学校では指導要綱に沿って教えるが、圭介はできるところからどんどん進めるというやり方だった。

「そうやな。君の現状は……数学は中二から中三。英語は完全にやり直しやな」

現代文も古文も英語も、とにかく長文は苦手だった。語彙力、単語力が低いと言われた。

子供の頃から読書の習慣がなかったことを指摘され、恥ずかしくて悔しかった。

「でも、君のせいやない。そういう環境にいなかったんやから仕方ない。でも、これからは意識して、読む癖をつけたほうがいい。大学に行ったら、どんな分野でも専門書を読む必要があるからな」

圭介がホワイトボードに書いた。そして、大真面目な顔でこう言った。

It is no use crying over spilt milk.

「覆水盆に返らず。たしかにこぼれた牛乳は取り返しがつかない。でも、新しい牛乳を注ぐことはできる。今、君の前には新しい牛乳がある。なにが問題や？」

週に三回、桃ヶ池の家に通った。個別授業だけではなく、圭介は毎回山のように宿題を出した。その採点をするのは唯の仕事だった。まず俺が宿題を提出する。唯は赤ペンを持って大真面目な顔で丸を付けていった。

俺は背を向けて待った。見ていると緊張するからだ。唯からプリントが返ってくると、その場で間違い直しをした。直したものが間違っていれば、もう一度やり直しだ。百点になるまで続けられた。

二つも下の中学三年生に毎日バツをつけられるが、すこしも恥ずかしいとは思わなかった。ただ、受験生の唯の勉強時間を削って申し訳ないと思った。

「ほら、こんなの買ったんです」

唯がピンクの紙袋を取り出した。中を開けると、四角い木のハンコが何本も出てきた。

あ、と思った。小学校の頃に見た。教師の机の上にいつも置いてあったのを憶えている。

「がんばりましょう」は字だけ。「もうすこし」はタダの丸。「よくできました」は梅。「たいへんよくできました」は桜の花だった。

教師から俺がもらったのは「がんばりましょう」だけだ。だが、それも低学年の頃だけだ。高学年になると三十点だろうが零点だろうが、ハンコそのものがなくなった。他の子供は押してもらっていたから、俺だけが無視されていたようだ。学校を休んで父と競艇場巡りをしていることもあったが、体調が悪くて休むことも多かった。担任はサボりとしか思わず、俺は嫌われていた。

「最初に決めといたほうがいいですね。百点なら、たいへんよくできました。九十点以上なら、よくできました。八十点以上なら、もうすこし。それ以下なら、がんばりましょう」

俺は黙ってうなずいた。兄妹揃って曖昧が嫌いなようだった。

「まず、吉川さんの宿題を私が採点します。そして、点数に応じてハンコを押します。間違ったところを直して百点になったら、最後に桜のハンコを押します。一回で押せるようにがんばってください」

その日、もらったハンコは「がんばりましょう」だった。唯は大真面目な口調で「がんばりましょう」と口に出して言いながらハンコを押した。

日ごとにプリントは難しくなった。いつの間にか二桁が三桁に、加減乗除が入り交じり、カッコがついて……とどんどん複雑になった。分数も小数も図形もグラフもあった。最小公倍数、最大公約数、時間、距離などなど。公式も憶えた。「三平方の定理」を何年かぶりに聞いた。すこしだけ懐かしいと思った。

毎回ハンコをもらった。「がんばりましょう」をもらったのは初日だけだった。次からは、見直しをしてから提出するようになった。すると、間違いは途端に減って「たいへんよくできました」のハンコがもらえるようになった。そして、絵の具の青だった髪は次第にまだらになった。毛先は青いが根元は黒い。小学校の頃、飼育小屋にいたインコのようだった。

やり直すと決めた日、その場でゴロワーズの空色のパッケージを握りつぶし、ライターと一緒に捨てた。だが、思った以上に禁煙は辛く、何度もくじけそうになった。一人暮らし、踏切の音が聞こえるアパート。算数のプリントをしながら、漢字の書き取りをしながら、どれだけ煙草が欲しいと思っただろう。一本だけ、一本でいいから、と何度も思った。

愚痴をこぼすと、唯が禁煙カードを作ってくれた。日付とハンコを押す欄があり、吸わなかった日には唯が「たいへんよくできました」を押してくれた。

「なんか大げさやな」

あんまり嬉しかったので、照れくさいふりをして文句を言った。

「全然大げさやないですよ。だって、調べたら禁煙はものすごく大変らしいです。たとえ十いそうです」

年禁煙しても、たった一日、たった一本吸っただけでヘビースモーカーに逆戻りも珍しくな
「……わかる気がする」

「でしょ？」今度はちょっと得意気な顔だ。「だから、本当に毎日の積み重ねが大事やと思うんです。二十四時間、禁煙を達成できたら、それはきっとすごいことです。『たいへんよくできました』やと思います。だから、吉川さんは堂々と自慢したらいいと思います」

やたらと一所懸命に語る唯は圭介とうり二つだった。俺は一瞬気圧され、それから息が詰まった。自慢できることなど、これまで一度もなかった。一時期、父にとって自慢の息子だったが、それは俺にとっては苦痛でしかなかった。

だが、今度は違う。苦痛ではない。本当に自慢していいのか？　たかだか禁煙だ。それでも、俺は誇っていいのか？

「ほんまに自慢していいんか？」

「当たり前です」

唯の言葉にはたしかな説得力があった。二つ下の、まだ中学生の女の子の青臭い励ましだ。なのに、すこしも反発する気は起きない。それどころか、明日もがんばろう、という気になる。

——明日もがんばってくれ。

父の声が響いた。また息が詰まった。やめろ、思い出すな、と言い聞かせる。父の言う明日はもう終わった。今の明日は唯と圭介と約束した明日だ。まったく別の明日だ。

「わかった。明日もがんばる」

「がんばってください」唯が笑った。

一から十まで兄妹の世話になった、だが、圭介は家庭教師代を受け取ってくれなかった。

「同情とは思わないでほしい。本当に金が欲しくてやってるんやない」

「じゃあ、なんでや」

「面白い」

「面白い？」すこしむっとした。

「違う。なんでそんなふうに取るんや」圭介が珍しく不快な顔をした。「君に教えるのは面白い、ってそう言ってるんや」

「どういう意味や？」

「いちいち突っかかるなよ。一から説明してやる。たとえば、君が間違えた問題がある。説明してもなんだか納得していない。……じゃあ、と僕は考える。どういうふうに説明したらわかってもらえるか、ってな。で、次の日、別のやりかたで説明してみる。すると、今度はわかってくれた。すごく嬉しい。面白い」

「そんなもんか？」

「そんなもんや」

勉強に行った日は必ず夕食に誘われた。遠慮すると圭介に怒られた。食費も受け取ってもらえなかったから、果物を買って持って行った。最初、デパートで買っていたが、高級すぎると唯が本当に困った顔をしたので、次からは普通の果物屋で買うようになった。

禁煙をはじめて三ヶ月で、体重が五キロ増えた。無論、煙草のせいだけではない。二人と知り合い、まともな食事をするようになったからだ。

勉強をはじめたことは光一には内緒だった。ばれたら絶対に邪魔をされる。だから、気付かれないよう、今までどおり光一の下で使い走りをした。


桃ヶ池に通うようになって半年。勉強に明け暮れる間に、いつの間にか冬になっていた。今年もあと半月。壁の薄いアパートは外と温度が変わらないくらい冷えた。これまでなら寒くても我慢ができたが、勉強するとなると別だ。手がかじかんでは字も書けない。思い切って、小さな電気ストーブを買った。

久しぶりに通帳を見ると、金は増えもしないが減ってもいなかった。俺はしばらく考えた。一人暮らしをする程度なら十分だが、大学へ行くにはまったく足らない。奨学金を申請する手もあるが、たとえ学費であっても借金は生理的にいやだった。なら、光一と一緒にもっと稼ぐか、それともバイトを増やすかだ。

これ以上、光一の手伝いはごめんだ。だが、バイトの時間を増やせば、勉強時間が足らない。どうしようかと考え、覚悟を決めて住之江に出かけた。

　無論、未成年は舟券を買えないが、セキセイインコのような青頭にサングラスをかけると年齢などわからなくなる。無理矢理に頭をつなげ、三レースほどやった。そして、ボロボロになりながら、万舟を当てた。

　ざっと計算すると、二百万は勝っている。もうすこしやらなければ、と思ったが、もう身体が言うことを聞かなかった。久しぶりにつながったせいか、本当に苦しい。吐き気が止まらず、トイレに駆け込んだ。胃が空っぽになるまで吐いて、それからスタンドに戻った。すると、今度は頭が割れるように痛んで、鼻血が出た。これ以上は無理だ。

　這うようにしてアパートに戻る。気がつくと、唯がいた。桃ヶ池の家に来ないので、心配で見に来たという。すると、部屋で俺が倒れていた。酷い熱だったらしい。住之江から戻って丸二日、意識がなかったようだ。

　体力が戻るまで更に三日かかった。そして、万舟券を見て考えた。とりあえずこれで入学金と一年間の学費はなんとかなる。だが、換金の際、万一、身元確認を求められたら面倒だ。光一がいれば、光一に換金してもらえばいい。どうせ、母の入院費を渡さなくてはならないからだ。だが、今は違う。大学という目標ができた。金を貯めなければならない。これは光一に内緒の金だ。

迷った挙げ句、圭介に払い戻しを頼むことにした。

「住之江？」圭介の顔色が変わった。「競艇？　君はまだそんなことやってるのか？」

「久しぶりに一回行っただけや」

「君は兄貴とは縁を切るって言ってなかったか？」

「そのためには金が要る」

「なるほど、手切れ金ってわけか？　本物のヤクザやな」

「悪かったな」

圭介の顔が怒りで赤い。しまった。圭介の逆鱗（げきりん）に触れた。

「断る。不愉快や。未成年のギャンブルの片棒を担ぐわけにはいかない」

「悪いとは思てる。頼む」

「大げさやない。正直に言う。僕はギャンブルをする人間を軽蔑する。おまけに、ルールを破って舟券を買う人間も軽蔑する」

軽蔑する、と面と向かって言われたのははじめてだった。かっと頭に血が上った。なにも言い返せない。そして、気付いた。これは怒りではない。羞恥だ。今、俺は恥ずかしくてたまらない。

「じゃあ、さっき持ってきたメロン。あれも競艇で当てた金で買（こ）うたのか？」

「……そうや」

「食べるんやなかった。そんな嘘をつかれたのかと思うと、腹が立つ」

圭介が俺をにらみつけた。そこへ割って入ったのが唯だった。

「お兄ちゃん、そんな言い方ないやん。人に向かって、軽蔑する、なんて言いすぎ」

「ギャンブルする人間は最低や。嘘をつく人間も最低や」

「いくらなんでも言いすぎ。なにも、そこまで言わなくてもいいやん。吉川さんがかわいそうやよ」

「本当のことや。正しくないことは正しくないんや。唯。人のことを簡単にかわいそう、なんて言うそっちのほうがよっぽどひどい」

「どうして？　かわいそう、って言うのがどうしてひどいん？」

「かわいそうなんて言うのは、森二のためにならない」

「でも、理由も訊かずに軽蔑するのもよくない」

眼の前の兄妹は他人のことで言い争っている。恵まれた人間だ、と思った。うらやましくて悔しい。なのに、嬉しい。俺のことで言い争ってくれているからだ。

俺は舟券を取り出した。そして、破いた。そばのゴミ箱に突っ込む。

「あっ、それ、当たってるんでしょ？」唯が驚いた。

他人をケンカさせてまで金が欲しいわけではない。ただ、大学の費用の足しになるかと思ったただけだ。だが、考えてみれば圭介の言うとおりだ。遊ぶ金だろうが大学の費用だろうが、金は金。ギャンブルで稼ごうというのが下劣だ。

「ごめんなさい」唯が申し訳なさそうな顔で見た。

圭介はバツの悪そうな顔で見た。だが、なにも言わなかった。俺は黙って背を向けた。謝らないでほしいと思った。余計に惨めになる。

「……おじゃましました」

以前、圭介に注意された。挨拶はきちんとしろ、と。だから、それだけを言って、桃ヶ池の家を出た。

次の勉強日、兄妹の家には行かなかった。電気ストーブをつけるのも面倒で、冷えた畳に寝転がり染みだらけの天井を見ていた。背筋がぞくぞくした。惨めなほど寒かったが懐かしい気もした。

机の上に置いたままの宿題プリントを見た。二次方程式が三十題。三度も見直しをした。百点の自信がある。畳の上には、圭介から借りた本が積んであった。だが、これで勉強も読書も終わりだ。大学などしょせん夢だった。やり直しなど、そう簡単にできるわけがない。

そのとき、呼び鈴が鳴った。出るのが面倒なので放って置いた。もう一度鳴った。だが、やはり無視した。部屋の照明がついているから居留守はばれているだろう。だが、どうでもいい。そう思って寝転がっていると、どんどんとドアを叩き出した。

「森二」

「吉川さん」

しばらく静かになる。黙っていると、またドアを叩き出した。

「森二、いるんやろう？　開けてくれ」

「吉川さん。開けてください」

どうして、こうも真剣に人の名を呼べるのだろう。借金取りに来られた方がまだマシだ。

そのとき、机の上の宿題プリントに気付いた。反射的にぐしゃぐしゃと丸めてゴミ箱に突っ込んだ。

ドアを開けると、心配顔の兄妹が立っていた。

「入るぞ。君が来ないから、今夜はこっちでやる」圭介がブリーフケースを突き出した。

「ちょっと、……なに、勝手に」いきなりで驚いた。

「こんばんは」唯がにっこり笑った。「ちゃんとハンコ持参で来たから」

おじゃまします、と声を揃えて兄妹が靴を脱いだ。六畳一間のアパートだ。百坪の兄妹の豪邸とは違う。三人も入れば狭苦しい。

圭介がまだ新しい机を見て嬉しそうな顔をした。そして、さっさと机の前に陣取った。

「さあ、はじめるぞ。君は早く座れ」自分は立ったままだ。

「吉川さん、宿題見せてください」

唯が赤ペンとハンコを取り出した。できていますか、と訊きもしない。できていると信じ込んでいる。その横で、圭介がテキストと問題集を広げた。着々と準備をしている。

そのとき、裏を電車が走っていった。急行だからスピードが出ている。ごおっと音がして窓ガラスがびりびりと揺れた。兄妹がびっくりした顔で窓の向こうを見た。信じられない、といった顔だ。

当然だ、と思った。ボロアパートだから壁は薄いし二重窓でもない。電車が通れば話もできない。こんなところに住む人間と関わるなど、予想もしていなかっただろう。

だが、兄妹はなにも言わなかった。うるさい、とも、すごい、とも言わなかった。まるでなにも聞こえないふりをしていた。

「おい、とにかく座れ」

気を取り直したように圭介がうながした。だが、身体が動かない。

「宿題は？」唯が催促した。

「……やってない」

「嘘」言下に否定し、俺をにらむ。「早く出してください」

唯にゴミ箱を漁らせるわけにはいかない。仕方なしに、ゴミ箱から丸めた答案を拾い上げた。適当に広げて唯に渡す。子供じみた八つ当たりがばれた。バツが悪い。唯はぐしゃぐしゃの答案を丁寧に伸ばし、真剣な顔で丸を付けていった。満点の自信はあったが、やはり緊張した。

「たいへんよくできました」

唯がにっこり笑って、百という数字の横に桜のハンコを押した。

桜のハンコを見た。泣き出しそうだった。嬉しい、などと簡単に口にできそうになかった。

これは奇跡よりもずっと価値のあるハンコだ。なのに、十七年生きてきて今が一番辛いような気がした。

勉強が終わったあと、いきなり圭介が頭を下げた。

「この前はすまなかった。失礼なことを言った。許してくれ」深々と頭を下げた。

「いや……」驚いて返事ができなかった。

「今でもギャンブルは嫌いや。年齢詐称も許さへん。でも、言いすぎた」カバンの中から、ちぎれた舟券を取り出した。「これ、破れてても引き替えはできるみたいやな」

「それは捨てた。もういらん」

「なんで競艇をやる？　金のため、って言ってたがアルバイトやったらだめなのか？」

「競艇の方が稼げる」

「大金がいるのか？　大学なら奨学金がある」

「借金はしたくない。それに他に金が要る」

「なんのために？」

俺は迷った。圭介の性格を考えると許してもらえるわけがない。正直に話すほかなかった。

「……おふくろが施設にいる」

「おふくろさんが？　どこか悪いのか？」

「脳梗塞で倒れた。命は助かったが後遺症が残った。寝たきりで話しかけても反応がない」

兄妹の顔がたちまち強張った。見ている方が辛いほど、困った顔になる。

「いつから？」

「今年で三年目になる」

回復する可能性はない。すこしずつ弱って、死ぬのを待つだけだ。かかる費用は月に三十万を軽く超える。光一と折半ということになっている。光一は全額出す、と言った。だが、断った。借りを作りたくないからだ。

「すまん。なにも知らずに勝手なことを言った」圭介が頭を下げた。

「いや。おまえの言うとおりや。ギャンブルはギャンブル。言い訳はできん」

「それでも、僕は言いすぎた。しょっちゅう競艇をやってるのか？」

「いや」

「でも、ギャンブルやろ？　儲かるとは限らない。まともに働いたほうがいい」

「俺は結構勘がいいから」

「勘？　ばかばかしい。そんなものに頼るなんてどうかしてる」

俺は黙っていた。圭介の言うことは正論だ。だが、もし、俺が起こした奇跡を知ればどう言うだろうか。それでもやはり「勘」をばかにするだろうか。

「まあ、でも、今回は特別や。君の話を聞かずに責めた僕にも非がある。だから、換金を手伝うよ」

翌日、早速住之江に行くことにした。唯も一緒に行きたがったが、圭介が許さなかった。

唯は俺に加勢を求めたが、俺も圭介についた。

「中学生の女の子が行くところやない」

「でも、吉川さんは子供のときから行ってたんでしょ？」

「唯。何回言ってもダメなものはダメや」圭介はきっぱりと言った。

「……わかった。競艇場の用事が終わったら、二人で家に帰ってきてね。晩御飯作って待ってるから」

翌日、住之江公園駅で待ち合わせた。

「本当に駅の真ん前にあるんだな」はじめての圭介は興味津々で、あちこち見回している。

「意外と小さいな」

圭介に頼んで早速換金してもらった。破れ舟券を窓口に出すと、すこし時間がかかった。

合計、二百万ほどになった。

「すごいな。そんなに競艇って当たるのか？」

「当たるときはな」俺は言葉を濁した。

父と光一が奇跡の一日、と呼んだ日がある。年末の賞金王決定戦。奇跡でもあったし、地獄でもあった。二百万は大金だ。だが、その日、父が手に入れるはずだった金は桁が違う。

「たしかに一日でこんなに手に入ったら、まともに働く気が失せるな」圭介がため息をついた。「依存症になるやつの気持ちもわかる。こんなものを公営にするなんて問題があるやろう」

「いや、ギャンブル依存症なんて、ただの阿呆や。同情なんかする必要はない」

「君が言うなよ。わかってるんやったら、完全に競艇をやめて兄貴と手を切れよ」

返事ができなかった。その様子を見て、圭介が言葉を続けた。

「おふくろさんの入院費も大変やし、兄弟だからいろいろあるのはわかるが……このままやったら、たとえ大学に行ってやり直したってなにも変わらへんやろ」

俺はなにも言い返せなかった。

後学のため、と圭介が言うので、そのあとスタンドでレースを見た。一応、レースの仕組みについて説明したが、圭介は勝負の行方にはあまり興味がなさそうだった。スタンドを見渡して言う。

「年齢層が高いな。それに、ほとんど女の人がいない。それに思ったより静かや」

「一般戦の三日目やからな。勝負駆けもないし、盛り上がる要素がなにもない」

「勝負駆け？　専門用語使うなよ。さっぱりわからん」

「ああ、すまん。競艇のレースってのは何日もかけてやるんや。短い一般戦なら四日間。大きなレースなら六日間とかな。で、最終日の最後のレースが優勝決定戦というわけや。その優勝戦出場を賭けて戦うのが準優勝戦。優出するかしないかでは、天国と地獄くらいの差がある。だから、予選成績がボーダーのやつは必死になって勝負に出る。それが勝負駆け」

「なるほどなあ」

そう言いながら、圭介はつまらなそうに眺めている。こういうところは光一と似ている、と思った。

昔から光一は住之江ではいつもつまらなそうな顔をしていた。だから、競艇に興味がないのだろうと思っていた。なのに、いつの間にかノミ屋をやっているし、自分でも舟券を買う。データ重視を口にするが、相変わらずあまり勝てない。それどころか、勝ったときですら喜んでいない。

スタンドでぼんやりしていると、ふいに訊かれた。

「森二、おまえ、彼女は？」

「彼女？　まさか。でも、なんでそんなこと訊く？」圭介にしては意外な質問だ。

「いや、別に。ちょっと訊いただけや」

「じゃあ、こっちからも訊く。圭介の彼女は？」

「そんなものはいいない」

「なんで？　もてるんやないのか？」

「もてるように見えるか？」

「見える。圭介は頭もいい。顔もそこそこ。上品で親切で優しい。それなりの財産もある」

「そんな条件意味がない。それに、僕は一生独身でいく。もう決めてる」

「なんでや？」

「なんだか結婚する気がしない」

「……おい、まさか、あっちの趣味があるとか？」

「勘弁してくれよ。そういう趣味はない」圭介が苦笑した。「好きなのは女や。ちゃんと初恋の経験もある。小学校の頃や」

「どんな相手や？」

「歳上の美人の従姉（いとこ）。読書好きで気が合った」

「じゃあ、その女と結婚すればいい。従姉弟同士は結婚できるやろ」

「勝手に決めるな。無理や」

「でも、本の趣味が合うのは、圭介にとっては一番ポイント高いやろ」

「まあな。二人で読書会やってた。背伸びして三島由紀夫（みしまゆきお）を読んで、本に書き込みしたりな、でも、それは昔の話や。とにかく絶対に結婚はしない」

　歳上の女に憧れ、振られたというところか。きっと相当キツイ失恋だったのだろう。プライドの高い圭介だ。この話は二度と触れないほうがいい。

競艇場を出て、圭介と一緒に桃ヶ池の家に戻った。唯はおでんを用意して待っていた。湯気が立って美味しそうだった。住之江のスタンドで風に吹かれた身には、最高の夕食だった。

唯が皿を用意し、俺は鍋を運んだ。

「家でおでん食べるのはじめてや」

俺にとって、おでんと言えば競艇場の味だ。父と住之江で昼飯を食うときは、たいていおでんか焼きそばだった。

「おでんだけやなくて、家で鍋物をしたことがない。テレビでしか見たことがない」

こんな打ち明け話をするのもずいぶん楽になった。圭介も唯もわざとらしい同情など示さずに、ただの世間話として聞いてくれる。大きな厚揚げを取りながら、話を続けた。

「それから、手巻き寿司に憧れたな。自分で巻いてみたいと思てた」

「手巻き寿司か。そう言えば、うちもしたことがないなあ」圭介が大根を取った。

「そやね。散らし寿司はするのにね」唯はゴボウ天を取った。

そのとき、インターホンが鳴った。

「どちらさまですか？」唯が応対した。

「吉川です」

インターホンから聞こえてきた声にぎくりとした。まさか、と思った。

「少々お待ちください」唯が振り返った。とまどっている。「吉川、って言ってるけど、吉川さんのおうちの人？」

俺は無言で立ち上がった。そのまま玄関に向かう。会話を聞かれたくない。ドアを開けて外に出ると、門の向こうに光一が立っているのが見えた。

「森二か。入れてくれや」光一がにこりともせずに言った。

「帰れ」

「話があるんや」

「俺はない。帰れ」そのまま玄関に戻り、ドアを閉めた。

途端に家中にインターホンのチャイムが響き渡った。ボタンを連打しているらしい。ピンポンピンポンと鳴り続けている。

「森二、兄貴か？」後ろから声がした。圭介が心配そうに立っている。

「すぐに帰ってもらう。あんたは奥に行ってろ」

もう一度ドアを開けた。外で騒がれると近所に聞こえる。兄妹に迷惑がかかることだけは避けたい。おとなしく帰ってもらえるよう、なんとか話をつけなくてはならない。

「門、開けろや」

覚悟を決めて門を開けた。道路に出ようとした瞬間、思い切り向こうずねを蹴られた。う、とうめいて思わず膝を突いた。涙が出る。その横をすり抜けるようにして、光一が家に入った。

「こんばんは。お久しぶりです、先生」

光一は靴も脱がずに、そのまま家に上がった。いかにもわざとらしい身なりをしている。先の尖(とが)ったエナメルの靴に、襟の大きな真っ赤なシャツ。胸元に金鎖。そして、場末の演歌歌手のような太いストライプのスーツを着ている。普段は決してこんな格好はしない。わかりやすい。だれの眼にもわかる嫌がらせだ。

光一の土足を見て、兄妹の顔色が変わった。

「まさか、もう一度お会いできるとは。しかも、お食事時にすみません。弟が世話になっとると聞きまして、ご挨拶にあがった次第で」

光一は大股で廊下を歩き、リビングに入った。ぐるりと見渡し、癇(かん)に障る口笛を吹く。

「いやあ、いい部屋ですね。実に趣味がいい」

兄妹は立ち尽くしている。怒りでも怯えでもない。困惑だ。今まで、こういった人間に接したことがないからだ。

街角で肩が触れた、と因縁をつけられる――。この程度なら理解できる。いかにもチンピラのやりそうなことだ。だが、ここは街ではない。自宅だ。完全に個人の空間で安全であるべき場所だ。そこを平気で侵してくる。圭介には決して理解できないだろう。この世の中には「下衆(げす)」としか言えない人間が存在する。

「帰ってくれ。光一、お願いやから帰ってくれ」懸命に頼んだ。

「話がある、言うたやろ」

「外で聞く」

「いや。こちらの先生にも関係のある話やし」光一がソファに腰を下ろした。「いい座り心地や。高いんと違いますか?」

「帰れ」我慢できずに大きな声で言った。

光一は立ち上がると、いきなり俺の顔を張った。俺は大きくよろめいた。怒鳴り返そうとしたが、なんとかこらえた。ここは圭介の家だ。唯も見ている。騒ぎを大きくしてはいけない。

「大丈夫?」唯が駆け寄ってきた。

すると、さっと光一が手を伸ばして唯の髪に触れた。唯が小さな悲鳴を上げた。

「お嬢ちゃん、きれいな髪してはるな。私らの周り言うたら、染めたんとかパーマとかそんなんばっかりで」

まさかここまで下品な振る舞いをするとは思わなかった。怒りよりも羞恥で涙が出そうになった。

「唯に手え出すな」

光一の手をつかんで、唯から引き離した。それを見た圭介が、気を取り直して言う。

「唯、部屋へ行ってろ。さあ、早く」

唯はこちらを気にしながらもリビングを出て行った。光一は俺の手を振り払い、鼻で笑った。

「吉川さん。話を聞くから、とにかく靴を脱いでもらえますか」圭介がそれでも礼儀正しい口調で言った。

「靴？　え、ああ。脱ぐんですか。意外やなあ」光一が大げさなイントネーションで声を張り上げた。「なにせ、外国語の先生やいうから、洋風の生活してはるかと思いまして。外国では靴のまま家に上がると聞いてましたんでね」

光一のくだらない言いがかりに圭介が顔をしかめた。俺は怒りを隠さずに言った。

「なにしに来た？」

「話があるのはおまえにやない。こちらの優秀な先生にや」

「先生というのはやめてくれませんか。僕はあなたになにも教えていない。先生やない。僕は長嶺圭介です。長嶺と呼んでください」

「これはこれは自己紹介が遅れまして。吉川光一です」光一が丁寧に頭を下げた。「これもなにかのご縁ということで……」

光一がテーブルの上にあった花瓶を持ち上げると、テレビに向かって思い切り投げた。ぼん、という音がしてブラウン管が破裂した。

「てめえ」

もう我慢ができなかった。光一につかみかかろうとしたとき、圭介に止められた。

「森二、やめとけ。君は手を出すな」圭介は真っ青な顔のまま、光一をにらんだ。「吉川さん、お話をうかがいましょう」

光一は一瞬はっきりと顔を歪め、悔しそうな顔をした。だが、すぐに笑みを浮かべた。

「じゃあ、単刀直入にいきましょう。先生。弟に余計な知恵つけられると迷惑なんです。今さら勉強とか大学とか、そんなん言われてもねえ。それに、もうすぐ暮れの賞金王決定戦があるんですわ。弟抜きでは仕事にならんのですよ」

「予想くらい、あなたが自分でやったらどうです？　ちょっと森二の勘がよいとしても、公営ギャンブルの的中率にそれほどの差は出るはずがない」

「それほどの差？　先生はこいつを知らないから、そんなことが言える。こいつはただの予想屋やない。ちょっと勘がいいレベルやない。化物なんです。気持ち悪いくらい当てる。奇跡を起こせる才能があるんですわ。今さら勉強なんて」

「勉強に、今さら、はないでしょう。それに、森二が勉強したいと言っているんです。誰にも反対することはできません。森二が勉強したいと望む以上、僕はサポートします」

「……へえ、ご立派な。じゃあ、先生。お訊きしますが、親と勉強と、あんたどっちが大事やと思います？」

「そんなものは比較の対象にならないでしょう」

「議論大好きと違うんかい。逃げんなや」

光一が大理石のミニテーブルを蹴飛ばすと、凄まじい音を立てて倒れた。積んであった圭介の本が崩れて散らばった。

「こいつはおふくろが寝たきりやのに、見舞いにも来えへん。せめて、面倒をみる手伝いをしろ、言うてるんやけど、最近は勉強勉強ばっかり。舐められたもんや」

「金なら渡してる。光一の手伝いもしてる。文句言われる筋合いはない」

「声掛けても、二回に一回は断るやないか」

「施設への支払いには足りてるはずや。それに、俺かて光一の手伝いばっかりしてるわけにはいかへんのや」

「親父が死んだあと、おふくろは借金取りに追い詰められて身体を壊した。でも、そもそも、親父が死んだんはこいつのせいや」光一が顔を歪めて吐き捨てるように言った。「あの奇跡の一日さえなければ、親父は競艇に狂うことなんかなかった」

奇跡の一日。真冬の住之江。コンクリートの護岸に冷たい波が打ち付ける。朝から風が強く、時折かすかに雪が舞っていた。

「こいつが親父を殺した」光一はきっぱりと言い切った。

ちらりと圭介を見た。呆然と立ち尽くしている。終わった。これで終わりだ。勉強も桜のハンコも大学も温かい夕食も、すべて終わった。二度とこの家に来ることはないだろう。光一にすべてぶち壊された。

「ただの言いがかりです。なにがあったにせよ、森二がわざとやったんではない。僕は森二を信じます」圭介が落ち着き払った声で言い返した。

光一は黙って圭介を見ていたが、やがてぼそりと言った。

「先生、あんたは気付いてない」

「なんのことですか？」

「あんたと、あんたの妹が、どれだけ弟に残酷なことをしているか、全然気付いてない」

「残酷？　どういう意味ですか？　僕と妹がなにをしたと言うんです？」

「これ以上、弟を傷つけるのはやめてくれませんか。弟が不幸になるとわかってるのに、見過ごすなんてできへんのですよ」光一は真顔だった。

「僕も妹も森二を傷つけてません。傷つけてるのはあなたや。そもそも、不幸になるなんて勝手に決めつけるのは失礼でしょうが」

圭介の言葉を聞くと、光一はゆっくりと首を振った。

「……先生、あんたはなにもわかってない」

「どういうことですか？」

圭介が珍しく声を荒らげた。わかっていない、と言われたのがよほど癇に障ったらしい。

「賢い先生にはおわかりにならへんのでしょうね」光一がほんの一瞬哀しげな笑みを浮かべた。「要するに、住む世界が違う、てことですよ。あんたはエリート学者先生。こちらは底辺ノミ屋。越えられへん壁があるんです。だから……」

だから、と光一が真っ直ぐに圭介を見た。すさまじい眼でにらみつける。

「弟に期待させせんといてくれ。つまらない夢を吹き込まんといてくれ。あとで傷つくのは森二や」

「……ばかばかしい」一瞬気圧された圭介だが、すぐに気を取り直して言い返した。「住む世界が違うなんてありえない。森二の人生は森二のものでしょう。いくらでもやり直せる」

光一はじっと圭介を見た。圭介も光一を見返した。二人はしばらく無言でにらみ合った。

俺は黙って二人のやりとりを聞いていた。圭介の言葉に胸が熱くなった。だが、光一の言葉はそれ以上に苦しかった。どちらを信じていいのか、どちらを信じたいのかもわからなかった。

先に口を開いたのは光一だった。

「また来ますわ。先生」

そして、床の本を拾うと食卓に近づいた。無表情でおでん鍋に突っ込む。

「無用の学問ができるってのは、ほんまにうらやましいことで」

「たしかに。恵まれてます」

圭介が答えた。光一はそれ以上はなにも言わず帰って行った。

「……すまん」

それ以上、なんと言っていいのかわからない。

部屋の中はひどい有様だった。テレビは粉々で、ミニテーブルは倒れている。花瓶の破片が散乱し、フローリングの床には目立つ傷がついていた。おでん鍋には本が浸かったままだ。

唯がおそるおそる顔を出した。リビングの惨状を見て息を呑む。だが、気を取り直して片付けをはじめた。圭介は難しい顔で立ち尽くしている。

「お兄ちゃん。とりあえず片付けよ」

唯の指示で部屋を片付けた。壊れたテレビは毛布で包み、ガレージに運んだ。掃除機を掛け、玄関から続く靴の痕を雑巾で拭いた。

なにもかも片付くと、唯がコーヒーを淹れてくれた。圭介がソファに腰を下ろすと、隣に座るように言った。俺は黙って従った。唯は大きなクッションを床に置くと、テーブルを挟んで俺と向き合った。

「すまん」やっぱりこの言葉しか出なかった。

「謝るのはいい。とりあえず僕の疑問を解消してくれ。君ら兄弟、一体なにがあった？」

俺は黙っていた。なに、と言われて簡単に話せることではない。たとえ話せたとしても話したくない。だが、圭介が疑問をそのままにするわけがないことくらいわかっている。この男は俺がなにもかも話すまで、訊ね続けるだろう。なにがあった、と。

「さっき、親父さんが死んだのは君のせいや、と言っていたが？」

「親父が競艇場で倒れたとき、そばにいたのは俺や。だから、光一は俺に責任があると思てる」

「そばにいただけでか？　言いがかりやないか」

「それにはいろいろある」

「ちゃんと話せよ。それだけじゃわからん」

「しょうもない話や。それに、阿呆らしい。嘘みたいな話なんや」

「いいから話せよ」

唯を見た。じっとこちらを見ている。圭介は唯にも聞かせるつもりだ。僕たち兄妹には隠し事はするな、という意思表示だ。

「つまらなくて長い話やけどな」

「いいから話してくれ」

「子供の頃の話や。親父は競艇が好きで、俺と光一を連れてしょっちゅう住之江に通っていた。でも、もちろん家の仕事もしていたし、めちゃくちゃな賭け方もせえへん。趣味の範囲内やった。で、俺は結構勘がよくて、子供の頃から妙に当てることがあったんや」

小学四年の冬休み。その日、俺は朝から身体が重かった。

終業式の日から体調が悪く、咳が続いていた。風邪を引いていたのはわかっていたが、父が住之江に行くというので無理をした。光一は嫌々ついてきた。

賞金王決定戦は一年を締めくくる最大のお祭りだ。朝一番で出かけたが、指定席はとうに売り切れていた。無料の南スタンドに入り、父はいつもの通り水際に陣取った。父は出走表と予想紙数紙を見比べている。光一はポケットに手を突っ込んでどこかを見ていた。ついてはきたが競艇なんかに興味はない、とアピールしている。

俺はスタンドの壁にもたれてうずくまった。家で寝ていればよかった、と本気で後悔した。咳が止まらず、頭がひどく痛んだ。熱があるのは確実だった。しかも、今も上がり続けている。吹きさらしのデッキにいるのは辛かった。中へ入ろうかと思ったが、動くことすら億劫(おっくう)だった。

第一レースのスタート展示がはじまった。ピットから出て来た艇がコース取りをしている。頭がぼうっとして、眼の前がかすんできた。六艇のはずが十艇以上動いているように見えた。俺は眼をこすった。眼の玉まで熱を持っているように感じた。

そのとき、めまいがして眼の前がぐらぐらと揺れた。激しく頭が痛む。頭が空に吸い上げられ、空っぽになったような気がした。それは、これまで経験したことのない恐怖と不快だった。次の瞬間、俺は空とつながった。

それはつながる、としか表現できない状態だった。俺は悲鳴を上げようとしたが、あまりに恐ろしすぎて声が出なかった。

コースを決めた六艇がスタートした。周回展示だ。眼の前を艇が走り抜けていく。青。黒。4―2。

なぜわかったのかわからない。でも、はっきりとわかった。青と黒が来る。

――ここで待っとけ。買うてくる。

父が手すりを離れ舟券を買いにいこうとしたときだ。俺は息を切らせながら言った。

――青と黒。4―2や。

――あ？　阿呆か。そんなんくるわけないやろ。

――4―2。絶対来る。

――黙っとれ。

父は言い捨てて舟券を買いに行った。光一が冷たい眼で俺を見た。

――森二。余計なこと言うなや。親父の機嫌が悪なったらどうしてくれるねん。

やがて父が戻ってきた。3―6、鉄板だ。ファンファーレが鳴って、艇がピットから出てきた。大時計の秒針が回り出した。モーターの音が高くなる。艇が走り出した。スタートは正常だ。ぐるぐるとボートが回って、結果が出た。

父は呆然と俺を見た。4―2だった。

――なんでわかった？

――わからへん。でも、わかった。

俺はなんとか答えた。口を開くと吐きそうだった。

――おまえ、前もまぐれで当てたことがあったな。ボートの神さまでもついてるんか？

父はしばらく考え込んでいた。そのとき、第二レースのスタート展示を告げる放送が入った。

――次、わかるか？

父がピットを指さした。俺ははるか彼方（かなた）の水面を見た。そして、空のことを考えた。さっき、空とつながる感じがしたら、数字が浮かんだからだ。

すぐに空が降りて来た。吸い上げられる。つながる――。

――赤。3―1。

――よし。

第二レースも取った。第三レースも、第四レースも。俺はすべてのレースを取り続けた。

体調はどんどん悪くなった。頭も、喉も、胸も、全身が痛んだ。しまいには鼻血が止まらなくなった。このまま死んでしまうかも、と思った。帰りたい、と何度も父に訴えたが聞いてもらえなかった。横で光一が珍しく心配していた。だから、よほど俺の様子は酷かったのだろう。

最終第十二レースは賞金王決定戦だ。森二、次は？　という父の声が震えていた。

その後は断片的な記憶しかない。歓声、怒号、歓声、歓声。父が抱きしめてくれたこと。光一がすこし離れたところで、ぽつんと立っていたこと。そして、頭が空とつながりっぱなしだったこと。恐怖と不快だけでできた沼にどっぷりと浸かっているような気がした。

――奇跡や、奇跡の一日や。森二、おまえはすごい。俺はいい息子を持った。

父が何度も繰り返した。煙草臭い息が顔にかかった。俺は吐いて、倒れた。気がつくと、家で寝ていた。父は上機嫌だった。

――一万が、一万がたった一日で一千万や。なにもかも森二のおかげや。これで借金もチャラや。

母も嬉しそうだった。俺はもうろうとしながら、久しぶりに両親の笑い声を聞いた。ただ、光一の声だけが聞こえなかった。

翌日、俺は高熱のせいで痙攣（けいれん）を起こした。これくらい大丈夫や、という親の反対を押し切って光一が救急車を呼んだ。病院に運ばれ、すぐに入院が決まった。肺炎を起こしていて、あのまま家で寝かされていたら危なかったらしい。その年の暮れと正月を病院で過ごした。

父は毎日見舞いに来た。ずっと俺の心配をしていた。一月二日までに退院できるかどうか、何度も何度も担当医に訊ねていた。だが、退院の許可は下りず、父はひどく不機嫌になって帰っていった。父が一月二日にこだわる理由はわかっていた。「全大阪王将戦」があるからだ——。

「それ以来、親父は変わった。歯止めがきかへんようになった。のめりこんでなにもかも犠牲にするようになった。親父はぼろぼろになっても舟券を買い続けた。家族は何度もやめるように言ったが、父は聞き入れへんかった。はじめはきちんと舟券を買うてたのに、そのうちに融通が利くノミ屋を利用するようになった」

「店は？　仕事はちゃんとやってたんか？」

「いや。頭の中ボートのことだけになって、仕事なんかほったらかしや。店は母親がなんとかやってた。でも、そんな無理は続けへん。で、母親は高校に入ったばかりの光一に言うた。高校やめて働いてくれ、て」

「兄貴はどうしてた？」

「光一はほとんど家におれへんようになった。知り合いとか、歳上の女の家を転々としてた。でも、高校は留年せえへん程度には行ってて、成績はよかった」

「なるほど。わかるような気がする」

「もう親父はギャンブル依存症で、完全におかしくなってた。いつも俺に言い続けた。——森二、もう一回奇跡を起こしてくれ。お願いや、ってな。でも、俺は怖かった。空とつながったら勘が冴える。その感覚が怖くてたまらなかった。それに、もしまた奇跡を起こせば、親父が今以上に競艇にのめり込むことはわかっていた。そうなれば、本当に俺の家は崩壊してしまう。だから、俺はできるだけ当てないようにした。でも、何度言っても親父は諦めへんかった。予想なんてできへん、と言うても許してくれへんかった。仕方なしに適当に答えると、親父はよろこんでその舟券を買った。もちろん、外れる。親父は不機嫌になって当たり散らす。家の中は荒れた」

「それは明らかに親父さんが身勝手や。そんなめちゃくちゃな話はない」

「ギャンブル依存症に話は通じない。人間やなくなってる」

圭介と唯が黙り込んだ。この兄妹には想像もつかない話だろう。異次元、異世界、まさに住む世界が違う、だ。圭介や唯から見れば、俺も父も光一も、みな同じだ。人間のクズでカスでゴミ。それ以外の何ものでもない。

「それでどうなった？」

「次の年の賞金王、親父の意気込みはすごかった。結果は半分当たって半分外した。親父は怒り狂って……俺に当たり散らした」

「正直に言えよ。それは完全に虐待や」

「虐待……。まあそうやな。……殴られたりしたからな」

俺は言葉を濁した。虐待という言葉では到底表現できなかった。暴力と懇願。賞賛と罵倒。どちらもセットになっていた。

「翌年、小学校六年のときや。暮れの賞金王決定戦。親父はまた無理矢理予想をさせた。親父は土下座して俺を拝んだ。──森二、お願いや。また、あの奇跡の一日を再現してくれ、って。でも、俺は外した。大金を突っ込んでた親父はショックで倒れた。動脈瘤破裂やった」

話し終えると、止めたはずの煙草が欲しくなった。だが、気付いた。もう我慢する必要はない。禁煙も終わりだ。これ以上、この兄妹に迷惑を掛けるわけにはいかない。今夜で縁を切る。今度こそ、なにもかも終わりだ。

今までの礼を言って帰ろう、そう思ったとき圭介が口を開いた。

「そうか、大変やったな。でも、それは君の責任やない」

圭介の声は静かで温かかった。俺は思わず涙が出そうになった。うつむいてごまかす。たぶん、圭介は気付いただろうが、なにも言わずにいてくれた。

「君の兄貴も本当は勉強したかったんやろうな。無用の学問なんて普通は言わない」

圭介がおでんの鍋から本を引き上げ、ため息をついた。俺は汁を吸って膨れあがった金文字の辞書から眼を背けた。

「たぶんな。光一は小学校の頃からとにかく頭がよかったから」

「じゃあ、なんでヤクザに？」

「親父が死んだあと、やばい筋に借金があることがわかった。母親が働いて借金を返してたが、到底追っつかん。過労で倒れた。取り立てに来た連中と交渉したのが光一や。そこで光一は気に入られて、高校やめて見習いになった。残ってた借金はそのときチャラになった」

「気の毒に。家庭環境さえちゃんとしていれば、まったく違った人生を送っていたやろうに」

「気の毒か？　光一が自分で選んだことやないか」

「選べないことかてある。ていうか、選べることのほうが少ないかもな」圭介が小さなため息をついた。「君の兄貴の気持ちがわかる気がする。自分が行けなかった大学に弟が行く。そう思うと悔しいやろう。父親さえちゃんとしていればな」

返事ができなかった。圭介の言うとおり、父はギャンブル依存症だった。その責任は俺にある。

「でも、君の言うことにも一理ある。兄貴の人生は兄貴の人生や。彼が選んだことや。君が引け目を感じる必要はない」

圭介の言うことは正論だ、と思った。恵まれた人生を送ってきた人間だから、正論が正しいと思っている。

俺は立ち上がった。これ以上身の上話をしてもどうなるものでもない。さっさと出て行くべきだ。二度と来てはいけない。これまでの礼を言おうとしたとき、圭介に遮られた。

「おい。今日は勉強できへんかったんやから、明日は一時間延長や。二日分みっちりやるからな。ちゃんと予習してこいよ」圭介にしては乱暴な言い方だった。

「え……」

「君はまた逃げ出すつもりだったんやないやろうな。いいかげんにしろよ」圭介が不機嫌そうに言った。

「お兄ちゃん、その言い方は」唯が笑いながらにらんだ。俺に向き直って言う。「明日、おでんのやり直しするからね」

「……わかった」

兄妹の笑顔が辛かった。だが、心は決まった。なにがあろうと光一と縁を切る。たとえ光一がどうなろうと、母がどうなろうと知ったことではない。先延ばしにはしない。

兄妹の家を出ると、アパートには帰らず住之江の実家に向かった。光一は店にいた。理容椅子に腰掛け、鏡の前で一人で酒を飲んでいた。俺が入って行くと椅子をぐるりと回転させ、こちらに向き直った。どれだけ飲んだのか。顔が真っ赤だ。

「森二。おまえも飲むか？　バランタイン。癖がなくて飲みやすい」光一がボトルを差し上げた。

寒々とした店内を見た。父の使っていた理容器具がそのままだ。かつて、父がまともに商売をしていた頃の名残だ。だが、それは遠い昔だ。

俺は光一を見下ろした。

「光一、俺の人生に口出しすんな」

するると、光一の眼の色が変わった。研いだばかりの剃刀(かみそり)みたいに光った。

「おまえだけの人生やないやろ？」

「俺の人生は俺の人生や」

「他人の人生壊しといて、ようそんな図々しいことが言えるな」

光一の眼が恐ろしい。ひるみそうになるが、懸命に兄妹の顔を思い浮かべた。俺はあっちの世界に行く。絶対に行く、と心の中で言い聞かせた。

「あの兄妹に手を出すな。もし、今度やったら許さへん」

「許さへん？　どうするつもりや？」光一が鼻で笑った。

咄嗟(とっさ)に剃刀をつかんだ。刃を光一に見せながら言う。

「……そのときは殺してやる」

酒で赤い光一の顔から一瞬で血が引いた。俺は剃刀をシャンプーボウルに投げ入れ、光一を振り切り家を出た。

翌日、街の理髪店に行った。家のバリカンでやればタダだが、もう二度と実家とは関わりたくなかった。金を払って青と黒のまだらの髪を一枚刈りにした。その頭で桃ヶ池に顔を出すと圭介が呆れた。

「なんでそんなに極端なんや」そして、噴き出した。「まるっきり別人みたいや」

「なんか若返った。野球部みたい」唯も眼を丸くしている。

「……もう空とつながりたくないんや」

恥ずかしくてさっさと背を向け、カバンから宿題を取り出した。

もっと早くにこうすればよかったと思った。


兄妹と出会って三年目、二十歳になった俺は大学に受かった。法学部には落ちて、経済学部だった。

まっすぐに桃ヶ池の家に行った。俺は黙って通知を唯に差し出した。すると、唯が怪訝な顔をした。

「ハンコ、押してくれ」

唯がにっこりと笑った。そして、ハンコを押してくれた。

「たいへんよくできました」

唯は別の大学の文学部に受かった。俺と唯は揃って大学生になった。大学では勉強とバイトの日々を過ごした。奨学金といっても所詮は借金だ。さっさと返したい。俺は塾講師のバイトをした。難関大学、医学部受験向けの指導は無理だったが、「できない子」に対しての指導は評判がよかった。当然だ。「できない子」の気持ちは俺が一番よくわかっている。

肉体労働もやった。深夜の道路工事は結構な金になった。寒い時期は辛かったが、俺の性(しよう)に合った。バイト仲間で仲よくつるむことを強要される職場よりも、親方の仕切りで割り切って働ける現場仕事のほうが楽だった。

唯に誘われ茅の輪をくぐった夜、はじめて唯を抱いた夜から、俺は生まれてはじめて自分の将来を考えるようになった。これまでは目先のことしか考えられなかった。宿題を明日までに片付けること。レポートを仕上げること。バイトのシフトを決めること。そのレベルの将来しか考えたことがなかった。だが、その先が気になるようになってきた。来年は？　再来年は？　卒業したら？　就職したら？　将来とは、明日明後日のことではない。年単位での未来のことだ。そんな当たり前のことをようやく理解した。そして、そのことを唯と圭介に話した。何の気なしに話したのに、二人はずいぶん喜んでくれた。たいしたことではない、と思っていたから照れくさかった。

俺と唯は大学四回生になった。就職活動をはじめた四月、唯が交通事故に遭った。会社訪問の最中、脇見運転の車に撥(は)ねられたのだ。俺と圭介は病院に駆けつけた。唯は骨盤と下肢の骨折で重傷だった。複数回の手術が必要とのことで、俺たちは二人とも青ざめた。いくら命に別状はないと言っても、やはり手術は手術だ、なにが起こるかわからない。同意書にサインする圭介の手は珍しく震えていた。

「森二。血液型は？」

「B型や。圭介は？」

「僕はA型。唯はO型やから、二人とも役に立たんな、くそ」

くそ、などという言葉を使うほど、圭介は動揺していた。

手術はすべて無事に終わったが、唯は半年の入院を余儀なくされた。卒業はできるものの、就職活動どころではない。退院しても当分は杖が必要で、リハビリに通わなければいけないという。それでも後遺症は残ると言われた。普段の歩行には問題がないが、多少片足をひきずった歩き方になる。走ったり跳んだり激しい運動をすることは一生無理だ、と。唯はすっかり落ち込んでいた。俺は不動産会社に内定が決まると、毎日病院に通って唯のリハビリを見守った。

唯が退院したのは秋の終わりだった。

桃ヶ池の家で退院祝いをした。食事の後、圭介は仕事を片付けるため部屋にこもった。俺は唯を誘って散歩に出た。

夜の桃ヶ池公園を歩く。俺の横で唯は杖を突きながら歩いている。静かだ。噴水は止まっている。聞こえるのは、公園の向こうの高速を走る車の音だけだ。無言で池の周りを一周し、明神の前まで来た。黙って赤い橋を渡る。鳥居をくぐって、唯を気遣いながら石段を上った。

「大丈夫か？」

「うん」

小さな社があった。そのすぐ横には巨大なご神木が立っている。その大きさは、夜に見ると神さまというより恐ろしい化物に見えた。俺は祠の前で足を止めると、唯に向き直った。

「唯」

「……なに？」

すこし声が小さかった。さすがの唯も夜の明神は怖いらしい。

「なあ、ずっと考えてたんやが……卒業したら結婚してくれへんか？」

「え？」

「俺が死ぬ気で働く。唯はリハビリしながら、できる範囲で家のことしてくれたらええ。だから、結婚してくれ」

唯は返事をしない。

「嫌か？」

「そうやない。でも、一度も働かないまま結婚やなんて……」

「元気になったら働いたらええんや。今はまず身体を治すことを考えるべきや」

「うん……」

「俺は圭介や唯と知り合って、いろんなことをやり直してきた。それは全部自分のためや。勉強も、バイトも、なにもかも自分のためにしてきたことや。でも、今度はだれかのためになにかしたい。……唯のために働きたい」

「森二……」

「もし、唯と結婚できたら、ちゃんとした家庭を築きたい。唯と圭介の家みたいに、家族みんなで御飯食べるんや。炊き込み御飯も手巻き寿司もおでんも。それで、デザートに果物食べよう。桃もスイカも柿も」

食い意地が張っているプロポーズだと思った。ほんのすこし唯が笑ったようだが、暗いのでよくわからなかった。気付かないふりをして、言葉を続けた。

「それで、もし子供が生まれたら、めちゃくちゃかわいがる。そして、絶対に……」そこで言葉に詰まった。

「……絶対に？」唯が問い返した。

「絶対に手を上げへん。殴ったりせえへん。暴力はふるわへん。心に決めてる」

「森二……」

「俺は殴られて育った。虐待を受けた経験のある人間は、自分の子を虐待する可能性が高いていう。でも、俺は絶対に殴ったりせえへん。子供に手を上げるつもりはない」

「大丈夫」唯が俺の手を取った。「森二は絶対そんなことせえへん。だから、そんな心配せんでいい。森二は子供を殴ったりせえへん」

唯の言葉は涙が出るほど嬉しかった。

帰る前に、二人で祠に手を合わせた。なにかを拝むのは、はじめての経験だった。

父は神頼みの人間で、寺に神社、街角の祠から地蔵まで、見かければとにかく手を合わせた。願い事はいつも同じ。——競艇で勝たせてください、万舟を取らせてください、だ。たった十円の賽銭で長く拝む父はあさましく見えた。だから、俺は絶対に父の真似をしなかった。住吉大社近くのアパートに住んで茅の輪をくぐっても、手を合わせたことは一度もないままだった。

こうやって手を合わせるのもいいものだ。なにかを信じて頼ってみる、というのは想像よりもずっと気持ちがよかった。自分には一生できないことだと思っていたが、やればできるらしい。これも、やり直しのひとつなのだろう。またひとつ、俺はやり直せたということだ。

家に戻って、二人で圭介に報告した。

「さっき唯に結婚を申し込んだ。唯の了承ももらった。だから、圭介、おまえにも賛成してもらいたい」

すると、圭介の顔が見る間に強張った。青ざめた顔で歯を食いしばっている。返事すらしない。

「圭介、賛成してくれへんのか?」

予想もしなかった圭介の反応に戸惑った。絶対に祝福してくれるものだと思い込んでいた。唯も横で驚いている。

「……すこし、考えさせてくれ」そう言い捨て、乱暴にソファから立ち上がった。

「お兄ちゃん、なんで？」

唯が呼び止めたが無視して部屋にこもってしまった。俺は呆然として見送ることしかできなかった。

「ごめん、森二。絶対に賛成してくれると思てたのに」唯が今にも泣き出しそうな顔をした。

「俺もや。でも、ちょっと突然すぎたのかもしれん」

兄妹二人きりで生きてきたのだ。ショックを受けて当然か。もうちょっと配慮をすべきだったかもしれない。

「でも、あんな態度取るなんて」唯も信じられないようだった。

「心配すんな。ちゃんと話をすればわかってくれるから。焦らんでいい」

唯をなだめて、その日は桃ヶ池の家を出た。唯の前では平気なふりをしたが、やはり不安だった。圭介の賛成がない限り、結婚は考えられなかった。

翌日、圭介から連絡があった。二人きりで話したい、と言う。時間を作って梅田の喫茶店で会った。

「昨日はすまん」

圭介の顔はずいぶん消耗していた。あまり寝ていないようだった。運ばれてきたコーヒーにも口を付けない。

「いや、こっちこそ、突然の話で悪かった」

「いずれこうなると予想はしていたんやけどな」

圭介が眼鏡を外し、眉を寄せた。こめかみに指を当てる。眼が疲れたときに見せるいつもの癖だ。そのまましばらく動かない。

「森二、はっきり言う。僕は君と唯の結婚に手放しで賛成できない」

「なんでや。理由を言ってくれ」

「失礼な言い方になるが聞いてくれ。森二、君自身にはなにも問題ない。最初に会った日に言うたやろ？　君は青い頭で突っ張ってたが、それでも善人やった。そして、家庭環境に恵まれなかったにもかかわらず、努力して人生をやり直した。正直、僕は君を尊敬してる」

「尊敬されるような人間やない。やり直せたのは、圭介と唯のおかげや」

「いや、違う。君の努力の結果や。それは素直に認めて誇ったらいい」

「じゃあ、なんでや。なんで反対する？」

「君の兄貴はヤクザや」

「たしかに光一はヤクザや。でも、俺は縁を切って人生をやり直した。もう関係ない」

「関係ない、て口で言うのは簡単や。でも、君にとっては血の繋がった兄貴や。問題が起きるかもしれん」

「唯に迷惑を掛けるようなことはせえへん」

「なら、絶縁すると約束してくれるか？　なにがあろうと、一生縁を切る、と」

「無論や。葬式にも出るつもりはない」俺はきっぱりと言い切った。

「絶対に約束してくれるか？」

「約束する」

圭介はそれきり黙った。冷めたコーヒーを前にじっと考え込んでいる。

やはり、不安なのだろうか。俺は怒りと絶望に沈み込んでいくのを感じた。どこまで行っても、底辺は底辺なのか？　ヤクザが身内にいるという事実からは逃れることはできないのか？

圭介がコーヒーを一息に飲み干した。そして、口を開いた。

「じゃあ、僕からも話そう。これは僕と唯しか知らない話や。だれにも言わんと約束してくれ」

「わかった」

「実はちょっと事情があって、僕と唯は本当の兄妹やない」

「え？」

俺は口をぽかんと開け、圭介を見た。青天の霹靂とはこんなことを言うのか。

「血がつながってないんや。両親は再婚同士で、僕は父の連れ子。唯は母の連れ子。歳が離れてるやろ？　父が再婚したのは僕が大学に入ったときや。そのとき、唯はやっと小学校に入ったばかりやった」

「十二歳離れてる言うてたな。仲がいいから、てっきり血のつながった兄妹やと思てた。でも、それにしては、おまえら顔がよく似てる」

俺はまじまじと圭介を眺めた。まさか、血のつながらない兄妹などとは考えたこともない。雰囲気も、顔もそっくりで、特に耳の形はまるっきり同じだ。

「一応、親同士が親戚。似ててもおかしくない」

「でも、なんで隠す必要があるんや？」

「ほとんど他人みたいな親戚やからな。親も死んで二人暮らしやし、邪推されるのが嫌で、誰にも言わず、ずっと隠してた」

「考えすぎやろ。でも、まあ……つまらんこと言う連中ってのはどこにでもいてるしな」

加藤持田のことを思い出した。たしかに、あいつらなら下劣なことを言いそうだ。

「だから、唯の人生には責任を感じてる。血がつながってないから邪慳にした、なんて言われたくない」

「邪慳なんて、誰がそんなこと言うんや。おまえはメチャメチャ妹思いのいい兄貴やないか。それに唯かて兄貴思いのいい妹や。俺と光一とは違う」

俺はそこで笑った。冗談にしようと思ったのに、失敗してうまく笑えなかった。

「本当に縁が切れるのか？　君も兄貴も、わだかまりが強すぎるような気がする」圭介がまた心配げな顔をした。

「大丈夫や。二度と光一とは関わらない。約束する」

「そうか。わかった。唯を頼む」

「ありがとう、圭介」

圭介の許しが出て、俺はほっとした。気がつくと、背中に汗をかいていた。こんなに緊張したのは、はじめてだ。

「でも、おまえより先に結婚するのは悪いような気がする」

「僕は一生独身や、って言ってるやろ？」

「圭介は大学講師やろ？　周りに女の子がいっぱいいるやないか」

「僕は理想が高いんや」圭介が笑ってごまかした。

その夜、早速、圭介から了解が出たことを唯に報告した。すると、唯はほっとした顔をした。

「よかった。お兄ちゃんはちょっと過保護やしね」

「それから、圭介に聞いたんや。その……お互い連れ子やった、って」

「聞いたん？　でも、血のつながりなんて関係ないよ。十二歳も離れてたから、兄妹どころかお兄ちゃんがお父さん代わりみたいなもんやったし。だから、あんなに心配性やの。一人娘を嫁に出す父親の心境なんやと思う」唯がなんでもないことのように答えた。

「そうか。圭介らしいな。それで、俺のほうやが、もし結婚式を挙げても俺の親族の出席はない。祝儀もない。一切の縁を切った」

「え？　それでいいの？　お兄さんに失礼やない？」

「失礼なのは光一や。光一がなにやったか憶えてるやろ？」

「でも、ちゃんと話をしたらお兄さんもわかってくれるかも」

唯は甘い、と思った。圭介に大事に育てられすぎて、世間知らずなところがある。無条件で人間を信頼する甘さだ。だが、そんな甘さに惹かれたのも事実だった。

「家族だから祝福してくれるはず、なんて言うな」

これ以上は言わず話を打ち切った。互いに不快になるだけだ。唯もそれ以上は言わなかった。以来、光一の話はタブーになった。


唯の亡き両親へ婚約を報告するため、唯に連れられ阿倍野墓地に行った。

墓地は街のど真ん中にあって、天王寺・阿倍野の繁華街から十分も歩けば着く。江戸時代にあった大阪市内のいくつかの墓地を統合し、明治のはじめに整備されたそうだ。

墓地に入ると、見渡す限り墓石が並んでいて一種壮観だった。古びてくすんだ墓石の列の先には、高速道路と高層マンションが見える。静まりかえった墓地の中から見ると、異様な光景に感じられた。

水を汲んだ手桶を提げ、杖を突く唯の後を歩いた。とにかく広いので、たどり着くまでが大変だった。

長嶺家の区画は三つ並んでいた。

「墓が三つもあるのか？」

「真ん中の大きいのが長嶺の本家。脇の小さなふたつが分家の」

唯はまず左側の分家の墓に手を合わせた。唯の父親が眠っている。次に右側の分家の墓に手を合わせた。こちらには圭介の父親と母親、それに圭介の父親と再婚した唯の母親が入っていた。ややこしいな、と思いながら手を合わせて婚約の報告をした。

「本家とか分家とか、相当いい家なんやな」

今さら気後れしそうになった。俺の弱気がわかったのか、唯はなんでもないような顔で言った。

「たいしたことないよ。ほら、前に言うたでしょ？　果物好きの本家の大お祖母さん。小さい頃は結構かわいがってもらってん。でも、最近は歳のせいで、ちょっと記憶が怪しくて……」

「俺は親戚付き合いなんてやったことないからわからんが、挨拶とか行かなくていいんか？」

「いいよ。お兄ちゃんも言ってる。結婚は二人の問題やから、て」

ほっとしながら、圭介の配慮に感謝した。家族と絶縁している俺のためにバランスを取ってくれたのだ。

唯はまだ杖が手放せなかったが、就職してしまうと忙しくなるので式を急ぐことにした。だが、就職云々は建前で、本当は俺が焦っていた。もし、唯の気が変わったら？　もしやはり俺など結婚相手に相応しくないと思うようになったら？　唯の心を疑うのは悪いとわかっていながらも、不安を消すことはできなかった。

卒業してすぐに教会で式を挙げた。唯はヴァージンロードだけは杖なしで歩くと言った。エスコートの父親役は圭介が務めた。圭介に支えられ、唯はなんとか歩ききった。圭介は心配と感激で式の間中ずっと、真っ赤な眼をしていた。

その後、小さなレストランを借りてお披露目をした。入口は兄妹手製のウェルカムボードで迎えた。フレームと飾りの白いバラは唯の担当だった。ボードの字は圭介が書いた。唯に頼まれ、一週間カリグラフィーの練習をしたという。もともと器用なのでプロ並みの仕上がりだった。

唯はシンプルな青いドレス、俺はタキシードを着た。二人で参加者の間を挨拶して回った。唯はきれいだった。みなに祝福され幸せそうだった。

「唯、立ちっぱなしで疲れたやろ。すこし座って休んだほうがいい」

杖を突いての挨拶だ。相当負担がかかっているはずだ。唯を椅子で休ませると、すぐに周囲を友人グループが取り囲んだ。きゃあきゃあと楽しそうだ。俺はそっと輪を抜け、廊下に出て一人になった。

「森二、唯を一人にしてどうした？　心ここにあらず、って顔や」

するど、目ざとく圭介が追いかけてきた。しまった、と思ったが、正直に言うことにした。

「ああ、すまん、圭介。なんか信じられへんのや」

「おいおい。今頃なに言ってる。そんなことやったら困る」露骨にむっとした顔をした。

「そうやない。昔のことを考えると、自分がまっとうな人生を送れるなんて……ほんまに信じられへん」俺はタキシードの裾をちょっとつまんでみた。「自分がこんな格好して結婚できるなんて」

「自信持てよ。当たり前やないか。森二はもう七年も前からまともやろ」

「七年……。そうか、七年か。おまえらと知り合って、もう七年になるんやな」

圭介と唯と知り合って七年。まともになって七年。それは相当な衝撃だった。言葉が出ず当惑していると、圭介が笑った。

「今さらなに言うてるんや。七年どころやない。これからもずっとずっとそうや」

これからも。俺は一瞬呆然とした。これからもそうか。俺にはこれからがあるのか。これから、これから、と心の中で繰り返していると、レストランのオーナーが近寄ってきた。招待状のないお客さまが、と入口を示した。すると、圭介が俺を制した。

「僕が出るよ。そろそろ唯のところに戻ってやれよ」

「わかった」

唯は友人と一緒に写真を撮っていた。旦那さんも一緒に、と誘われ、断り切れずにみなと写真に収まった。友人一同とのグループ写真から、唯とのツーショットまで延々と撮影会が続いた。ようやく解放されたときには、どっと疲れを感じた。

「こんなにたくさん写真撮ってもろたん、生まれてはじめてや」

思わずつぶやくと、唯が俺を見上げてにっこり笑った。

「これからもっともっと写真が増えるから」

青いドレスを着た唯は息が止まりそうなほど、きれいだった。

青。

住之江のスタンドから見た冬空の色。

ゴロワーズの色。

ばかばかしい髪の色。

そして、はじめて二人で桃ヶ池を歩いた日の空の色。

これまで色々な青があった。苦しくて、恥ずかしくて、情けなくて思い出したくもない青もあれば、涙が出るほど心地よい青もある。

「そうやな。どんどん増やさな」素直に言えた。

やっぱり信じられない。これは本当に現実なのだろうか。みんな夢ではないか。もしかしたら、俺はまだ生駒、十三峠にいて、長い長い夢を見ているだけかもしれない。思わず唯の腕に触れた。

「唯。唯、おまえ……ほんまもんやよな」

「当たり前やん。飲みすぎたん？」唯が噴き出した。

現実だ。俺は恵まれている。こんなに恵まれている男はいない。泣いてしまいそうだ。急に恥ずかしくなって、あたりを見回した。

「そういえば、圭介は？」

会場には姿が見えなかった。受付に行ったきり戻ってこない。なにかあったのだろうか。

ふっと、いやな予感がした。

トイレに行く振りをして唯のもとを離れると、受付に向かった。すると、およそ披露宴にはふさわしくない格好の男が二人いた。圭介となにやら揉めている。

絡んでいるのは加藤と持田だ。もう何年も会っていないが、すぐにわかる。圭介の顔は引きつって真っ青だった。一人で相手をしていたらしい。あいつら、と一瞬で頭に血が上った。先程までの至福が消し飛んだ。思わず大声を出しかけたが、思いとどまった。こんなところで騒ぎを起こせば、どれだけ唯が悲しむだろう。歯を食いしばって近づいていった。

「おまえら、なにしに来た？」抑えた声で話す。

「……これはこれは。ご結婚おめでとうございます」紫の花柄のシャツを着た加藤が笑った。

「おひさしぶり、いうとこですか。とりあえずおめでとうございます」相変わらずジャージの持田だ。

へらへら笑う二人を見ていると、怒りで身体が震えた。

「森二。君はいい。向こうへ行ってろ」圭介が振り返った。

「そうはいくか」

無論、結婚のことは一切知らせなかった。どこで聞きつけたのだろうか。光一が調べたのだろうか。

「お祝いを持ってきたんやけど。受け取ってもらわな帰られへん」加藤が薄い金封をぺらぺらと振って見せた。

「光一が寄こしたんやろ？　そんなもんいるか。帰れ」

「ひどいこと言うなあ。光一さんは関係ない。これは俺らからの気持ちや。昔は一緒に働いた仲やろが？　純粋な気持ちでお祝いに来たんや」

持田が加藤から金封を受け取ると、受付カウンターに放った。薄い金封はカウンターまで届かず、ぱさりと軽い音を立てて床に落ちた。

「いらん、さっさと拾って帰れ」

「お祝いに来た客に失礼なやっちゃな。それ、メチャメチャありがたいもんなんや。粗末にしたら罰が当たるで」持田がガムを噛みながら顔をしかめた。

俺と二人がにらみ合う格好になった。すると、圭介が金封を拾って、加藤に差し出した。

「頼む。祝いの席で騒ぎを起こさないでくれ」

加藤は金封を受け取ると、水引を引きちぎって開いた。取り出したのは紙幣ではなく、一枚の細長い紙だった。極彩色（ごくさいしき）で絵と字が描かれている。その紙をウェルカムボードにピンで留めた。

「花嫁の父役も大変やなあ。ガラの悪い婿さんの後始末せなあかん」

「帰れ。警察を呼ぶぞ」俺はレストランの入口を指さした。

すると二人は顔を見合わせ、口許を歪めて笑った。

「ええ気になんなよ。自分だけまともになったつもりか？」持田がすごんだ。

むっとしたが堪えた。こんなやつらの相手をしてはいけない。中三のとき、俺にカンニングの濡れ衣を着せた奴らと同じだ。自分が置いていかれることに堪えられない。自分が這い上がろうとはせず、他人を引きずり落として安心したい輩（やから）だ。あのとき、俺は負けて自棄（やけ）になった。でも、今は違う。俺はあのときの俺とは違う。唯がいる。圭介がいる。

「儲け話を持ってきただけや。しかも超大口」加藤がすこし真面目な口調になった。「憶えてるか？　大昔、教祖の息子の話があったやろ。あれがえらい競艇好きで、最近、俺らをひいきにしてくれてるんや」

「やめろ。人前でする話か」

俺は加藤を制した。招待客に聞かれたら困る。

「なに言うてるねん。おまえは奇跡を二回も起こしたんやろ？　今さら、知らんぷりはないやろ」加藤が大声を張り上げた。

「やめろ。俺はもう縁を切ったんや」俺は繰り返した。

「結婚したらいろいろ物入りやろ？　光一さん抜きで稼ごやないか。宗教言うても清貧がモットーの団体で、なんも怖いことあらへん。光一さんさえ出しゃばって来えへんかったら、確実に儲かる」持田がにたにたと笑った。

「帰れ」

思わず声を荒らげたとき、唯がホールから顔を出した。

「どうしたん？　なにかあったん？」

その顔がすぐに強張った。ホールの入口に立ち尽くしている。

「きれいな花嫁さんやないか。お上品な奥さまになるんやろなあ。うらやましい」

持田が唯にねちっこい視線を向ける。それだけで唯が汚されたような気がした。

「唯、中に入ってろ。なんでもないから」

唯に声を掛けると、加藤が突っかかってきた。

「なんでもないことはないやろ。長い付き合いの俺らを紹介もしてくれへんのか？　失礼やないか」

「静かにしてくれ」

　圭介が加藤を制止しようとしたが、まったく相手にされない。その様子を見た唯が、加藤持田に深々と頭を下げた。

「お願いします。帰ってください。これ以上、森二につきまとわないでください」

　すると、持田と加藤がどっと笑った。

「世間知らずの花嫁さんやな。育ちがいいつもりらしいな」持田が鼻を膨らませた。

「二度と森二にかまわないでください。森二はあなたがたとは縁を切ったんです。お願いします」唯は震えながら、もう一度深く頭を下げた。

「はあ？　おまえ、なにさまのつもりや」加藤がすごんだ。

「唯、もういい。早くホールに戻れ」

　慌てて唯の前に出た。礼儀や誠意が通じる相手ではない。下手に出ればつけ上がるだけのクズだ。

「これが祝儀持ってきた客に対する態度か？」

　加藤がウェルカムボードを思い切り床にたたきつけた。ボードは真っ二つに割れ、飾りの白バラが床に散らばった。もう我慢ができない。思わず加藤に詰め寄ろうとしたとき、圭介が怒鳴った。

「帰れ。今すぐ帰れ」顔は真っ青だ。唯のドレスと同じ色だった。

俺は驚いた。いつも冷静な男が完全に取り乱している。眼の光が尋常ではない。これほどまでに激昂したところを見たことがない。

「なに？　そんなことしたら、どうなるんかわかってるんか？」加藤も負けじと怒鳴り返した。

「黙れ。今すぐに出て行け」圭介はぶるぶると震えていた。

圭介と加藤持田がにらみ合った。俺は唯を背後へ押しやりながら、言った。

「加藤、持田。これ以上邪魔をするんやったら、なにもかも警察に話す。ノミのことを全部や。それでもええんか？」

「そんなことしたら、光一さんも捕まるんやで。それでもええんか？」持田が両手首を揃えて突き出し、お縄頂戴の仕草をした。

「光一がどうなろうとかまうか。ノミ行為の時効は五年。しかも俺は未成年やった。まったく無傷で済む。困るのは、光一とおまえらだけや」

加藤と持田が顔を見合わせた。そして、二人そろって舌打ちをした。

「じゃあ、日を改めて。……また奇跡話でむしったろうや」加藤は気を取り直し肩をすくめた。

「また来るから。奥さん。それではまた」持田が唯に笑いかけた。

「二度と来るな」

俺は怒鳴りつけたいのを懸命にこらえ、平静を保った。二人が出て行っても、しばらくだれも口をきかなかった。俺も圭介も唯もその場で黙って立ち尽くしていた。

俺のせいだ。俺のせいで、せっかくのパーティーをメチャクチャにした。

「すまん。本当にすまん、唯」

俺は割れたウェルカムボードを拾い上げた。絶対に迷惑は掛けないと約束した。なのに、結婚式の日から約束を破ってしまった。詫びても詫びきれない。

「森二が悪いんやない。森二は全然悪くないから気にせんといて」

杖を突く唯の手が震えているのを見て、たまらなくなった。最高の日を最低にしてしまったのは、すべて俺の責任だ。

「すまん、興奮して大声を出してしまった。取り乱して恥ずかしい」圭介が濁った声で詫びた。

「いや、悪いのは俺や」

だが、いつまでも引きずっていてはいけない。気持ちを切り替えなければ。俺がしっかりするんだ。

加藤がウェルカムボードに留めた紙を見た。奇妙な模様にしか見えない文字がぐるりを囲ってあり、中央にはふっくらした二羽の鳥が描かれ、夫婦和合という字が読めた。金と赤を用いた、見た目は美しい護符（ごふ）だ。例の宗教団体のものだろうか。

「結婚祝いが護符一枚か、せこいな」わざと軽く言い放つ。

唯も俺の意図に気付いて、合わせてくれた。明るい声で言う。

「鳥？　どっちかって言うと小鳥？　鳥を祀る神社ってあったっけ？」

二人で一緒に護符を見ていると、圭介がすこし離れたところで口を開いた。

「鳥は夫婦和合の象徴や。カササギ、セキレイ、オシドリ、そして、鶴。いろいろある」

うんちくを披露しながらも、圭介の顔はまだ青かった。ひどく具合が悪そうに見えた。

「大丈夫か？　圭介」

「ああ、大丈夫や」圭介は額の汗をハンカチで拭った。「森二、唯。主役が二人とも席を外してどうする。早く戻ろう」

清貧がモットーの宗教団体か。ためらわず護符を破り捨てた。


不動産会社に就職をしたのは、地面への憧れがあったからかもしれない。ふっと水はもう御免だと思った。だから、土地を扱う不動産業を選んだ。研修を経て、俺は営業に配属された。圭介も唯もひどく心配した。社交的とはいえない俺には、営業職など到底向いていないだろうと思われたからだ。

だが、俺は同期の中では断トツの成績を上げた。二人は不思議がったが、理由は単純だった。俺はいくら断られても平気だったからだ。配属された営業所では、新人は度胸付けという名目で一般の家庭に飛び込み営業に行かされた。百軒回っても話を聞いてもらえるのは、一軒あるかないかだ。普通の新人は落ち込む。一週間で辞める者もいた。だが、俺は平気だった。居留守を使われようが、無視されようが、暴言を吐かれようが、なんとも思わなかった。慣れていたからだ。

先輩社員は言った。

「おまえ、ふてぶてしいとは思っていたが、やっぱメンタル強いな。無神経っていうか」

だが、押しの営業はしなかった。買う客は一目でわかった。そういう客はなにも言わなくても買ってくれた。要領がいい、とはよく言われた。

新居は桃ヶ池からほど近いところにマンションを借りた。

夫婦二人の暮らしがはじまると、圭介は一人になった。仲のよい兄妹を裂いたようで、俺は申し訳なく感じた。一方、唯も親代わりの圭介を一人にしたことを気にしていた。あの広い家に一人は寂しすぎるだろう。だから、週末は桃ヶ池で過ごすようにした。

また、加藤と持田の動向が気になった。マンションはオートロックで、許可なしには入れない。それでも、インターホンが鳴るたび唯の顔が強張った。決して口には出さないが、心配しているのは間違いない。俺が気遣っても、大丈夫と強がって笑ってみせるから、余計にたまらない。

圭介に頼んで、夜はできるだけ一緒に過ごすようにしてもらった。圭介は文句一つ言わず引き受けてくれた。俺が深夜に帰宅するまで、マンションにいてくれるときもあった。

「すまん、圭介。あれだけ約束したのに」

「気にするな。それより、今は君がしっかりしろ。絶対にあいつらに負けるな」

圭介の励ましは心強かった。どれだけ感謝しても足りないと思った。

仕事と宅建の勉強で、毎日忙しかった。家に帰るのは日付が変わってからの日も多かった。土日の出勤も当たり前にあった。新婚なのに唯と過ごす時間もない。

「すまん。せっかく結婚してもろたのに……」

「森二。してもろた、てなに？　あたし、してあげたつもりなんてないし」

唯がむっとした顔で言う。すこし怒っているようだ。だが、就職せずに結婚してくれ、と頼んだのは俺だ。唯を家へ閉じ込めているような気がする。

「でも、俺は結婚できるなんて……ほんまに思てへんかったから」

半年が過ぎたが、心配された嫌がらせはなかった。唯もようやく落ち着いてきた。まだ定期的に病院に通っていたが、ほとんど日常生活には問題がないレベルまで回復した。近所に友人もでき、ちょっとした集まりに参加したり、ボランティアをしたり、と眼に見えて元気になった。俺は元の明るさを取り戻した唯を見て安心した。

ある休日にホームセンターに買い出しに行き、何気なくＤＩＹコーナーをのぞいた。そこには様々な「手作り」の道具と材料が並んでいた。俺はこれまで工作の類をしたことがなかった。プラモデルを作ったこともない。だが、そこで見た木材や電動工具に心惹かれた。そして、自分の手でなにかを作りたくてたまらなくなった。

「なあ、なにか家の中で必要なものはないか？　棚とか、椅子とか」

唯はしばらく考えて言った。

「台所にスパイスラックがあったらいいな。おしゃれなやつ」

「よし、わかった」

手始めに、キッチンにスパイスラックを作ることにした。唯のリクエストは「ちょっとアンティーク風」だった。仕事の合間にいろいろなデザインを研究し、ただの壁掛けではなく磨りガラスの扉付きのものを二週間かけて作った。はじめてにしては、なかなかの出来だった。それからは、暇を見つけては、ベランダで木工小物の製作に夢中になった。家の中は俺の作った棚や花台で一杯になった。

唯も木工が気に入ったようだ。俺とホームセンターに行くのは楽しいらしい。唯自身はなにも作らないが、俺と一緒に材木を眺めてくれる。

穏やかな毎日が続いた。そんなある日のことだ。

「……ほら、ボランティアって、結局どれだけ身軽に動けるか、って感じで」

いつの間にか唯はボランティアを辞めていた。唯の足は見た目には問題ないが、他の人と同じようには動けない。どこにでもクズはいる。なにか足のことで中傷を受けたのかもしれなかった。俺ならそんな中傷は慣れっこだが、唯は違う。よほど辛かったのだろう。だから、なにも言わないことにした。

「無理しなくてもいいんじゃないのか？　俺は唯と木工できるのが嬉しいよ。早く一戸建てを買って、大物を作ってみたい」

「大物って？」

「そうやな。ウッドデッキとか、ブランコとか、ベンチとか、テーブルとか」

「庭付き一戸建てを買わな。大変……」

そこで唯が一瞬口許を押さえた。苦しそうに唾を呑み込む。

はっと思い出した。昔、光一の下で予想屋をやっていた頃、クラブで隣に付いた女。タンゴのステージを見ながら、つわりで苦しそうにしていた。堕ろすのだと言っていた——。

「唯、まさか、それ、つわりやないか？」

「……え？」

唯の顔が強張った。いきなり「つわり」などという言葉が、俺の口から出たことに驚いているようだった。俺はすこし焦った。まるで、過去にだれか妊娠させた経験があるかのようだ。

「いや……ほら、ドラマとかでよく見るやろ？　もしかしたら妊娠してるんやないか？　早く調べたほうがいい」

声が震えていることに気付いた。俺は混乱していた。本当に妊娠していたら、俺は父親になるのか？　まさか、この俺が親になるのか？　この俺が？

唯も当惑しているようだった。病院に行くのをためらうので、早く調べたほうがいい、と急かした。唯と一緒に病院に行くと、やはり妊娠していた。医者の説明を聞いて、俺は激しく動揺した。不安で落ち着かないのに、嬉しくてたまらず浮かれている。二つの相反する感情がごちゃ混ぜになって、わけがわからない。

だが、不安を感じているのは唯も同じだった。口には出さないが、俺以上に神経質になっている。まるで怯えているようにも見えた。

圭介に報告すると、複雑な顔をした。

「僕も唯も早くに両親が死んだからな。親と子の揃った家庭なんて久しぶりで、なんだか怖いよ」

圭介ですら怖いのか。そう思うと、途端に楽になった。俺と唯が不安になるのも当たり前だ。

「よし。ミルク代を稼がないとな」

俺は懸命に働いた。仕事に打ち込むと、あっという間に日は過ぎた。唯のつわりはかなり重く、何度か点滴も受けた。だが、腹の子は順調に大きくなっていった。

気になるのは光一と加藤持田の動向だった。こんなときに嫌がらせをされたら、唯がどうなるだろう。もしもお腹の子になにかあったらどうすればいい？　だが、下手にこちらから接触すれば、かえって藪蛇かもしれない。知らぬ振りをするしかないのは逆に辛かった。

だが、心配は杞憂に終わった。加藤も持田も二度と姿を現すことはなかった。光一もまったく音沙汰のないまま日が過ぎた。どうやら光一は今度こそ俺を諦め、加藤持田は結婚式当日の嫌がらせで気が済んだらしい。教祖の息子とやらの話も立ち消え、俺はほっとした。

翌年、子供が生まれた。

唯の胸の上に小さな生き物がしがみついていた。髪は濡れてはりつき、顔はところどころ粉を吹いたようだ。閉じた眼は糸のようで、小さな鼻にはちゃんと二つ穴があいている。嘘のように小さな手に五本の指があり、その先には眼を凝らさなければわからないほど小さな爪が生えていた。

赤ん坊だ。子供だ。俺の子供、俺と唯の子供だ。恐る恐る手を伸ばし、赤ん坊の頬に触れてみる。湿っている。弾力がある。

やがて、赤ん坊があくびをした。指を開いたり閉じたりしながら、長い長い大きなあくびをした。すごい。こんなに小さいのに、ちゃんと生きている。瞬間、涙があふれてきた。嗚咽がこみ上げてきて、自分でもわけがわからなくなった。なにが起こったのかわからない。涙が止まらない。身体が震える。俺は慌てて顔を覆った。だが、もうごまかしようがない。

眼の前に俺の子供がいる。俺と唯の子供がいる。俺の子供だ。

「夢みたいや。まさか、俺が親になれるとは思わなかった」

いや、それどころか大人になるまで生きられるとは思っていなかった。いつか殺されると思っていた。生駒の十三峠で凍えながら、ここで死ぬのだと思った。

「俺は恵まれてる。まさか、やり直せるなんて思わへんかった。それやのに、これからは妻と子と一緒に生きていける……」

涙が止まらなかった。俺は子供のようにしゃくり上げた。唯は俺の手を握り、懸命に笑いかけた。

「森二、安心して。もう大丈夫やから。あたしも、お兄ちゃんも、赤ちゃんもいてる。森二は完璧にやり直して幸せになったんやから」

その言葉を聞くともっとたまらなくなった。俺は号泣した。唯は俺が落ち着くまで待ってくれた。

「この子、紅一点なんやって。さっき、看護師さんが言ってた。ここのところ男の子ばっかり生まれてたって。きっと将来もてますよ、って」

俺は涙を拭きながら言った。

「別にもてなくていい」

「困ったお父さんになりそう」

子供は冬香と名付けた。この子には絶対に辛い思いをさせない。俺のような思いはさせない。完璧だ。俺は完璧に人生をやり直せたのだ。

次に、俺は不動産鑑定士を目指すことにした。営業マンとして夜遅くまで働きながら、勉強時間を確保するのは難しかった。

不動産鑑定士の試験は三次まであった。一次は大学を出ているので免除となり、二次からの受験だ。二次試験の合格率は低く一割程度だった。だが、俺は最初の挑戦でなんとか二次試験に合格することができた。だが、三次試験を受けるためには二年の実務経験、一年の実務補習が必要だ。そうやって受験資格ができても、合格率は三割ほど。まだまだ先は長かった。

二次試験合格の通知を報告すると、唯が久しぶりにハンコをくれた。その夜、夕食は手巻き寿司だった。圭介も来て祝ってくれた。

「合格祝いなんやから、ちゃんとした寿司をご馳走するのに」圭介はすこし残念そうだった。

「いや、これがええ。なにせ、子供のときから憧れてた」

以前ちらと話したことがある。唯が憶えていてくれたことが嬉しかった。

家族で食卓を囲み、楽しそうに手巻き寿司をつくるCMがあった。小学生だった俺はぼんやりと眺めていた。うらやましいとは思ったが、自分の家ではありえないこともわかっていた。だから、ただ単純に憧れた。すると、光一が怒った。――物欲しそうな顔すんなや、と。光一はテレビを消すとリモコンを投げ捨て、家を出て行った。俺は光一に腹を立て、その一方で気の毒だと思った。光一は諦めきれてない。なにもかも諦めてしまえば楽なのに。期待しなければ苛立つこともないのに――。

大人になった今でもそうだ。

以前、光一が押しかけてきたことがあった。テレビを壊し、おでん鍋に本を突っ込んで帰った。あのとき、光一はこう言った。――期待させるな、つまらない夢を吹き込むな、と。期待したがっているのは光一だ。夢を見たがっているのは光一だ。だから、いまだに傷ついている。

子供ができると、今度は新たな問題が起こった。微笑ましいが、すこし厄介な問題だった。圭介は優しい伯父さんで、冬香をかわいがってくれた。だが、すこしやり過ぎだった。堅物で理詰めで融通がきかないラテン語研究者は、人が変わったように冬香に夢中になった。

圭介は赤ん坊の世話をすこしも嫌がらなかった。オムツ替えも、ミルクも、風呂もだ。まるで我が子のように面倒をみてくれた。そして、会うたびに贈り物を持ってきた。まだ寝返りも打てないときから、クローゼットはブランドものの靴と服で埋まり、本棚には鮮やかな色彩の絵本がずらりと並んだ。圭介は熱心だった。宮参りには京都まで出かけて仕立てた着物を用意し、初節句には七段飾りを買ってくれた。

俺も唯もすこし不安になった。七段飾りは賃貸マンションには大きすぎた。飾ると、リビングにくっついた申し訳程度の和室が半分埋まった。収納しようとすると、押し入れが完全にふさがった。困っていると、圭介が預かると言ってくれた。

「年に一度しか飾らないものやから、普段はうちに置いとけばいい」

次に、圭介はピアノを買ってやると言い出した。しかもアップライトではなくグランドだ。圭介が姪(めい)をかわいがる気持ちはよくわかる。だが、ここまでくると、もう放って置くわけにはいかなかった。

俺の口からは言いにくいので、唯に言ってもらうことにした。

「ちょっとあたしたちには分不相応っていうか……。お兄ちゃんは冬香を甘やかしすぎ」

「すまん。つい、嬉しくて。でも、ほかに金の使い道がないんや」圭介が哀しそうな顔で詫びた。

「もらっといて文句を言うのは悪いけど、冬香のことを考えると、あんまり小さいうちから贅沢(ぜいたく)を憶えさせたらよくないと思う」

「……そうやな。わかった」圭介がうなだれた。

贈り物は誕生日とクリスマス。そのほかには季節に一度ずつ、と決めた。あまり高価な物も遠慮してもらった。

その一件以外は、圭介はよい伯父だった。金は出すが口は出さない。かわいがるときはかわいがる。叱るべきときは叱る。模範的な親戚だった。

だが、長嶺の家系は贈り物が好きらしい。ある日、唯は長嶺の本家の大お祖母さんに呼ばれた。唯に残された骨董品があるらしく、納戸を探しに来い、と言う。

「ほとんどガラクタらしいんやけど、いずれは冬香のものになるからちょっと見てくる」

勇んで出かけて行った唯だが、手ぶらで帰ってきた。たいしたものはなかった、という。俺はすこしほっとした。つまらんプライドだ、とわかっていながらも、これ以上「長嶺家」の財産の世話になるのは避けたかった。向こうが好意でしてくれることでも、負担にならないというと嘘になる。

俺は俺の力で唯と冬香を幸せにする。人の力は借りたくない。身の丈に合った暮らしをするんだ。

冬香が歩くようになると、都会のマンションではなく自然の残る場所で子育てをしたい、と唯が言い出した。それなら、と早速家探しをはじめた。そして、冬香が三つのとき、箕面に小さな一戸建てを買った。中古の築浅で唯が一目惚れをした洒落（しゃれ）た家だ。クリームイエローの外壁に赤茶の屋根、外構はオープンで開放感がある。駅まではすこし遠かったが、緑に囲まれて静かな場所だった。周囲はみな同じような若い夫婦と子供で、こぎれいに暮らす人たちばかりだった。

「桃ヶ池が遠くなるぞ。いいんか？」

圭介の住む桃ヶ池の家からは車で一時間ほどか。これまでのように頻繁に行き来はできない。

「いいよ。ずっと大阪市内やったから、こんな自然の残るところに住みたかってん」

当然、俺の通勤時間も長くなった。といっても一時間ほどだ。自宅から最寄り駅まではバスだが、最終電車で帰るとバスがない。不便なので駅までは自転車で通うことにした。

郊外の暮らしは俺にとっても新鮮だった。山が近いせいか、鳥の声がして、ときどき霧がかかり、朝夕はびっくりするくらい気温が下がった。大阪の下町で育った俺には、朝、眼が覚めるたびに、まるで旅先にいるかのような気がした。

家はハウスメーカーの建て売りだが、ガレージは二台分あり小さい庭もついていた。車は一台だけだったので、余ったスペースはＤＩＹの作業場所にした。

俺は本格的に木工に取り組みはじめた。週末ごとにホームセンターに通い、道具を揃えた。大型の電動工具も買った。作品もすこしずつ増えていった。はじめての大物は、リビングの飾り棚だった。唯は喜んでくれて、すぐに美しい絵柄のカップを飾った。そして、庭にベンチ、テーブルを置いた。自分の部屋には頑丈な本棚を作った。楽しかった。俺はひたすら作りまくった。いつの間にか家の中は俺の作品だらけになった。

「近所の奥さんが褒めてくれたよ。すごい、って」唯が教えてくれた。「器用な旦那さんでうらやましい、って」

みんなが褒めてくれた。すごい。うらやましい。そんなふうに言われる日が来るなど想像したこともなかった。まるで嘘のようだ。

なにもかも順調だった。だが、たった一つの気がかりは圭介のことだった。広い桃ヶ池の家で一人になった圭介のことを思うと、心が痛んだ。

「車で一時間やろ？　できるだけ顔出してやれよ。圭介にも来てもらうようにするし」

家を買ったとき、唯は圭介から車をもらった。ブルーバードシルフィ。色はセシルブルー。高価な贈り物だったが、喜んで受け取ることにした。足の悪い唯が子連れで気軽に外出するには、やはり車があったほうが便利だ。

「……うん、でも」

「俺に気を遣わなくていい。しばらく仕事が忙しいから帰りも遅いし。圭介と一緒のほうが俺も安心や」

圭介はずっと桃ヶ池の家に住んでいたのだが、唯が結婚して以来、部屋を持てあましていた。一人暮らしに一軒家は広すぎるという。

「それなら、うちの近くにマンション買えよ。山が近いと気持ちいいぞ。そりゃ桃ヶ池に比べたら田舎やけど、緑が多いってのはいいもんや」

「でもなあ」圭介はあまり乗り気ではなさそうだった。

「唯も冬香もおまえがそばに住んでくれたら喜ぶしな。なあ、唯」

俺は唯のほうを見て同意を求めた。すると、唯は暗に反対した。

「どうかなあ。お兄ちゃんは郊外より、街中の便利なところのほうが向いてると思うけど」

賛成してくれると思ったのに、唯がいい顔をしなかったので意外だった。

「せっかくなのに悪いな、森二。僕はやっぱり住み慣れた大阪市内でマンションを探すよ」

圭介は大阪市内でマンションを探し、それと並行して桃ヶ池の自宅の整理をはじめた。唯の持ち物もまだずいぶん残っていたので、唯は時間を見つけては片付けのために実家に戻るようになった。だが、圭介の気に入るマンションはなかなか見つからなかった。

「焦らず探すよ」

鑑定士の資格を取ると給料も上がったが、仕事も増えた。そろそろ真剣に独立を考えようか、と思っていた。そのためにはとにかく人脈だ。会社にいる間にすこしでも人脈を広げねば、と。


冬香が小学校に上がる歳になった。

圭介が入学祝いにランドセルを届けに来た。冬香は真新しい真っ赤なランドセルに興奮している。背負ったまま下ろさず、家の中や庭やらを跳ね回っていた。その様子を見た圭介は、真剣な顔で言った。

「森二。今度こそグランドピアノはどうや？　この家やったら置けるやろ」

「でも、冬香がピアノを好きになるかどうかわからんのに」

「じゃあ、バイオリンはどうや？　あれなら場所を取らへんやろ？」

俺には音楽の素養などまるでない。クラシックなど圭介と知り合うまで、自分には縁のない音楽だと思っていた。子供の頃から聴いていたのは、吉川理髪店で流れていた有線放送の演歌だ。

「唯とも相談するよ。冬香が本当に興味のあることをやらせたい。押しつけるのはよくないからな」

「そうやな」

結局、なにも決まらなかったが、とりあえずグランドピアノを断ることができてほっとした。だが、すぐに圭介は次の提案をした。

「じゃあ、ペットはどうや？　情操教育にいい。犬か猫か。それとも鳥か？　ウサギやハムスターもいいな」

「おい、圭介。なに聞いてたんや。押しつけるのはよくない、って言うたやろ」

「じゃあ、冬香の意見を聞こうやないか。本人の希望を尊重することにしよう」

圭介は庭に出ていった。俺は苦笑し、後を追って庭に出た。だが、すこし複雑な気分になった。圭介は寂しいのだろう。一生独身を貫くなどと言っているが、やはり家族が欲しいのではないか。見合いでもするように意見したほうがいいのだろうか。

唯と冬香は俺の作ったベンチに並んで座っていた。冬香は圭介を見るなり駆け寄ってきた。圭介は冬香を抱き上げた。

「冬香。もうすぐ小学生やな。お祝い、なにがいい？　子犬？　子猫？　それとも小鳥？」

「全部。犬やったら一匹。猫やったら一匹。でも、小鳥やったら二匹。卵産んだら、鳥の赤ちゃんが生まれるんやよ」冬香は大きな声で答えた。

「鳥は一匹二匹やない。一羽、二羽。鳥の赤ちゃんはひなって言う」圭介が嬉しそうに笑いながら、冬香を下ろした。「子犬と子猫と小鳥全部か。冬香は贅沢やな」

「全部は無理や。一つに決めなさい」

甘やかし放題の圭介に代わって、俺はわざとすこし厳しく言った。

「じゃあ、小鳥。ひなが生まれるから」

「小鳥か。どうしようか。なあ、唯……」

振り返って唯を見て、一瞬はっとした。唯の顔は真っ青だった。ベンチに腰掛けていなければ倒れていただろう。眼を見開き、きつく唇を結んでいた。ひどくショックを受けたようだった。

「唯？　どうした？　気分でも悪いんか？」

「……え、うん」唯は首を横に振った。「ごめん、ちょっとめまいがして」

「大丈夫か？　家に入って休んだ方がいいぞ」

「森二の言うとおりや。唯、家に入れ」圭介も心配そうだ。

「大丈夫。もう平気。それより、冬香の写真を撮ったげて」

　唯は俺を見上げて笑いかけた。たしかに顔は青いが、もうすっかり落ち着いている。俺は家に入ると、カメラを取ってきた。ランドセルを背負った冬香にカメラを向ける。驚くほどしっかりして見えた。

「冬香、こっち向いて」

　花壇の前、ハナミズキの前。庭のあちこちに立たせ、冬香の写真を撮りまくった。そのあとは唯とベンチに並んで腰掛けさせて、母娘で撮った。

「やっぱり母娘なんやなあ。おまえと冬香、どんどん似てくる」

「なんだかかわいそう。将来、冬香に恋人ができたとき困るかも」

「なんで？」

「だって、オバサンになったときの見本がいるんやから。彼氏が幻滅するやん」

　それを聞いて、俺はすこし呆れた。女はこんな心配をするのか。

「かえって喜ぶかもしれんやろ。こんなふうに歳を取るのか、って」

「そうなれたらいいけど」

なあ、圭介、と同意を求めようとして、はっとした。

圭介は奇妙な眼で二人を見ていた。喜怒哀楽のどれにもあてはまらず、どれにもあてはまる。なんとも言えない眼だ。

圭介は俺の眼に気付くと、慌てて視線を逸らした。今度の表情はひどくわかりやすかった。単純に、後ろめたい、だ。俺は驚き、一瞬混乱した。今の圭介の顔はなんだ？　見間違いか？　いや、あれはたしかに――。

「おじちゃんも一緒に撮ろうよー」冬香が圭介を呼んだ。ベンチの隣を指さす。「ここ、ここ」

「よし、森二、頼む」圭介が笑いながらベンチに向かって歩いて行った。

再びカメラを構えた。ファインダーから三人をのぞく。

母と子は頬をくっつけ合うようにして笑った。冬香は興奮して紅潮し、耳まで真っ赤だった。唯の耳もほんのり赤かった。その横で圭介も嬉しそうに笑っていた。

三人は本当によく似ていた。圭介も唯も冬香も笑った顔が同じだった。中でも、特に似ているのは耳だ。三人とも耳たぶがふっくらと大きい。立派な福耳だ。きっと、長嶺一族の特徴なのだろう。

俺からの入学祝いは手作りの机だった。冬香のリクエストは「お姫様みたいな机」だ。デイズニーアニメに出て来るような、猫足で装飾のついた机がいいという。

俺は一ヶ月掛けて机を作った。飾り彫りもした。ペンキも塗った、つや消しの白だ。上品な仕上がりになった。ペンキが乾いてから、最後に抽斗の金環やらフックやらを取り付けた。

机が完成した三月の夜、俺は唯を殺した。

5

月が変わって六月になった。そろそろ梅雨入りかという時期で、朝からどんよりと曇っている。妙に肌寒い日だった。

今日は保護司との面接日だった。午後一時、梅田の古びた喫茶店で庄司と会った。昼食を食べに来ているサラリーマンで席はほとんど埋まっている。庄司は相変わらず洟（はな）を啜っていた。

「花粉症は治まったんやが、なんか今朝から急に寒いやろ？　また鼻がぐずぐず言い出して」

風邪かもしれん、と言いながら、ホットコーヒーを頼んだ。

「吉川さんもしんどそうやな。風邪か？」

「いえ、そういうわけでは」

数日前から体調が悪い。じっとしていても息が切れるような、重苦しい不快感がある。身体を動かすのも億劫で外出などしたくなかったが、面接なので仕方なかった。

「ならええけど。で、なんで辞めはったんや？　すごい真面目に働いてはる、て聞いてたけど。人間関係か？」

丸山息子が加藤持田に暴行された翌日、社長に呼ばれた。

――息子から聞いたんやが、あんた、昨日、ヤクザと一緒になって息子を脅したそうやな。

――いえ、それは違います。

――タチの悪い女に騙されて、あんたの知り合いのヤクザに脅された、言うてる。

――それは息子さんがある女性につきまとったのが原因です。

――どっちにしても、そのヤクザはあんたの知り合いなんやろ？　庄司さんは、あんたは真面目な人や、言うたから雇たのに。いまだにヤクザと付き合いを続けてるなんて聞いてへんで。

社長が怒りを抑えきれない口調で言った。

――とにかく、うちの息子が危ない目に遭うたんは事実や。あんたの顔見るのも怖い、て仕事出てけえへん。悪いけど今日で辞めてくれんか。給料は今月分全部出すから、退職理由は自己都合にしてくれ。

加藤持田の嫌がらせだったが、言い訳をしても仕方がない。俺は工場を辞めた。

「働くのがいや、とか言うんやないんやろ？」

「ええ。なんでもいいから仕事が欲しいんです」

それを聞くと、庄司が大きなため息をついた。

「わかった。ちょっと探してみるわ」

「できれば、一人でできる仕事がありがたいんです。まわりに迷惑が掛からないような」

「ああ、そういうことかいな。お兄さん絡みやな」察したらしい庄司がうなずいた。

「兄ではないんですが、昔の知り合いがちょっと……」

「吉川さん、負けたらあかんで。逆戻りは絶対あかん」

庄司は根っからの善人のようだった。俺を励まし、コーヒーをおごってくれた。一時間ほどで面接は終わった。

庄司と別れて、梅田を歩いた。相変わらず人が多く、迷路のような街だ。当てもなく雑踏を歩くうち、阪急梅田駅の前に出た。通勤で毎日利用した駅だ。ここから北千里線に乗れば、箕面の家に行ける。

一度は戻らなければならない。私物の整理をしろと圭介に言われている。だが、まだ行く決心がつかないままだ。俺の物など勝手に捨ててくれ、と言わなかったことを悔やむ。だが、咄嗟にその言葉が出なかったのは、俺自身に未練があるからだろうか。

唯。俺の作った飾り棚にカップを飾る唯。俺の作ったベンチで笑う唯と冬香。俺の作った冬香の机。冷え切ったガレージ。血を流して動かない唯。

あの夜を思い出すと、動悸がして冷たい汗が噴き出た。めまいがする。ひどく気分が悪い。

額の汗を拭った。体調の悪さを言い訳にするな、と己に言い聞かせ、切符を買うために自動券売機に向かった。

北千里駅からバスに乗って、四年前まで暮らした家に向かった。

箕面の新興住宅地はずいぶん開けていた。ファミリーレストラン、カフェ、輸入食品店などが道路沿いに並んでいる。大通りをはずれ、住宅地へ入った。懐かしい風景だ。ウッドデッキ。芝生。レンガでできたアプローチ。ガーデニングの盛んな地域だった。春にはみな競って花を植えた。色とりどりのパンジー。寄せ植えのコンテナ。どの家にも門の脇にシンボルツリーがあった。クリスマスには電飾をする家も多かった。

かつての家が近づくにつれ、足取りが重くなった。このまま引き返してしまおうかと思う。それを堪えて、歩き続けた。やがて、眼の前にクリームイエローの壁、赤茶の屋根が見えた。俺はひとつ深呼吸をして、家を眺めた。

管理委託はしているがさぞ荒れているだろうと思っていたのに、すこしも傷んだ様子はない。この時期なのに、庭に雑草もあまりない。ハナミズキの枝振りもすっきりしている。きちんと手入れされているようだ。俺が作ったガーデンベンチとテーブルもちゃんとある。変わったことと言えば、木が大きくなったことだけだ。

鍵を開けて家の中に入った。雨戸の閉まった家の中は暗い。照明のスイッチを入れると、ようやく明るくなった。なにもかもあの日のままだ。台所のスパイスラックも、リビングの飾り棚も、俺が唯と冬香のために作ったものがそのまま残っている。家具に薄く埃が積もっているだけだ。

　知らぬ間にひどく汗をかいていた。いくら手入れがされているとはいっても、閉めきった室内の空気は淀んでいる。雨戸を開けて、風を入れた。滅多に開けないせいか滑りが悪く、ガラガラと大きな音がした。

　二階への階段を上る。書斎のドアを開けた。思わず息を吞む。部屋の中は荒らされていた。俺の作った本棚はあったが、本はみな抜かれ床に散らばっている。抽斗、書類ケースの中は空っぽで、ノート、書類、手紙の類はすべてなくなっていた。警察が引っかき回していったままだ。

　だが、荒れているのは俺の書斎だけだった。あとの部屋はみなきれいに片付いていた。ただ、唯と冬香の荷物はみななくなっていた。

　一階に戻り、居間のソファに腰を下ろした。ぼんやりと部屋の中を眺める。俺の作った飾り棚はそのままだったが、中は空っぽだった。

　あそこには唯がカップのコレクションを飾っていた。どれも綺麗な絵が描かれていた。花、鳥、果物——。

　顔を覆った。思い出すと止まらない。唯と選んだソファ、テーブル、カーテン、カーペット。なにもかもに記憶が染みついている。窓は開いているのに息苦しくてたまらない。しばらくじっとしていた。

だが、まだ見ていない場所がある。ガレージの作業場、俺が唯を殺した場所だ。確かめなければならない。四年前、自分がそこでなにをしたか、きちんと向き合わなくてはならない。

俺はのろのろと立ち上がった。

ガレージはあの日のままだった。作業台の上には工具箱が開いたままだ。床には万力が置いてある。血は洗い流してあったが、一部うっすらとチョークの線が残っていた。慌てて眼を背けると、白い木切れが見えた。ガレージの隅には机の残骸が積んであった。白く塗られた木材が完全にバラバラに切断されている。

圭介が激情に駆られ、机を破壊する姿が浮かんだ。作業場を飛び出し、トイレで吐いた。水道を止めなかった圭介に感謝した。

戸締まりをして外へ出た。すると、隣の家の前に主婦の一団が見えた。俺が出て行くと、みな驚愕の表情を浮かべた。唯の「ママ友」「公園仲間」だった人たちだ。俺が帰ってきたのが早速噂になったらしい。殺人鬼の帰還は閑静な住宅街に住む市民には、恐怖以外のなにものでもない。みな、奇妙な笑みを口許に貼り付け、後じさりするようにそれぞれの家に消えた。

足早に歩き出した。角を曲がると走り出した。一刻も早く家から遠ざかりたかった。すぐに息が切れたが、必死で走った。一番近いバス停を通り過ぎ、次のバス停を目指した。倒れそうになりながら、駆け続けた。

これからどうやって生きていけばいいのだろうか。罪をすべて認めて服役した。そして、模範囚となり、仮釈放された。一応これで、世間では罪を償ったとされる。

だからと言って、唯は生き返らない。この先、たとえどれだけ罪を償い続けたとしても、どれだけ詫び続けても、どれだけ悔やみ続けても、どれだけ善行を積んだとしても、無意味だ。決して唯は生き返らない。俺のしたことは取り返しがつかない。

死んで詫びればいいのか？　それしかないのか？　命を奪った罪は命でしか償えないのか？

俺が死ねば、きっと沙羅は哀しむだろう。光一はどうだろう。鼻で笑うか？　冬香はどうだ。戸籍上の父の死をどう思うのだろう。

そこですこし笑った。圭介の顔が浮かんだ。あの男は激怒するに違いない。

——卑怯や。死んで償いから逃げるつもりか。

赦されようなどとは思っていない。逃げるつもりもない。理由がわかったなら納得できる。裏切られても納得する。俺が悪いのだ、と納得する。わからないままだから、苦しい。詫びることも償うことも、開き直ることもできない。唯、なぜ俺を裏切った？　唯、教えてくれ。あの夜、なぜ——。

瞬間、激しく頭が痛んだ。

白。

激痛と共にすさまじい恐怖が襲ってきた。白が見えた。はじめて唯を抱いた夜に見た白。あの夜ガレージで見た白。出所した日に見た白だ。

一体何だ？　わけのわからない恐怖に思わず悲鳴を上げた。

頭の痛みと吐き気をこらえながら、あけぼの荘に戻ったのは夕方五時過ぎだった。またドアに貼り紙がある。

『冬香ちゃん、遊びに来てる。沙羅』

沙羅の部屋の呼び鈴を押した。すぐにドアが開いて、沙羅が顔を出した。表情が硬い。

「冬香ちゃん、伯父さんに叱られて、黙って家を出てきたんやて。おにぎりと玉子焼きのことで」

「おにぎりと玉子焼き？」

冬香に甘い圭介が叱るなど、よほどのことがあったのか。冬香を無視しなければ、と思いながら、やはり心配だ。部屋の中を見ると、冬香がいた。白いカーディガンを着ている。

白。

ぞくりと背筋が震えた。まただ。激しい不快と恐怖が押し寄せてくる。白。一体なんだ？

「吉川さん。顔色悪いけど大丈夫？」

「ああ」

テーブルの上にはおにぎりと玉子焼きが並んでいる。おにぎりは三角でもなく、俵でもない。大きさもまちまちの歪んだ球だ。玉子焼きは焦げて、形が崩れていた。俺が見たのに気付き、冬香が恥ずかしそうに眼を逸らした。下手だという自覚はあるのだろう。

「調理実習があるから練習したいのに、あの伯父さんがさせてくれへんのやって。だから、うちでさせてんけど……」沙羅が心配そうに言う。「一応、伯父さんには連絡しといた」

沙羅が喋っている間、冬香はずっとそっぽを向いている。

「帰れ。二度と来るなと言ったはずや」できるだけ感情を込めずに言った。

「私はあなたに会いにきたんじゃありません。沙羅さんに会いに来たんです」

木で鼻をくくったような言い方。圭介とそっくりだ。

「まあ、ちょっとちょっと。伯父さんが迎えに来はるまで、とりあえずご飯食べよか」沙羅が取りなすように言った。

「いや、俺はいい」

まるで食欲がない。体調は悪化する一方だ。

「吉川さん。せっかく冬香ちゃんが作ってくれたのに」

すると、冬香が顔を上げ、俺をにらんできっぱりと言った。

「いやです。あたしは戸籍上のお父さんなんかに食べて欲しくない」

「その言い方はあんまりやよ」沙羅がたしなめた。

するると、冬香は俺のぶんのおにぎりと玉子焼きを流しに運ぶと、全部捨てた。

「あんた、なにしてんの」沙羅が叱りつけた。

「人殺しに食べさせるくらいなら、捨てたほうがマシです」

「食べ物、粗末にしたらあかん」

沙羅が怒ると、冬香はテーブルの上の料理を全部払い落とした。残った玉子焼きもおにぎりも畳の上に散らばった。俺も沙羅も唖然とした。

「うるさい。ほっといて」冬香は眼に涙を浮かべ、俺と沙羅をにらみつけた。

「いい加減にし」

沙羅が冬香の頬を叩いた。冬香は眼を見開き、呆然と立ち尽くしていた。今、なにをされたかわからない、といったふうだ。

そのとき、呼び鈴が鳴った。沙羅がドアを開けた。すると、圭介が立っていた。

「ちょっと待って。今、後片付けをしてもらうから」沙羅が床の上に散らばった料理を示した。

「冬香にそんなことさせないでくれ。……冬香。さあ、帰ろう。そんなことしなくていいから」

「ちょっと、なに言うてんの。これ、この子がやってんよ」

だが、圭介は沙羅を無視した。沙羅を押しのけ、無理矢理に冬香を連れ帰ろうとする。だが、冬香を見て表情が変わった。

「冬香、その顔、どうした？」

冬香はなにも言わない。圭介は赤くなった冬香の頬をたしかめると、凄まじい形相で振り向いた。

「森二、おまえか？」

「違う。あたしが叩いてん」沙羅がきっぱりと言った。

「君が暴力を？　なんてことをするんだ」圭介が沙羅をにらんだ。

「この子はね、食べ物を捨ててん。それを注意したけど、謝れへんかってん」

「うるさい。冬香のことは放っておいてくれ」圭介はそこでがらりと口調を変える。「さ、冬香、帰ろう」

ランドセルを持ち、圭介は冬香をうながした。冬香は混乱した顔で圭介と沙羅を交互に見ている。だが、再び圭介にうながされ、白いレースのカーディガンを着て、ランドセルを背負った。ほとんど泣き出しそうな顔だった。

もう我慢ができなかった。冬香には関わらないと決めたはずだが、あまりにも酷い。

「圭介。おまえは間違ってる」俺は圭介の背中に言った。

「おまえに言う資格はない」

振り向きもしない圭介に、俺は言葉を続けた。

「今の冬香を見たら唯は泣く」

瞬間、冬香がびくりと震えた。圭介が振り返り、声を荒らげた。

「おまえが言うな」

「俺に言う資格はない。でも、本当のことや。こんな冬香を見たら唯はきっと泣く」

圭介はなにも言わず、冬香の手を引いた。だが、冬香はうつむいたまま動かなかった。沙羅が冬香に向かって声を掛けた。ぶっきらぼうだが、温かい声だった。

「謝る気になったら、またおいで。お料理しよ」

はっと冬香が顔を上げた。なにか言おうとしたが、圭介が遮った。

「冬香、車で待っててくれ。すぐ行くから」圭介が冬香に言った。

「いや」

「冬香。言うことを聞きなさい」

圭介が厳しい口調で言った。冬香は仕方なしに靴を履き、部屋を出て廊下を歩いて行った。

冬香の姿を見送ると、圭介が沙羅に向き直った。

「佐藤さん。はっきり言わせてもらう。君がこの男となにをしようと勝手だが、冬香に関わるのはやめてもらおう」

「まだわかれへんの？　あんたらの関係、異常やよ」

「異常？　君に言われたくないな。君の職業選択の自由は尊重するが、冬香には近づいてもらいたくない」

「……職業選択の自由？」

「そうだ。もっとはっきり言えば、君が風俗嬢なのは君の勝手や。需要がある以上、供給者がいるのは当然やろう。でも、僕は冬香にはそれを当然だと思う人間にはなってほしくない」

沙羅の顔が引きつった。圭介の慇懃無礼な言い回しはあまりに不快で、どんな罵詈雑言よりも的確に沙羅を傷つけたのがわかった。

「圭介、いい加減にしろ」

俺は圭介に食ってかかった。だが、圭介は表情一つ変えなかった。

「森二。今日、僕は工場へ行った。おまえと話をつけるためや。でも、辞めたと言われた。そこで、おまえのことをいろいろ聞かされた。勤務態度のこと、私生活のこと。隣の部屋のデリヘル嬢と親しくして、無断欠勤をしたことがある、と」

「丸山か？　太った男がそう言ったんやろ。あの男は最低のクズや」

「おまえが言うのか？」

圭介が俺を冷たい眼で見た。そして、次に沙羅に眼をやった。

「その男が、デリヘル店のサイトを見せてくれた。そこに、君の写真があった。何度も確認した。名前は違ったが、間違いなく君やった」圭介は嫌悪と軽蔑をあらわに言った。

「圭介、もういい。やめろ。沙羅には関係ない」

「関係はある。彼女と交わることで、冬香が彼女や彼女の所属する世界の価値観に染まったらどうするんだ」

「回りくどい言い方せんと、もっとはっきり言ったら?」沙羅が圭介をにらみつけた。

「……汚いデリヘル嬢は近づくな、て」

「僕は言葉を選んだ。冬香が世話になった以上、礼儀は必要やと思ったからや。それが、理解されなかったのは残念や」

沙羅の顔が強張った。もう我慢ができなかった。思い切り圭介を殴りつけた。圭介はよろめき、狭い玄関の壁にぶつかった。

「圭介。おまえは仮釈放された俺を見てこう言うたな。——卑しい顔になった、て。その言葉、そっくりおまえに返してやる。おまえもとっくに卑しい顔になってる。自分ではわからんのか?」

こんなことを言う男ではなかった。底辺の俺を引き上げてくれた。無償で教育を与えてくれたではないか。

姿勢を正してズレた眼鏡を直すと、圭介が俺をにらんだ。

「だれが僕を卑しい顔にした？　おまえやろ？　違うか？」

「人のせいにするな。元からやないのか？」

その言葉を聞いた瞬間、さっと圭介の顔が青ざめた。なにか言い返そうとしたが、言葉が出ないようだった。やはりか。腹の底に渦巻くような嫌悪を覚えた。あのときは否定したが、やはり嘘をついていたのか。俺などにこんなに簡単に言い負かされる男ではない。やはり、「元から卑しい」男だったのか。

「おまえはまだ僕を疑っているのか？」

「完全に信じたわけやない」

しばらくにらみ合ったが、先に眼を逸らしたのは圭介だった。沙羅に向かって言う。

「二度と冬香には関わらないでくれ。頼む。それじゃあ、失礼する」

圭介が部屋を出て行った。俺は一つ息を吐き、崩れるように腰を下ろした。沙羅も無言だった。最悪の展開だ。だが、すぐに足音が聞こえた。ドアが乱暴に開いて、圭介が飛び込んできた。ランドセルを手に、困惑した顔だ。

「冬香、戻って来てないか？」

「戻ってないけど。どうしたん？」

沙羅が言う。みるみる圭介の顔が青くなった。

「車で待ってるはずやのにいない。近くを捜したが姿が見えない」

「冬香ちゃんのスマホに掛けてみたら?」沙羅が訊ねた。

「スマホはランドセルの中に入ったままや」

圭介の声が震えている。俺は靴を履きながら沙羅に言った。

「捜してくる。冬香が戻ってきたときのために、部屋にいてくれ」

「わかった」沙羅はうなずいた。

圭介と外に出た。廊下に出てあたりを見回すが、姿が見えない。雲の多い日だったので、もう薄暗くなりかけている。風が冷たくなっていた。

「分かれて捜そう。見つかったら、とりあえず沙羅の部屋に」

「わかった」

いつの間にか俺が指示を出していた。圭介が文句も言わずに従ったのは、よほど動揺しているからだ。

俺は駆け出した。文化住宅の前の細い道を曲がると、すぐに公園だ。時計を見ると、六時すこし前だ。公園ではまだ大勢子供が遊んでいる。犬の散歩をさせている人もいた。これだけ人目があれば、無理矢理にさらったりはできない。奥の遊具コーナーに向かった。ブランコに乗っている女の子が何人もいる。だが、冬香はいなかった。

住宅街の細い道を走り回った。公園前の交番をのぞいたが無人だった。パトロールに出かけているのかもしれない。アーケードの商店街も走った。だが、冬香の姿はどこにも見えなかった。

神社の境内で圭介と鉢合わせした。やはり、まだ見つからないと言う。

「もしかしたら家に戻っているのかもしれない。一度、確かめてくる」

圭介は桃ヶ池の家に向かった。俺は一旦、沙羅の部屋に戻ることにした。

沙羅の部屋のドアノブを回そうとして、はっとした。ノブに細いチェーンが巻き付いている。なんだ、と外してみると、ペンダントだった。ルハンのマリア――。

慌てて部屋に入ったが、だれもいない。手の中のペンダントを見つめた。チェーンが切れている。だれかが乱暴に引きちぎった。そして、わざわざノブに巻き付けていった。

俺は階段を駆け下りた。回りくどいことをする時間はない。その足で、四つ橋筋にある「吉川企画」を訪れた。事務所には光一と見習いの若い男が一人いるだけだった。光一は俺を見ていぶかしそうにした。

「加藤と持田はどこや？」

「今日は見てない。なにかあったか？」

「冬香と沙羅がいなくなった」

光一は黙って俺を見た。そして、うんざりした顔で言った。

「あいつらの要求は？」

「まだない。二人が心配や。一刻も早く助けたい」

「阿呆な奴らや。どんな代償があるかも知らんと」

光一は薄く鼻で笑うと、スマホを取り出し電話を掛けた。何本か掛けたが、どの番号も出ない。光一は舌打ちし、最後の一本にだけ留守メッセージを吹き込んだ。

「吉川企画の吉川です。お忙しいところ申し訳ありませんが、折り返しご連絡をいただけると幸いです」

スマホを置くと、光一が煙草に火をつけた。慌ただしく、二、三口続けて吸う。珍しく苛立ちを隠せないようだった。

「心当たりがあるんか？」

光一は返事をしない。煙草を指に挟んだまま、なにか考えている。そのまましばらく動かない。無視し続ける光一に俺は思わず声が大きくなった。

「加藤と持田の不始末や。光一の責任やろ」

「俺の責任？」

光一が振り向いた。ぞっとする眼で俺をにらんだ。

「責任などと言うならおまえはどうなる？　おまえの奇跡のせいでどれだけの人間が壊れたか、考えたことがあるんか？」

「勝手に群がってきた。俺が頼んだわけやない」

「いい気になるな。おまえがつまらん奇跡さえ起こさんかったら、親父はあそこまで競艇にのめり込むことはなかったんや」

「知るか」

「おまえと親父が競艇場を遊び歩いている間、おふくろは恨み言を言いながら泣いてた。それをずっと聞かされていた俺がどれだけ惨めやったかわかるか？」

「遊び歩いてたわけやない」

「ごまかすな。親父はこんなことを言うた」光一が濁った声で言った。「——平和島、江戸川に遠征したら、楽しみは鰻や。関東の鰻は関西の鰻と全然違う。柔らかくてあれはあれでうまい。森二に食べさせてもらうんや。あれは自慢の息子や、と」

「……自慢の息子？」

思わず俺は笑ってしまった。すると、光一が怒りに満ちた眼で俺を見た。

「なにがおかしい？　おまえは最終レースを外した。親父は自慢の息子に殺されたんや。そして、おふくろも心労で倒れた」

そのとき、スマホが鳴った。光一は大きく深呼吸をすると、スマホを手に取った。すると、光一の顔色がほんの一瞬変わった。だがすぐに平静に戻った。わかりました、と電話を切って、俺に向き直る。

「仕事が入った。もう帰れ」

「光一、頼む。冬香と沙羅を助けるのを手伝ってくれ」

光一は返事をしない。俺はもう一度繰り返した。

「頼む」

見習いが黙ってドアを開けた。出ていくしかなかった。見習いは丁寧な礼をして俺を見送った。

事務所を出ると、もう八時前だ。すっかり暗くなった四つ橋筋を急いだ。仕事帰りの男女がぞろぞろと歩いている。公衆電話から桃ヶ池に電話をしたが、出なかった。圭介の携帯番号は知らない。あけぼの荘に帰るしかなかった。

きちんと携帯を契約しておけばよかった。今になって悔やむ。俺の身勝手のせいで、連絡が取れない。なにもかも俺のせいか。

ふっと、光一の言葉が思い出された。

――おまえの奇跡のせいでどれだけの人間が壊れたか。

夜空を見上げた。今、つながればなにかわかるだろうか。なにか未来が見えるだろうか。

眼を閉じ、息を殺す。螺旋を感じようと、闇に神経を集中した。

ぐるぐると回る。吸い上げられる。次の瞬間、暗い空とつながった。

白。

一瞬で螺旋が消えた。俺はよろめいた。イチョウの木にもたれかかり、大きな息をする。身体が震えていた。すさまじい恐怖を感じた。背中に冷たい汗が噴き出している。またた。

あの白のイメージは一体なんなのだろう。こめかみを押さえた。激しい痛みが襲ってきた。立っているのがやっとだった。俺はイチョウの根元にすこし吐いた。

なんとか歩き出したが、前から来る人が露骨に避けていった。よほど酷い顔をしているらしかった。

だが、これでわかった。ただの体調不良ではない。これは警告で、白のイメージに身体が悲鳴を上げている。得体の知れない圧力、生理的な嫌悪。そして、恐怖。背筋に冷たいものを感じた。いやな予感がする。まさか、冬香と沙羅の身に取り返しのつかないことが起こるのではないか？　一刻も早く二人を見つけなければ。

あけぼの荘に帰り着くと、古いセルシオが駐まっていた。運転席の窓が下りる。

「乗れや」

持田だった。落ち着きのない眼をしている。後ろには加藤もいた。

「冬香と沙羅は？」

「すぐに会わしたる」

加藤が後部ドアを開けながら、にっと笑った。手に持っているものを示す。俺は息を呑んだ。冬香の白いカーディガンだった。背中の部分が大きく切り裂かれている。まさか、恐ろしい白のイメージはこれか？

「おまえら、まさか冬香になにかしたのか？」

「今のところはなにも。でも、これから先はおまえ次第やなあ」

今は従うしかない。加藤の隣に座った。すると、後ろ手に手錠を掛けられた。すぐに黒のセルシオは走り出した。目隠しをしないということは、行き先がわかってもかまわないということだ。ばれても問題のない場所なのか、それとも、二度とそこから出られないということなのか。

「なあ、間男の子供でもかわいいもんか？　あのガキ、他の男の種やで。おまえのと違うんやで」

加藤の言葉にかっと血が上った。思わず加藤の顔をにらみつけた。手錠さえなければ、絶対に殴っていただろう。そんな俺の反応を見て、加藤はにやにやと嬉しそうに唇を歪めた。

「それはな、ほら、あれや。情が移る、いうやつ」

持田が間の抜けた相槌を打つ。落ち着け、と自分に言い聞かせた。今は大人しくしていなければ。

「沙羅は無事か？」

「さあなあ。嫁はん殺しても、他人の子供と彼女は大事なんや。おかしなもんやなあ」

持田のねちねちとした喋り方は加藤よりもずっと不快だった。俺は車内を見回した。小心者の持田らしく、セルシオはあちこち御守りだらけだった。

車は長居公園通りを東に向かった。中央環状に突き当たると、さらに南へ下る。石切神社という大きな看板が見えたところで、一七〇号線に入った。どんどんと山のほうへ入って行く。

すこしでも情報を聞き出しておくべきだ。俺は加藤に話しかけた。

「おまえら、ゆっくり考えてくれ、と言うてなかったか？」

「ちょっと事情が変わったんや。ゆっくりする時間がない」

「事情ってなんや？」

「そんなん言えるか」加藤の声がわずかに上ずっていた。

人家が少なくなり、資材置き場やら無人の工場ばかりが目に付くようになった。八尾か柏原か。山の中なのではっきりとわからない。街灯などない寂しい道を延々と走り続ける。

やがて、車は脇道に入ると、古びた工場の前で停まった。なにか目印になる物を、とあたりを見回すが看板のひとつもかかっていない。周囲に人家はない。人をさらって監禁するには絶好の場所だ。

どうやら、昔は自動車整備工場だったようだ。隅には古タイヤが積んだままで、建物の前には錆びて歪んだシャシーが放り出してある。作業場の天井には穴が空いていた。とうに廃業したようだが電気は来ている。事務所らしき建物には灯りがついていた。隅には真っ赤なポルシェがある。どうやら新車だ。

「冬香と沙羅は？」

「慌てんな。あん中や」加藤が小さな倉庫のドアを指さした。

駆け寄ろうとすると、持田に後ろから蹴られ前のめりに倒れた。

「奇跡の一日を見せてもらおうと思てな」加藤が俺を見下ろした。

そのとき、事務所から男が出て来た。俺はなんとか身体を起こして男を見た。

「この人が噂の奇跡のノミ屋か。やっと会えたか」

ぬるぬるした声だ。男が天井の照明をつけた。原色のペイズリー柄のシャツとデニム。ポルシェクレストのキャップをかぶっている。つばの陰になっているが、男の顔の白さは際だって見えた。

白。ぞくりと鳥肌が立った。不快がかたまりになって押し寄せてくる。俺はうめいた。この男が白の正体か？　ここ数日の不調の原因か？

「加藤さん。ほんまにこの男なんですか？」男が不審そうに言う。

「ええ。これが吉川光一の弟です。昔から妙に勘のいい奴でした。展示ちらっと見ただけで当てるんです」

「ふうん。全然オーラ感じへんけどなあ」

男が近づいてきて、俺の顔をのぞき込んだ。眼は細くてつり上がっている。白狐(びゃっこ)といった顔だ。髪はかなり短くほとんど坊主頭だ。キャップのつばを押さえた手にはブルガリの時計が光っている。見れば、胸元にもゴールドのリングネックレスだ。年齢はよくわからない。

俺と同じか、すこし上か。だが、妙に幼く見えるところもある。不気味な男だ。

一体こいつは何者だろうか。光一を知ってはいるが、同業というわけではなさそうだ。だが、堅気とも思えない。三人もさらって監禁するなどリスクが大きすぎる。なにも考えていないのか。それとも、別の計算があるのか。まさか、奇跡さえ手に入れたら三人とも殺すつもりか？

血の気が引いた。落ち着け、と自分に言い聞かせる。いくらなんでもそこまではしないだろう。だが、この白狐の素性がわからない。用心するに越したことはない。

「冬香と沙羅に会わせろ。奇跡の話はそれからや」精一杯冷静に言った。

「……しゃあないな。こっち来いや」

持田に引き立てられるようにして歩いた。白狐はすこし離れたところから、こちらを眺めている。実際になにか手伝う気はなさそうだった。

加藤が倉庫のドアの鍵を開けた。外から取り付けた鍵だ。まだ新しい。たぶん、この計画のために慌てて取り付けたというところだ。

倉庫の中は狭く、ダンボール箱、ミニコンテナなどが散乱していた。赤錆の臭いがたちこめている。床には手をつけられていないコンビニ弁当とペットボトルのお茶が置いてあった。

「冬香、沙羅」

コンテナの陰に人影が見えた。沙羅だ。俺に気付くと弾(はじ)かれたように顔を上げた。その横に冬香がうずくまっている。沙羅は立ち上がろうとして苦労していた。見ると、二人とも手と足に手錠を掛けられていた。

「阿呆、じっとしとけ」加藤が怒鳴った。

沙羅は暴れたが、無理矢理に元の場所に押し返された。

「やめろ」

怒鳴ったが、蹴り倒された。なんとか立ち上がろうとしたが、持田に背中を踏まれた。

「騒ぐなや。見てみい。食事付きや。ええ待遇やろ?」持田がいやな笑い声を立てた。

俺は先程から黙っている冬香が気になった。

「冬香。大丈夫か」

無理矢理顔を上げ、冬香を見た。冬香はうつむいたままだ。胸が痛んだ。冬香は俺を見ない。助けて、とも言わない。俺に期待していない。本当の子供ではないから助けてもらえないと思っているのか。それとも、人殺しに助けてもらえるはずなどないと思っているのか。

だが、当たり前だ。これまでさんざん冬香を突き放した。信じてもらえるはずがない。

「おまえら……。二人になにかあったら、ただじゃおかん」床の上からにらんだ。

「へえ、珍しく焦ってるやないか」今度は加藤が笑った。「とにかく二人を無事に家に帰したかったら、明日、奇跡を見せてくれ。もし、あかんかったら、こいつらは二人とも……わかるな?」

その言葉を聞くと、沙羅が顔色を変えた。

「あんたら、なにアホなこと言うてんの。まさか……」

「生意気な女や」

加藤が軽く沙羅の頬を張った。沙羅はよろめき、ミニコンテナにぶつかった。沙羅はきっと加藤をにらみ言った。

「……最低」

「なに？」

加藤がもう一発沙羅を殴ろうとした。沙羅は真正面から加藤をにらみつけている。逃げようとしない。

「やめろ、二人に手を出すな」

「やったら、奇跡を見せてくれ。さっきから何回も言うてるやろ？」加藤がにっと笑った。

「沙羅、冬香、こっちを見ろ。俺を見ろ」俺は思い切り大きな声で叫んだ。

すると、冬香がびくりと震えた。沙羅は暴れるのをやめて、俺を見た。

「心配するな。絶対助けてやる。約束する。だから、安心して待っとけ」

冬香が恐る恐る顔を上げた。俺はもう一度繰り返した。

「絶対に助ける。だから、なにも心配せずに待ってろ」

冬香の強張った表情が緩(ゆる)み、唇が動いた。なにか言おうとした瞬間、今まで黙っていた白狐が口を開いた。

「ああ、僕、こういうの大嫌いや。うっとうしいなあ」苛立ちを隠さない声だった。「加藤さん、なんとかしてくださいよ。見てると苛々するから」

「あ、はい。すんません」

加藤が持田を見た。持田が俺の脇腹を蹴った。

「静かにせえや」

加藤は二人を倉庫に押し込みドアを閉めた。鍵を掛けると、俺を見下ろして言う。

「おまえが奇跡を見せてくれたら済む話や。明日の夜には二人とも家に帰れる」

「おまえらが約束を守る保証がない」加藤持田、そして白狐の顔を順番に見渡した。「そこのポルシェ。おまえ、何者や？」

白狐は返事をしない。ぬるりとした眼で俺を見ているだけだ。

「保証があろうがなかろうが、おまえは奇跡を起こすしかない。そうやろ？」加藤が俺の顔をのぞき込んだ。

「起こそうと思って起こせるなら奇跡やない」

「もし起こされへんかったとしたら、困るのは女とガキや」持田が切れたように言った。

「そうや。奇跡を起こせるよう死ぬ気で努力せえ。奇跡の持ち主や言うてさんざん特別扱いされてきたくせに、いまさらできませんじゃ話にならん」

今度は加藤が腹を蹴った。まともに爪先が入って息が止まった。うめきながら身を折り曲げる。

奇跡を起こすことは可能だろうか。生駒の山、氷のような風。あのときと同じことをすれば、また奇跡を起こせるだろうか。

無理矢理に頭を空とつなげ、一レースだけ当てるのなら可能だ。さっきのように少々具合が悪くなる程度で済む。だが、つながったままでいることは非常に負担だ。頭をこじ開け、開きっぱなしにするには、心と身体の主導権を「空」に渡さなければならない。自分自身が邪魔になる。意識がもうろうとした状態になる必要がある。

だが、もし奇跡を起こして冬香と沙羅を取り戻したとしても、それで済むわけではない。一度奇跡に味を占めた人間は、その虜になる。もう一度、もう一度、と奇跡を要求するだろう。何度も何度も、死ぬまで奇跡に群がる。腐肉にたかる蝿と同じだ。

「いいのか？　奇跡を見たやつはただではすまんぞ」

「脅しか？」加藤が鼻で笑った。

「俺の親父は奇跡を見た後、死んだ。奇跡の祟りでな」わざとなんでもないことのように言った。

「祟り？　なんやそれ」持田が顔色を変えた。

「さあな」光一の真似をして鼻で笑った。

「阿呆らしい。そんなこと信じると思てるんか？　なにビビっとんねん」加藤が持田をにらんだ。

「でも……」

持田の顔から先程の勢いが消えていた。俺の思った通りだった。ギャンブル好きには験担ぎが多い。明らかにばかばかしい偶然も、頭の中では因縁めいた必然に変換される。普通の人間なら鼻で笑って一蹴するようなはったりだが、欲で呆（ぼ）けた頭では見抜けない。

そのとき、白狐が近づいてきた。するりと俺をのぞき込むようにする。また肌が粟立（あわだ）った。全身がこの男に拒否反応を起こしている。

「あんた、奇跡だけやなくて、祟りまで騙（かた）るんかいな？　タチ悪いなあ。素人のくせに」小馬鹿にしたように言った。

「ほら、本部長もこう言うてはるやないか」加藤が持田を叱った。

「あ、ああ、そうやな。祟りなんてあほらしい。嘘に決まってる」

自分に言い聞かせるように言い、持田がほっと安心した顔をした。

「くだらん脅しはやめえ。とにかく、明日、奇跡を起こせ」加藤が立ち上がった。

白狐のせいで、あおりは失敗した。俺はいよいよ不思議に思った。一体この男は何者だろうか。加藤は本部長と呼んだ。なにか特別な信頼を寄せているようだ。やはりどこかの組の者なのだろうか。

深呼吸をした。奇跡を起こすしかないようだ。あの夜と同じことをする必要がある。父にされたことを思い出さなくてはならない。

「奇跡を見せるには準備がいる」

「どんな準備や?」

「生駒へ連れていけ」

「生駒? 生駒のどこや? スカイラインか? 遊園地で遊びたいんか?」加藤と持田が顔を見合わせて笑った。

大阪と奈良を隔てる生駒山系には、信貴(しぎ)生駒スカイラインという有料のドライブウェイが走っている。山の上にはレトロな生駒山上遊園地に、府民の森という大きな公園もある。カップル、家族連れが訪れる行楽地だ。

「十三峠」

懸命に平静を装ったが、わずかに声が震えた。十三峠。まさか、この名を口にする機会が来るとは思わなかった。

「十三峠展望台か? 夜景見たいんか?」

コースの途中には何カ所も展望台がある。週末は夜景目当てのカップルでにぎわう。十三峠展望台もそのひとつだ。

「スカイラインやない。奈良へ抜ける一般道。十三峠越えの道や」

「十三街道か」加藤が顔をしかめた。「あそこ、路面荒れてて穴だらけや」

十三峠には二本の道が走っている。一本は有料の信貴生駒スカイライン。もう一本は中世から峠越えに使われた十三街道だ。ここにも展望広場がある。無料の一般道から夜景が見えるので、小さな広場だが訪れる人が多い。

「十三峠へ連れて行け。氷水入れたポリタンクを三つ。それから煙草。ゴロワーズ以外は吸わん」口にするだけで身体中が凍えるような気がした。

「奇跡を呼ぶ儀式でもやるんか？」加藤が困惑顔で白狐に話しかけた。「本部長。どうしましょ？　こいつの言うとおりしていいですか？」

「まあ、ええんと違う？　そもそも生駒は霊山やからなあ。パワーもらうつもりなんやろ。素人さんは大変や」白狐が眼を細め、薄ら笑いを浮かべた。

顔も声も話し方も仕草も、なにもかもぬるりとしている。白狐というより白蛇を思わせた。

「冬香と沙羅には指一本触れるな。もし、二人になにかあったら奇跡はない」

「はあ？　ガキはどうとして、あの女、デリヘル嬢やないか。そんな女に今さらなにかもないやろ」加藤が楽しそうに笑った。

「こういうところが素人なんやなあ。あの手の女は気が濁って汚れてるねん。そういう人間はこっちの気をダウンさせるんや。近づくだけで自分の気まで汚染される感覚、こいつにはわかれへんのやろなあ」白狐が気の毒そうな眼で俺を見た。

「……死ね」

白狐をにらんで吐き捨てるように言った。加藤がまた腹を蹴った。俺は冷たいコンクリートの床に突っ伏した。


白狐は工場に残った。一応見張りということらしいが、なにをするわけでもない。スマホを手に、事務所にこもってしまった。

旧外環から北に向かい、セルシオは車一台がやっと通る細い道を東へ入った。

住宅地を抜け、古墳の横を通る、カーブばかりの道を抜けると、左手に大学が見えた。ここを抜けると、いよいよ山へ入る。お世辞にも整備された道路とは言えない。路面はつぎはぎで、補修の痕がいたるところにある。きつい上りが続き、先の見えないカーブも多い。カーブミラーと警笛鳴らせの標識がセットに立っている。道幅が狭く、待避場所すらない区間がある。すれ違いができないので気を遣う。

「こっちはちゃんと運転してても、センターライン割って勝手に突っ込んでくるアホがいるからな」運転席の加藤がぶつくさ言う。「まあ、ライトで対向車がわかるぶん、夜のほうがマシやな。昼のほうが怖い」

俺は後部座席で歯を食いしばっていた。どんどん悪寒が強くなり、吐き気がして背筋が震えた。十三峠。地獄。死ぬのか。今度こそ、俺は死ぬのだろうか。車は山道を上り続ける。

時折、木々の隙間から、ばかばかしいほど美しい大阪の夜景が見えた。

「生駒言うたら心霊スポットやな。出たらいややな」持田がすこし心配そうな声を上げた。

「この辺はまだマシやろ。マジでヤバイのはスカイラインと生駒トンネルのほうや」加藤はまるで平気な様子だ。

「それやったらええけど。でも、首無しライダーとかフロントガラスに貼り付いてくるとか、追いかけてくるとか、いろいろおるんやろ？」持田が落ち着きなくあたりを見回した。

フロントガラスに貼り付いてくる、か。思わず笑ってしまった。大昔、ボンネットにならば貼り付いたことがあった。だが、その姿は恐ろしい幽霊ではなく、無様なカエルだった。

「なんやねん」笑われた持田がかっとして、俺の頬を一つ張った。

持田が取り乱してくれたおかげで、すこし気持ちが落ち着いた。

やがて、右手に水呑地蔵が見えてきた。弘法大師ゆかりの名水、弘法水が湧いている。霊験あらたかと言われて昼間は水を汲みに来る人も多い。ここを過ぎれば、じきに峠だ。

地蔵を通りすぎてすこし上ると、とうとう十三峠の展望広場に着いた。

セルシオの時計を見ると、午後十一時をまわったところだ。もうすぐ日付が変わる。平日のせいか、展望広場に先客はいなかった。加藤はど真ん中に乗り入れ、広場の一番先端、自然石の車止めまで突っ込んで駐めた。

フロントガラスの向こうには大阪平野の夜景が広がっている。十三峠展望広場の売りは、車内から夜景が見られることだ。展望広場は車が十数台入る程度の広さがある。だが、夜景の見える先端場所に駐められるのは五、六台だ。ベンチも柵もなにもない。隅に汚い公衆トイレがあるだけだ。

車を降りて夜景を見下ろした。大阪の街が一望できる。山の上は六月でも冷たい風が吹いていた。立っているだけで、ぞくぞくと震えが来る。

「今夜は冷えるな。六月やのに冬みたいや」持田が足踏みした。

最後にここに来たのは二十五年も前だった。あれは真冬で、今よりもずっと寒かった。俺は加藤と持田に言った。

「ポリタンク、下ろせ」

二人は文句を言いながらもトランクからポリタンクを三つ全部下ろし、俺の足許まで運んだ。

「手錠外せ。そうでないと儀式ができん」

しょうもないこと考えんなよ、と言いながら持田が手錠を外した。俺はジャケットを脱いで、Tシャツ一枚になった。そして、頭から水をかぶった。

「おい、一体、なにする気や」加藤が驚いた。

「身を浄(きよ)める、いうやつか？　見てるだけで寒いがな」持田が悲鳴のような声を上げた。

氷水を浴びた瞬間、息が止まりそうになった。震えが来て、思わず叫び声を上げたくなる。

外気温は十四、五度ほどだろうか。風があるので体感はもうすこし下がるだろう。真冬ならよかったのだが、今は六月だ。いくら体調が悪いとはいえ、たった一晩で熱が出せるだろうか。奇跡を起こすには高熱が出なくてはならない。四十度を超える熱が出て、意識がもうろうとしなくてはならない。──死にかけなくてはならない。

「それから後はどないするねん」加藤が訊ねた。

「おまえら、俺を殴れ」

「は?」

「死なん程度にボコボコにしろ」

「おまえ、なに言うてるねん。頭、おかしいんとちゃうか?」加藤が呆れた顔をした。

「いいから、俺の言うとおりにしろ。おまえら、苦行て聞いたことないんか? 身体を痛めつけるのも立派な修行や。奇跡を起こすためには普通のことでは間に合わん」

加藤と持田は顔を見合わせていたが、やがてうなずいて俺の前に立った。

「おまえがやれ、言うたんやぞ。あとで文句言うなよ」

「言わん」

加藤が思い切り俺の腹を殴った。よろめいたところへ持田が蹴りを入れた。俺は倒れてうめいた。

「おい、まだか?」

「……もうちょっと……やれ」

「そうか？　じゃ」

加藤は楽しそうだ。俺はしばらく二人にただ殴られ、蹴られていた。そのうちに動くことができなくなり、地面に突っ伏したまま、じっとしていた。

「これくらいか？」

「……ああ」

「後はどないするねん」

「……朝まで、このまま……」

俺の返事を聞くと、二人はそれぞれ舌打ちした。

「朝まで、て六時間以上あるがな。やってられるか」

「風邪引くがな。なあ、俺らは車で待っとこうや」

持田が俺の足首に手錠を掛けた。俺はなんとか身体を起こし、アスファルトに座り込んだ。セルシオにもたれようとすると、持田が怒鳴った。

「車に触んな。傷つくやろ」

御守りだらけの中古車のくせに今さらなんだ、と思ったが我慢した。

「煙草と……ポリタンク残り二つ……俺の手の届くところに」

切れた唇が痛い。一言喋ると、胃液が上がってくる。

「偉そうに言うな」

加藤が煙草とライターを放り投げた。受け取ると、すぐに一本抜いた。

「じゃあ、しっかり凍えてくれや」加藤と持田は笑いながら車に戻った。

父は俺に奇跡の一日を再現させようとした。

俺が奇跡を起こしたときは高熱が出て肺炎を起こしていた。熱があれば勘が冴えるのではないか。なら、同じ条件にすればいい。父は俺を水風呂に浸けてから外に放り出した。そして、何度も俺の額に手を当てた。熱は出たか、と。父のしたことは見当外れではなかった。熱が出て頭がぼうっとすれば、いつもよりもずっと深く空とつながることができたからだ。

俺の勝率は上がった。しばらくは父は喜んでいた。だが、多少の勝ちでは満足できないようになった。万舟の一枚や二枚ではだめだ。それよりも、もっともっと凄いものが見たい。もう一度、あの奇跡が見たい。そして、行き着いたのが生駒山、十三峠だった。

寒い。濡れた身体に夜風が浸みる。殴られた全身が痛む。吐き気が止まらない。頭がぼうっとしてきた。

冬香が生まれた朝も寒かった。俺は自分が親になれるとは思っていなかった。いや、それどころか大人になるまで生きられるとは思っていなかった。

逃げるように病院の中庭に出た。冷たい空気が火照(ほて)った顔に心地よかった。

そのとき、ふっとかすかな香りがした。甘く柔らかく、だが、冬の朝を突き刺すほど清々(すがすが)

しい香りだ。俺は香りを求めて、庭を歩いた。すると、隅に小さな木があった。気の早い沈丁花が三つ、桃色の花を咲かせていた。

一つは俺だ、と思った。もう一つは唯。そして、もう一つは赤ん坊。

ぞくぞくと身体が震えた。花の前で、凍えながら立ち尽くしていた。こんなに美しい朝ははじめてだと思った。俺は病室に戻って、唯に告げた。

——冬の香りで冬香という名はどうやろ?

「おい、生きてるか?」持田の声がした。

はっと顔を上げた。いつの間にか眠っていたらしい。瞬間、激しく頭が痛んだ。いや、頭だけではない。喉も痛い。全身が痛い。

「そこの水、掛けてくれ。頭の上から」ポリタンクの水を指さした。

「自分でやれや。めんどくさい」

そう言いながらも、持田は俺の頭の上からポリタンクの水を掛けた。俺は眼を閉じて水を浴びた。心臓が収縮し、締め付けられるように痛む。全身ががくがくと震えた。空になったポリタンクを置くと、持田は車に戻っていった。

煙草は残り半分だ。濡らさないように注意しながら、ゴロワーズをくわえた。全身に力が入らない。なんとか口にくわえたが葉がまともに口に入った。吐き出そうとしたが、うまく吐けない。いつまでも葉が口の中に残っているようだ。

何度も失敗しながら火をつけた。まずは浅く煙を回す。いきなり咳が出た。喉が激しく痛む。いい兆候だ。喉が痛むなら高熱が出るだろう。咳き込みながら煙草を吸い続けた。喉だけではない。胸まで痛い。息をするのが辛い。頭が割れそうだ。

沙羅と冬香のことが心配だ。二人はあの倉庫の中でどれだけ不安だろう。どれだけ恐ろしいだろう。煙草を投げ捨て眼を閉じた。白狐の顔が浮かび、悪寒が強くなる。

そのとき、車の音がした。下から上がってくる車だ。しばらくすると、黒の軽自動車が広場に入ってきた。さすが人気の夜景スポットだ。こんな時間にも人が来る。加藤と持田がセルシオから降りてきた。持田は俺を足で転がすと車の陰に押しやった。そのまま地面に押しつけられる。

「わかっとるやろな。静かにしてるんやで」

軽は加藤の車に並んで駐めた。降りてくる気配はない。車内から夜景見物か。加藤が運転席の窓を乱暴に叩いた。軽のパワーウィンドウが開いた。

「なんですか？」

若い声だ。女が横にいるのか。強がった口調が悲しい。

「兄ちゃん、姉ちゃん。わしら、大事な話しとんねん。悪いけど、場所変えてくれるか？」

加藤がへらへらと笑いながら話しかけた。

「そんな勝手な……」男の声がした。

「せっかくのデートをわやにしたないやろ？　な？　悪いこと言わんから別の場所行け」再び加藤の声がした。

加藤の声のトーンがすこし下がった。男は渋っているようだ。すこし間があって、再び加藤の声がした。

「ナンバー憶えたからな。大阪580の……」

軽は慌ててバックで出て行った。加藤が戻ってきて、俺を見下ろす。

「どうや？　奇跡は起こせそうか？」

「さあな」さっき地面に押しつけられたせいで、顔を擦りむいた。喋ると頬が痛い。

「こいつ、めちゃめちゃ冷たいで。冷凍マグロみたいや」持田が脇腹を軽く蹴った。

「マグロなんか女でもいらんのに、男のマグロなんか勘弁してくれや」

加藤と持田は笑いながら車に戻ろうとする。なんとか身体を起こすと、煙草に火をつけた。

「水が足らん。下の地蔵行って汲んできてくれ」

加藤と持田が顔を見合わせた。

「そこのトイレで汲んだらええやろ」

「トイレの水で奇跡が起こせるか。霊水汲んでこい」

煙を吐きながら言った。続けて喋ると、すさまじく喉と胸が痛んだ。俺は途中で何度も息が切れそうになった。

「おまえ、行けや。俺はこいつ見とく」加藤が持田に言った。

「いやや。おまえが行ったらええやろ」持田が半分切れた口調で答えた。

「怖いんか？」加藤がうっとうしそうに言った。

「阿呆。そんなんちゃうわ。俺に命令すんな」持田が開き直って怒鳴った。

「ええから行けや」

「いやや。絶対いやや。おまえが行け。俺は死んでも行けへん」持田がパニックを起こしたように叫んだ。声が裏返っている。

加藤がどれほど言っても、持田は頑として動かなかった。よほど怖いらしい。押し切られた加藤が文句を言いながら、ポリタンクを二つ抱えて広場を出て行った。

御守りだらけのセルシオを見ればわかる。持田は迷信深い。落とすならこいつだ。指が熱くなるまでゴロワーズを吸った。ただれた喉と胸に煙が入ると、焼けるように痛んだ。

「持田、おまえ、覚悟はできてるんか？」

「覚悟？」

「奇跡と祟りはワンセット。さっきも言うたとおり、親父は俺の奇跡を見て死んだ」

「阿呆か。そんなん偶然や」

そう言いながらも持田の声は震えている。

「なら、備えなしで祟りを食らえばいい」

「備え？　なんか備えがあるんか？」

持田が食いついてきたが、無視して夜景を見た。夜も更け、眼下の灯りもずいぶん減った。深夜から夜明けまで、気温が一番下がるのはこれからだ。

「おい、備えってどうやったらええんや」

返事をせずに街を見ていた。そのとき、ふいに灯りがかすんだ。すこし眼に来たようだった。

「教えてくれや。そもそも俺は大ごとにするつもりはなかった。加藤が勝手に計画立てたんや」持田が泣き声を上げげた。

「本当か？」わざと考え込むふりをした。

「ほんまや。俺は巻き込まれただけや。だから教えてくれ。な、頼む」

ちらりと持田を見て顔をしかめ、わざと迷っているふりをする。

「頼む。焦らさんと教えてくれ」

「じゃあ、教えてやる。吐き出せ」持田の顔を見ながらゆっくりと言った。

「吐き出す？　なにをや？」

「祟りは人間の欲を餌にする。特に罪業が好物や。おまえらみたいに罪と欲をためこんだ連中には、ほっといても祟りが降ってくる」喉が裂けそうに痛むが、平静を装って言葉を続けた。

「それを吐き出したらええんか？　どうやったら吐き出せるんや？」

「言霊を知ってるか？」

「なんや、それ」

「言葉にはそれだけでパワーがある。お経も呪文も言葉や。口に出して言うことで、それ自体に力が宿る」俺はかすれ声で、口から出任せのはったりを続けた。「だから、具体的に言葉にして吐き出せ。そうすれば多少は祟りを逸らすことができるかもな」

長く喋ると、ふっと気を失いそうになる。懸命に意識を繋ぎとめた。

「多少か。ふん、意味ないがな」持田が虚勢を張って笑った。

「たしかにな。本当なら死ぬところが大怪我で済む。全身麻痺のところが車椅子で済む。ま、その程度なら意味ないか」俺もなんとか笑ってみせた。

その言葉を聞くと、持田が焦った。

「口に出して言うて……なにを言うたらええねん」

「そのまま言え。今回、奇跡を欲しがるいきさつは？　どうして金が欲しい？　抱えてるとやばいぞ。全部、言葉にして捨ててしまえ。どれだけ車に御守り飾っても意味ない」

御守り。護符。夫婦和合の護符。

その瞬間、すべてがつながった。まさか、この一件のはじまりはあの日か？　俺はしばらく呆然としていた。あの日、なにもかもがはじまったのか？　くそ、落ち着け。動揺を悟られるな。確かめるんだ。

持田が慌てて遮った。

「言え。あの本部長とかいう白狐、何者や」

「白狐……。あかんあかん。そんなこと言うたらあかん」持田が慌てて遮った。

「いいから言え」

「おれらが悪いんちゃう。悪いんは光一さんや。光一さんが密告ったせいや」持田は本当に吐き出すように言った。

「光一が？　どういうことや？」

「これ以上は勘弁してくれ。今度こそほんまにやばいんや」

「言え。祟りがあるぞ」

「あかん。祟りより、あいつらのほうがよっぽど怖い。光一さんの言うこと、ちゃんと聞いといたらよかった」持田が泣き声を上げた。

「おまえから聞いたとは言わん。だから言え」

「でも、もし、俺やとばれたら……」

「俺はおまえらのバックには興味がない。二人さえ助けられたらいい」

持田は黙っている。よほど怖いのだろう。こいつの口から言わせたかったが仕方ない。

「おまえらが本部長と呼んでるんは、教祖の息子やろ？　大昔、野田いう株屋が言うてた宗教団体の。違うか？」

あれは今から二十年前。まだ光一の下で青頭の予想屋をしていた頃だ。暑い日だった。ミナミの場末の喫茶店で広告塔として新規客と会った。そして、モータープールで圭介と出会い、桃ヶ池で唯に出会った――。

「なんで知ってるねん。光一さんに聞いたんか？」持田が驚いて訊き返した。

「奇跡を舐めるな。隠しても無駄や」なんとか余裕たっぷりに笑うふりをした。

持田はしばらくためらっていたが、やがておそるおそる言った。

「そうや。あんときの話に出た息子や。そんときは光一さんが反対して商売にはなれへんかったが、俺らはもったいないと思てた。だから、光一さんには内緒で商売をすることにした。本部長は車好きで金の掛かったポルシェ乗ってた。加藤と話が合って六、七年ほどいろいろ遊んでたんや。でも、あの人、ボートは外してばっかりでツケが溜まってきた。おまけに名阪国道で事故ってポルシェ潰した。回収の目処が立たんから、加藤はおまえに声を掛けようと言うた。奇跡で一発当てるつもりやったんや」

俺はかすむ頭で、懸命に事情を理解しようとした。加藤持田と白狐が出会ったのが二十年前。つるんで遊び回っていた期間が六、七年。その後、事故を起こして俺に声を掛けた。つまり、俺が大学を卒業して結婚する頃のことだ。

「それで、披露宴に護符を持って来たんやな」

「そうや。でも、奇跡の話をしたら本部長はえらい機嫌を悪くしてな。なにせ、教祖さまの息子やからプライドが高いんや。一般人が奇跡やなんて許されへんのやろ」持田がそこで苦々しげに舌打ちした。「そうこうしてるうちに、光一さんにばれたんや。光一さんは本部長がボート遊びしてるのを教祖さまに密告った。それを聞いた教祖さまが怒って、本部長を連れ戻したんや」

「その本部長が今頃どうした？」

「結局、本部長はボートがやめられへんかったらしい。俺らとは切れたが、西成のドームにこっそり通てた。でも、ドームが潰れて、また俺らのとこに顔出すようになったんや」

ドーム。かつて西成にあった大がかりな賭場だ。警察に摘発されて壊滅した、と光一が話していたことがあった。

――西成のドームがやられた。二重扉爆破されて踏み込まれたんや。

なるほど、ゴタゴタとは白狐絡みか。それが、いまだに尾を引いているというわけだ。

「しばらくは普通に遊んでたんやが、めちゃくちゃな賭け方してアホみたいに大負けした。それ聞いた光一さんはええ顔せえへんかった。俺らに釘を刺したが、加藤は強気やった。本部長もいざとなったら親が助けてくれる、言うてまた五、六年俺らと遊び回ってた。で、今年の正月に加藤とつるんで走ってて、二人とも生駒で車を潰したんや」

「また？」

「今のは四台目や。あの人、基本的に下手なんや」

「教祖さまが助けてくれるんやろ？　金に不自由してないのに、なんで奇跡が欲しい？」

「あの人自身にはまったく金ないんや。でも、これまでやったら、多少のことは息子かわいさで教祖さまが尻ぬぐいしてくれた。あの人は安心して遊んでたわけや」

「とうとう教祖さまの堪忍袋の緒が切れた、ということか？」

「そや。教祖さまがケツ拭いてくれんとわかって、えらいことになった。加藤は光一さんにバレんように金動かそうと思て、日頃付き合いのないところから金引っ張ってきて本部長に渡したんや。それが思ったよりもヤバイ筋で……話が通じへんのや。あの国の連中は」

そのとき、持田があたりを見回した。足音がした。加藤が戻ってきた。両腕にポリタンクを提げ、息を切らしている。

ポリタンクを受け取り、早速頭から水をかぶった。心臓が止まるかと思った。冷たい山の湧き水は刃物と同じだった。全身に突き刺されたような痛みが走る。声も立てられない。息をするのがやっとだった。祟られるとしたら俺のほうだ。霊水を浴びて罪を流すどころか、金と欲にまみれた奇跡を起こそうとしている。

肩で息をしながら、持田の話を思い返した。白狐は親の金を当てにして遊んでいたが、それがだめになって困っている。加藤は教祖の援助を信じて白狐に用立てたが、回収の目処がつかず困っている。だが、二人ともただ困っているのではない。加藤がどこから引っ張ってきたかは知らないが、よほど危ない金なのだろう。

そのとき、突然、胸にすさまじい痛みがきた。俺は身を丸めて咳をした。喉が裂けそうだ。

咳をするたび骨が軋む。身体がばらばらになりそうだ。どれだけ息をしても肺まで酸素が届かない気がする。喉が腫れ上がって詰まっているからか。奇跡を起こす前に窒息してしまいそうだ。思い切り口を開き、深呼吸を繰り返した。これでも息が通らない。もっともっと口を大きく開けて息をしなければ——。


あれから何度水を浴びただろうか。もう身体が熱いのか冷たいのかわからなかった。じっとしていても、勝手に意識が飛ぶ。ただ息をするだけで喉と胸に激痛が走った。

空が白みはじめた頃、俺たちは再び廃工場に帰ってきた。もう自力で歩けなかった。加藤と持田に両脇を抱えられて引きずられ、二人のいる倉庫に放り込まれた。

「レースはじまるまで、じっとしとけ」

手と足に手錠を掛けられたまま、床に転がされた。

「吉川さん」

同じく手足に手錠を掛けられた沙羅が膝立ちで歩いてきた。冬香もその後ろから俺の様子をうかがっている。沙羅は俺の身体に触れ、息を呑んだ。

「びしょ濡れやん。顔も……殴られたん？　すごい腫れてる」

「……二人とも、大丈夫、か？」

喉が痛み、口の中に赤錆の味がした。工場の臭いか、それとも自分の血の臭いか、わからなかった。

「あたしら平気や。でも、吉川さん、すごく身体が熱い」

沙羅が俺の額に手を当てた。冷たくて気持ちがよかった。思わず眼を閉じた。

「……大変や」

沙羅は一旦俺から離れると、ドアをがんがん叩きはじめた。

「ちょっと、ここ開けて。吉川さん、えらい熱や。ちょっと、だれかいてへんの？」

すると、ドアの向こうから持田の声が聞こえた。

「そいつは自分から熱出したい、言うて熱出したんや。ほっといたれ」

「なに言うてんの。そんなアホなことするわけないやん」

沙羅がドアを叩き続ける音が頭に響いて、割れそうに痛んだ。やめてくれ、と言いたかったが、もう声を出す気力がない。沙羅。勘弁してくれ。叩くならバンドネオンのボタンにしてくれ。オブリヴィオン。あの曲が聴きたい――。

やがて、諦めた沙羅が戻ってきた。

「吉川さん、水、飲める？」

ペットボトルの水を飲ませてもらった。呑み込む力がなく半分ほどがこぼれたが、それでも身体がすこし楽になった。

沙羅の顔のすぐ後ろに冬香が見える。心配しているように見えたのは、うぬぼれだろうか。

窓の外で電車の音が聞こえた。アパートが揺れる。女が額を冷やしてくれた。白い手だ。その手が茅の輪の向こうに見えた。手鞠の袖が揺れる。りんごあめと唇の赤が血のようだ。

――森二、ほら。

「唯」

額に冷たい手が触れた。ひやりと気持ちがいい。

「すまん。唯」

――森二。

唯。俺は忘れたくない。おまえのことを忘れたくない。最後に見たおまえが、たとえ死に顔だったとしてもだ。おまえを殺した俺にそんなことを言う資格はないのか？　それでも、俺は忘れたくない。おまえのことをなに一つ忘れたくない。たとえ、おまえが俺を裏切っていたのだとしても――。

「唯、俺はおまえを忘れたくない」

俺は叫んだ。闇の向こうに白い朝が見えたような気がした。

「おい、起きろや」

持田が俺を軽く蹴った。気が付くと、俺はコンクリートの上に倒れていた。かすむ眼で辺りを見回すと、古タイヤとシャシーが見える。向こうの駐車場にポルシェとセルシオが並んでいた。

もう一度持田が蹴った。ゆっくりと思い出してきた。ここは山奥の整備工場。沙羅と冬香が誘拐されて、俺は生駒の十三峠で奇跡を起こす準備をした。

起き上がろうとしたが、身体がいうことをきかなかった。そのままコンクリートの床に崩れ落ちて、動けなくなる。あれほど寒くて凍えていたのに、頬に触れる冷たいコンクリートが気持ちよかった。

「加藤さん。こいつヘロヘロやないですか。こんなんでほんまに予想なんかできるんかなあ?」白狐の声だった。

「いやあ、これがこいつのやり方らしいんですけどねえ」加藤の声も困惑気味だ。

「……冬香と沙羅は?」俺は咳き込みながら言った。

たしか一緒に小部屋に閉じ込められていたはずだった。だが、今は姿が見えない。

「ちゃんといてるがな」加藤が答えた。

「会わせろ」

舌打ちして、持田が小部屋のドアを開けた。そして、中から二人を連れてきた。二人とも真っ青だ。

「放してや」

沙羅は暴れたが、男の力には敵(かな)わず押さえつけられた。

「じっとしてろや」

持田が沙羅の頬を叩いた。沙羅が床に倒れた。冬香はそれを見て悲鳴を上げた。

「やめろ……」懸命に声を絞った。「冬香、沙羅、必ず助けてや……」

大声を出したせいか、そこで激しく俺は咳き込んだ。

「ははっ。なんか映画みたいやな。泣かせるシーンや」加藤が嘲り声を上げた。

その横で持田はのんびりと呆れている。

「自分の子供やないのに、ようそこまで必死になれるもんや。やっぱ情かいな」

二人の声が遠くなる。そのとき、胸に激痛が走った。

「勘弁してえや。うっとうしい」

白狐が苛々と叫んで、俺の胸を蹴った。俺は床の上で身体を折り曲げ、痙攣した。喉が詰まった。今度こそ息ができない。咳き込むと、口の中に新しい血の味が広がった。

「おい、こいつ血い吐いたで。大丈夫か？　死ぬんちゃうか？」持田がさもいやそうな声を上げた。

「もうやめてや。これ以上やったら、吉川さん死んでしまう……」

沙羅の悲鳴のような声が聞こえた。俺は血を吐きながら笑った。思ったよりもうまくいっている。何度も殴ったり蹴られたりしたせいで、うまい具合に身体にダメージがきている。

これならやれるかもしれない。

「なあ、こいつ、ほんまに大丈夫か？　奇跡どころか途中で死にそうや」持田の声は怯えていた。

「知るか。奇跡て、まさかこんなに手間が掛かるもんやと思えへんかったし」加藤が面倒臭そうに答えた。

「だから言うたやろ？　所詮、こいつは偽者、紛い物なんや」白狐の勝ち誇った声がした。「本物の力があったらこんなことする必要はない。こいつはしょうもない儀式で周りをだましてるだけや」

「はあ、そんなもんでしょうか」

加藤が当たり障りのない返事をし、俺のそばにかがみ込んだ。俺のシャツの襟首をつかむと、ぐいと引き起こした。眼の前に予想紙を突き出す。

「おい、そろそろ起きて奇跡を起こしてくれ」

急に頭を揺さぶられると、眼の前が暗くなって吐き気がした。そのままじっとしていると、加藤が怒鳴った。

「おい、聞いてるんか？　予想してくれ、言うてるんや」

「住之江へ連れてけ」声を出すと、喉が裂けるように痛んだ。

「ここでやれ。おまえは塀の中やったから知らんのやろうが、今はこれで買えるんやで」加藤がスマホを示した。

「あそこやないと無理や。水のそばやないと……」

空とより深くつながるには、水のそばにいたほうがいい。水に空が映って一つになる。そして、渦を巻いて、流れ込んでくる感覚が欲しい。

「手間のかかるやっちゃ。しゃあないけど連れてくか」加藤が白狐を見た。「本部長、よろしいですか？」

「仕方ないなあ。まあ、無駄やと思うけど」白狐はちらと腕時計を見た。「開場は十四時やろ？　まだちょっと時間あるな」

白狐はキャップを目深にかぶり直し、スマホを取り出した。うつむいて、早速ゲームをはじめる。

「最近はナイターのレースが増えたんや。勤め帰りのサラリーマンから搾り取るつもりや」

加藤と持田が顔を見合わせて笑った。

開場が十四時だと、第一レースは十四時半から十五時の間か。だとすれば、最終十二レースは二十一時前になる。最後まで身体が保つだろうか。もし俺が途中で力尽きたら、冬香と沙羅は――。

加藤に蹴られて眼が覚めた。また気を失っていたらしい。

加藤と白狐と俺が住之江に行き、持田は冬香と沙羅の見張りで残ることになった。吉川さんは大丈夫なん？　と沙羅がドアを叩いて叫ぶ声が聞こえた。

「静かにしてろや」

持田が怒鳴った。その横で加藤が本部長に訊ねている。

「どっちの車で行きますか？」

「新車を汚されるのはイヤや」

白狐が露骨に顔をしかめたので、セルシオで行くことになった。

「シート汚されたら面倒やな。新聞紙でも敷いとくか？」加藤が持田に言う。

「トランク入れたらええねん」

「阿呆。出すとき見られたら困るやろ」

くだらない漫才だった。三人の会話を聞きながら、ふっと思った。廃工場の隅に駐めてあるポルシェは四台目だと持田は言っていた。一台目はたしか名阪国道で潰した。そして、今年の正月にも生駒で潰した。加藤のロードスターと連んで走っていたときだ。それが三台目。ならば、二台目はどうなったのだろうか。一体、いつ、どこで潰したのだろうか。

泥が詰まったように重い頭で懸命に考えた。一台目を潰したのは、俺が結婚するすこし前だ。新車の費用を稼ぎたくて、披露宴会場まで俺を誘いに来た。三台目は今年の正月だ。俺の出所を待って誘いに来て、今のトラブルにいたる。

車を潰すたび、白狐は面倒を起こす。では、二台目のときはどんなトラブルを起こした？

「おい、後ろ、乗れ」

セルシオの後部座席に無理矢理押し込まれた。車が走り出したところで、また意識を失った。

気付くと、住之江の南スタンドに座っていた。両脇を挟むように加藤と白狐が座っている。俺の頭越しに相談していた。

「本部長。こんな死にかけ連れ歩いたら目立つから、個室取りましょか？」

加藤が振り返ってスタンド上部を見上げた。上階には有料の個室がある。

「たしかに、ちょっと酷いなあ。ほとんどゾンビやもんなあ、こいつ」白狐がちらと俺を見て顔をしかめた。「個室、空いてるやろか」

「そら、大丈夫でしょう」

人目のないところに連れていかれたら、なにをされるかわからない。なんとか顔を上げ声を絞った。

「水の、そばにしてくれ」

水しぶきがかかるくらい近くがいい。空と水が混ざり合って、俺を侵しつくすように――。

「なんや、起きてたんか。じゃあ、騒いだりすんなよ」加藤が俺の顔をのぞき込むようにした。

加藤が軽く背中を小突いた。それだけで倒れそうになった。

「とりあえず、奇跡、見せてもらいましょか。楽しみやなあ」白狐が小馬鹿にした口調で笑った。

加藤が俺の眼の前に出走表と予想紙を突き出した。最終日だ。第一レース展示走行は十四時二十分とある。

「さあ、第一レース、どれや？」

「いらん」

加藤の腕を払いのけた。じきにスタート展示がはじまる。六艇のボートが水の上を動き回っていた。かすんだ眼にはペンキを塗りたくった虫のように見える。

空を見た。雲一つない青い空だった。

瞬間、頭が澄んだ。眼の前がぐるぐると回る。身体が裏返されるようだ。螺旋に吸いこまれるように、空とつながった。

「1―2―6」

それを聞くと、白狐が不満そうな顔をした。

「なんや、つまらんなあ。そんな銀行みたいな予想されてもな」

第一レースは俺の言うとおりだった。一番人気で配当は五百七十円。だが、白狐はまだまったく信じられない様子だった。加藤はもう白狐の相手はせず、ひたすら黙り込んでいた。

「三連単やけど、こんな鉄板レース取って得意そうな顔されてもなあ」白狐が鼻で笑った。

「これが奇跡か？　阿呆らしい」

白狐は続けて第二レースを取っても、まぐれかと笑っていた。だが、第三、第四と俺が取り続けると、顔色が変わった。

「でも、まぐれが続くこともあるからなあ」白狐は悔しそうだった。

三連単が当たる確率は単純計算で百二十分の一だ。天文学的な数字というわけではない。

「本部長。言うたとおりでしょう？　こいつは昔からこうなんですわ。気持ち悪いくらいに当てる」加藤が忌々(いまいま)しそうに言う。

気持ち悪い、か。

どれだけその言葉が人の心を傷つけるか考えたことがあるか？　どれだけ人の心を殺すか考えたことがあるか？

後頭部が殴りつけられたように痛んで、ふいに鼻の奥が湿った。手で押さえる暇もない。鼻から血があふれた。

「なんや、おまえ。へろへろのくせに興奮しすぎや」

加藤が乱暴に俺を小突いた。白狐は大げさに身体をねじって俺から距離を取ろうとする。

「ちょっと汚いなあ。これ、目立つからなんとかしてや」

加藤に支えられ、なんとかトイレまで歩いた。手と顔を洗ったが、まだ鼻血は完全には止まらない。頭痛と吐き気で立っているのがやっとだ。鏡の中の顔は自分のものどころか、到底生きた人間のものには見えなかった。

再び南スタンドまで戻った。白狐は俺を見て、苛々と首を振った。

「僕は絶対信じへん。なんのオーラもないやつに奇跡なんか起こせるわけがない」

第七レースが終わって十八時を回った。白狐と加藤は腹が空いたと言い出した。

「おい、なんか食うか？」

黙って首を横に振った。食えるわけがない。息をするのも、唾を呑み込むのも辛い。白狐たちは横で勝手に食事をはじめた。ソースの匂いに吐き気がする。

ブルガリの腕時計をしてポルシェに乗り、売店の焼きそばか。だが、そんな連中は競艇場には山ほどいる。ギャンブルに狂う連中はみな滑稽でいびつだ。

レースが進むにつれ、スタンドにも人が増えてきた。だが、人の声も物音もほとんど耳に入らない。周囲の風景が止まって見えた。身体と頭が遠い。頭は空にあり、螺旋でつながった地上に身体だけがある。無理矢理に切り離されているので、苦痛が止まない。

白狐はもうほとんど喋らない。黙りこくって座っている。俺は第八、第九、第十レースを完璧に取った。ただ、どのレースも人気どおりで、配当は低目だった。

「これが奇跡か。光一さんがおまえにこだわるわけや」

それでも、加藤は興奮して完全に我を失っていた。俺の顔をのぞき込み早口で言う。

「なあ、これからも俺らと組めへんか？　おまえ、光一さんを怨んでるんやろ？　俺らで潰したろうや」

返事をしなかったが、かまわずに加藤は話を続けた。

「俺らは光一さんみたいにひどいことせえへん。取り分も相談しようやないか。やり方もおまえの希望を優先するから」

加藤は憑かれたように喋り続ける。空っぽの頭にガンガンと声が響いた。

「こんな奇跡起こす力あるのに、もったいない。な、考えてみろや。おまえ、もう一生まともに暮らされへん。わかるやろ？　堅気なんか無理なんや。俺らと組むべきや」

「黙れ……」息を切らせながら言った。「奇跡の、邪魔するな」

加藤は鼻白んだようで、しばらく黙っていたが、やがて顔を歪めて言った。

「偉そうに言うな。そんなん言える立場か？　二人がどうなってもええんか？」

また鼻血が出た。喉の奥に溜まる。血の混じった唾を吐いた。なんとか顔を上げて、コースを見た。

「おい、展示や」加藤に呼びかけられた。

もうすぐ二十時になる。第十一レースの展示がはじまった。

夜空を見上げた。闇が流れ込んできて、頭が内側から破裂しそうだ。そろそろ限界だった。人間の小さな頭には空は大きすぎる。

「3―2―5」

今は余計なことを考えるべきではない。つながり続けることだけを考えろ。意識を空へ渡す。地上にあるのはボロボロの肉体だけ、心のない抜け殻だけだ。

場内が沸いている。万舟か。

「すげえ。二万五千五百三十円ついた」配当を聞き、加藤は大喜びだ。白狐に向かって叫ぶ。

「本部長。どうですか？　すごいでしょう？　こいつは本物ですわ」

「ふん、それくらいでか？」

「でも、十一レース連続で取ってるんですよ。やっぱり、こいつただ者やない。奇跡ですよ。あと一レース取ったら、ほんまもんの奇跡の完成や」

「違う。僕は認めへん」

突然、白狐が怒鳴った。加藤が呆気にとられて白狐を見た。白狐は俺を指さした。

「阿呆らしい。ただのまぐれや。こんな男に力があるわけない。この男、ただのサラリーマンやったやないか。日曜大工が趣味のマイホーム亭主や。なにが奇跡や」

白狐の眼が真っ赤に充血していた。唾を飛ばしながら、あたりに響く甲高い声で怒鳴る。

その剣幕に加藤が驚き唖然としたままだ。

「加藤さん、あんた、僕よりこいつのほうが偉いと思てるんですか？」

白狐の怒りの矛先は加藤に向かった。ぶるぶる震えながら、加藤に食ってかかる。

「いや、そんなことはなにも」加藤が慌ててとりなした。「とにかく次が最終ですから。その結果を見て……」

「こんなやつが奇跡起こせるわけがない。偽者や。絶対に最後でボロを出す」

場内アナウンスが優勝決定戦の展示走行の開始を告げた。

いよいよ最終レースだった。

水面を見た。波がコンクリートの護岸を洗っている。照明が水面に反射してきらきら輝いている。まぶしい。眼が痛い。

俺はやはり夜がいい。なにも見えない夜。暗い夜。夜の闇は優しい――。

どこからか、あの音が聞こえてきた。

はっと顔を上げた。細く、鋭く、哀切で、美しい。濃密な夜の旋律。空とつながった頭の中に、バンドネオンの音が流れ込んでくる。

音のする方に眼をやると、バンドネオンを手にした少年が見えた。色褪せたキャップを目深にかぶっているので、顔は見えない。ぶかぶかのデニムに作業着にしか見えないくたびれたジャンパーを羽織っていた。

加藤も音のするほうを見た。だが、興味がないのか、すぐに目を正面の大型スクリーンに戻した。後ろに座っている客の声が俺に聞こえた。男三人が話している。

「なんやあれ。なんかイベントか？」

「あんな汚いタレントいてるかいな。素人やろ」

「じゃあ、なんでこんなとこでアコーディオン弾いてるんや。ちんどん屋か」

「知るか」

　その男たちもすぐに興味をなくした。話題は最終レースの予想に移った。

　俺はかすむ眼で少年を見ていた。細い指がボタンの上をすべっていくのがわかる。バンドネオンの蛇腹が開いたり閉じたりして、途切れず細い音が流れ続けた。

オブリヴィオン。

　幻などではない。間違いなくあの少年は沙羅だ。なぜ、沙羅がここにいるのかわからないが、とにかくあの廃工場を脱出できたのはたしかだ。周りに持田らしき男もいない。沙羅は完全に自由だ。では冬香はどうなったのだろう。冬香も無事か？

　二人に気付かれないようにしながら、沙羅を見つめた。すると、沙羅が一瞬だけ顔を上げた。俺と眼が合った。瞬間、沙羅が大きくうなずいた。

　アナウンスが入る。最終の展示タイムの発表だ。

「いよいよ最後やな。とうとう俺らも奇跡を体験できるんや」加藤が感極まった、というふうに言った。「もうちょっと配当ついてくれたらよかったんやけどな。まあ、今回はこんなもんか」

　今回、という言葉に思わず笑ってしまいそうになった。俺も舐められたものだ。次回があると思っているのか。不自然に胸が引きつれ、激しく痛む。懸命に息を整え、痛みを堪えた。奇跡は今回限りだ。次回などない。決してない。

最終十二レース、投票締め切りは二十時四十分。

白狐はさっきからずっと黙りこくっている。その静けさが不気味だった。

「次はなんや？」加藤が訊ねた。

俺は遠いピットを見やった。風が強い。荒れる。

空と水が流れ込んできた。俺の中を暴れ回り、メチャクチャにかき回す。

「4―3―2」呟き込むと手の平が真っ赤に濡れた。「次は……荒れる……」

「荒れる？　ほんまか？」

「これまでとは、違う。とんでもない……レースになる。有り金残らず……全部、突っ込め」

加藤の眼の色が変わった。生唾を呑み込み、言う。

「4―3―2やな。よし、わかった」

加藤が舟券を買いに走った。俺は顔を上げて沙羅を捜した。だが、もう沙羅の姿はなかった。

「おい、二台目の……ポルシェはどうなった？」白狐に向かって懸命に言葉を絞った。

白狐はじっと俺を見つめていたが、やがてにたりと笑った。

「あんたが嫁さん殺して捕まった、いうのを聞いてな、加藤さんと祝杯を挙げたんや。で、お祝い走行やって、ちょっと調子に乗って湾岸線でぶつけてもうた。本気でチューンしたばつかりやったのに。すぐに新しいの買おうとしたら、うちの親が渋ってえらいケンカになったんや。あんときは大変やった。一週間メチャクチャ行をさせられて、もうちょっとで生き神さまになりそうやった」

白狐が大げさなため息をついた。

俺はなにも言わなかった。ただ黙って座っていた。唯が死んで祝杯か。あまりの怒りで、かえって心が静かになった。こいつはクズだ。最低の人間。生きる価値などない。

やがて、加藤が戻ってきた。俺の横に腰を下ろすなり、早口で喋りはじめた。

「すげえな。ほんまに奇跡なんかあるんや。何度も言うが、俺らと組もうや。せっかくの才能がもったいない。ほんまに光一さんみたいにキツいこと言えへん。なあ？」

ファンファーレが鳴る。六艇がピットを飛び出した。時計の針が動き出す。カウントダウン。エンジンの音が高くなる。走り出した。噴水が上がる。第一ターンマークをきれいに回った。

場内からどよめきが起こった。アナウンスが告げる。一番人気、一号艇がフライングだ。

「……よし、来た。すごい。ほんまに荒れた」加藤が中腰になった。

アナウンサーが淡々と実況をはじめる。二周目は波乱もなく過ぎた。順位は４―３―２。

「来い、来い」加藤が叫んだ。「そのまま来い」

夜空を見上げた。身体の感覚がほとんどない。完全に空と同化していた。

「なあ、加藤。……光一が、自分では……奇跡を、見たがらない理由を、知ってるか？」

喋りすぎだ。口いっぱいに血の味がする。吐き出そうとしたが、その力もない。口の端から血がだらしなくあふれ、膝の上に滴った。

「は？　うわ、汚いな、おまえ」

「……知ってるからや。奇跡で人を……殺せることを」

「殺せる？　なんや、それ……」

加藤が問い返したとき、わあっと歓声が上がった。

三周目、第一ターンマークだった。二番手にいた三号艇が先頭四号艇に無茶なダンプ。弾かれたところに、後ろから来た二号艇が接触。大きくコースを離れた。

「おい、まさか」加藤が立ち上がった。

「あああ」

白狐が叫んだ。悲鳴か、それとも歓喜の声か。どちらともつかない声だ。

俺は顔を上げた。そして、笑った。

その瞬間、五号艇がトップでゴールイン。そのあとを三号艇、四号艇と続いた。加藤も白狐も呆然と水面を眺めている。やがて、スクリーンに確定が出た。

「全部……やられた……」

二人は魂が抜けたように立ち尽くしていたが、やがて振り返った。加藤の顔は青く、白狐の顔は赤かった。

「なんで外した？　おまえ、わざと外したやろ？」加藤が怒鳴った。

「これが、奇跡や」俺は笑った。ほとんど息ができなかった。「おまえらが、望んだ……奇跡、や」

白狐はしばらく呆然としていたが、急に躍り上がって俺に指を突きつけた。足を踏みならし、甲高い声で笑いはじめた。

「やっぱり、やっぱりや。やっぱり、あんたは偽者や。奇跡なんか起こせるわけがない。特別やない。ただの人間や」

ひとしきり笑ったあと、白狐はふいに黙り込んだ。見る間に血の気が引いていく。細かく震え出した。そして、頭を抱えた。

「おまえのせいで……おまえのせいで。どうしてくれるんや」加藤が舟券を叩きつけた。

「はは、ははは」

笑いながら、咳き込んだ。喉と胸が裂けたかと思った。なのに、笑いが止まらなかった。血を吐きながら笑い続けた。

「てめえ……」加藤が殴りかかった。

避ける力もない。じっとしていた。なにもかもが鈍い。もう、全身の感覚が遠い。痛みもそれほど感じないはずだ。俺は眼を閉じた。

だが、いつまで待っても、ほんのすこしの痛みも来なかった。眼を開けると、すぐ横に光一がいた。加藤の腕をつかんで。つまらなそうな顔をしている。きちんとスーツを着てネクタイを締めていた。

「加藤。相変わらずやな」光一はにこりともしなかった。

「光一さん。これは、ちょっと……。いや、森二さんとちょっと……」加藤が愛想笑いを浮かべた。

「あんた……なんでここに」白狐の顔が引きつった。

光一は加藤と白狐を冷たい眼で見返し、さらりと言った。

「弟がずいぶん世話になったそうで」

弟が、と言いながら、光一はまるで知らぬふうだ。一度も俺を見ない。

「母に言われて僕を迎えに来たんですか？」白狐の声が震えていた。

「まさか」

光一がごく丁寧に、だが、おそろしく感情のこもらない声で答えた。

「そうですか」白狐がほっと息を洩らした。突然、声が強気になる。「それやったら、余計なことは言わんといてください。母が心配するだけですからねえ」

「本部長さん。たしか、人前でそんな呼び方をするのは止めろ、と注意されてたんと違いますか？　会長と呼べ、と」

光一がたしなめた。露骨に慇懃無礼な口調だ。

「今、そんな話は関係ないでしょう。それとも、これもまた告げ口する気ですか？　あんた、やることがせこいなあ」白狐がむっとした口調で言い返した。

「告げ口？　今さらそんなことをする必要はありませんね。会長はとっくになにもかもご存知だから」

「え……」

「私は本部長さんをお迎えに来たんやないんです」光一が薄く笑った。「生き神さまを迎えに来たんです」

その言葉を聞くと、白狐は口をぽかんと開けて、光一を見た。その顔からみるみる血の気が引いていく。

「そんな……嘘や。まさか、そんなことあるわけない」突然、白狐がうろたえた。

三人のやりとりをぼんやりと聞いていた。光一はまだ一度もこちらを見ない。まるで俺がいないかのようにふるまっている。

「光一さん。勝手をしてすみません。別に大事にするつもりはなかったんです」加藤が懸命に頭を下げている。

「人の弟を殺しかけてか？」

「いいえ、そんなつもりはありませんでした。ちょっと予想を手伝ってもらおうと思って」

光一は加藤を冷たい眼で見下ろし、ほんのわずか眉を寄せた。

「持田は一足先に行っとる」

加藤がひっ、と息を吸いこんだ。へたへたと座席に倒れ込む。

「はめられたんや、こいつに」白狐が俺を指さし、早口で言った。「なにが奇跡や。あんたの弟、ただの偽者やないか。あほらしい」

二人は口々に勝手なことを言い続けていた。俺は気を失わずにいるのがやっとだった。

「もういい。お迎えや」

光一が面倒臭そうにスタンドの出入口を示した。そこには男が三人立っていた。首元の詰まった長袖の白いシャツに、真っ黒なズボンをはいている。年齢もよくわからない。年寄りじみた表情に子供っぽい眼をしている。堅気でもスジでもない。奇妙な清潔感がある。だが、みな髪型は白狐と同じ。坊主頭だ。

光一の合図を受け、こちらに歩いてきた。映画の登場人物のようだった。白狐が短い悲鳴を上げた。光一は三人の男たちに軽く会釈をした。男たちも無言で会釈を返した。

「光一さん、お願いです。すんません、助けてください」加藤が泣きついた。

「おまえら……」白狐が毒づいた。

そのとき、三人の男の陰に色の白い小柄な女がいるのが見えた。歳は六十歳前後というところか。白髪交じりの髪は肩までのボブだ。格好はごく普通で、地味なパンツスーツを着ている。一見、おとなしそうな、目立たない女だ。

その女を見た瞬間、全身に震えが走った。見た目は普通の女だが、得体の知れない恐怖を感じる。身体中の血が凍り付くような恐怖、気を失うこともできないほどの恐怖だ。なにが恐ろしいのか、言葉では説明できない。女の発する恐怖は力だ。すさまじい圧迫感がある。


白。


そのときようやくわかった。これまでずっと感じてきた白の恐怖。その正体はこの女だ。この女に比べると白狐など足許にも及ばない。白狐に感じたものは、あくまでも生理的な嫌悪や不快で表面的なものだった。だが、この女に感じるものはまったく違う。根源的で暴力的な恐怖、原始的で本能的な畏怖だ。俺の身体の細胞一つ一つが悲鳴を上げている。

「お母さん。すみません。ちょっと友達に誘われて、断りきられへんかったんです」白狐が震える声で叫んだ。

俺は女の顔を凝視した。この女が教祖さまか。白狐の実の母親だ。

会長は白狐を無視し、俺に向かって頭を下げた。

「うちの者がご迷惑をお掛けしました」

返事ができず黙っていた。会長は俺を見て、ゆっくりと言った。

「あなた、うちに来ませんか？」

ぎくりとした。一瞬で髪の毛が逆立ち、肌が粟立った。光一が驚いた顔でこちらを見ている。

「もったいないと思いますよ」

会長は一旦口を閉ざした。だが、その眼はじっと俺を見据えたままだ。俺は声も立てられなかった。身も心もすべて、奥の奥、底の底まで無理矢理に押し開かれ、容赦なくのぞき込まれている――。

やがて、会長は静かに微笑んだ。

「あなたみたいな人はうちに来たほうが楽になれるから」

息が止まりそうになった。慈愛。慈愛。圧倒的な慈愛を感じる。だが、歯の根が合わない。今、俺が感じているものは、慈愛という名の底無しの恐ろしさだった。

「いや……俺はここがいい」なんとか正気を保って言った。

「そうですか。それは残念」

会長は振り向いて、男三人に合図した。男たちが無言で近づいてきた。

「会長。申し訳ありません。二度としませんから」白狐が泣きながら言った。「許してください。ごめんなさい」

白狐は子供のように泣きじゃくり、ごめんなさいを繰り返している。男三人が加藤と白狐のそばに立った。そして、二人の腕をつかんだ。静かで無駄のない動きだった。

「お母さん」白狐が叫んだ。

だが、会長は表情一つ変えない。白狐と加藤は男たちに挟まれるようにして、スタンドを出て行った。

後に残った会長が俺を見た。はっきりと気の毒そうな顔をする。

「身体を大事にね。空は無限やけど、あなたという器はそうやないから」

俺は黙ってうなずいた。次に、会長は光一に向かって深々と頭を下げた。

「吉川さん。この度はお世話を掛けました」

「いや、こちらこそ。そもそもこちらの不手際です。申し訳ない」光一も慌てて頭を下げた。珍しく声が緊張していた。

「じゃあ、今回はお互いさまということで」

会長がにっこり笑った。眼を細めると、白髪交じりの髪が揺れた。鳥が見えた。息子が白狐なら、母親は白フクロウと言ったところか。見せかけは隠者だが、実際は鋭いくちばしと爪を持つ猛禽類だ。

「じゃあ、吉川さん。私はこれで。……冬香さんにもよろしく」

光一が無言で頭を下げた。

会長の姿が見えなくなると、俺はほっと息を吐いた。あたりの空気が歪むほどの圧力が消え、わずかだが身体が楽になった。あれは一種の化物だ。そして、誘われた俺もその仲間ということか。

肩で息を繰り返していると、沙羅が駆け寄ってきた。バンドネオンを抱えている。俺はかすむ眼で沙羅の髪を見た。長く美しかった黒髪が男の子のように短くなっている。

「無事か？　冬香は？」

「冬香ちゃんは伯父さんが保護してる。無事やよ」

「よく、逃げられたな。……大変やったやろ」

「見張ってたやつの隙を見てスマホを奪って、そこにあったお兄さんの番号に連絡してん」

そうか、光一が助けてくれたのか。とにかく、みんな無事でよかった。そう言ったつもりだが、舌がもつれて半分くらい言葉にならなかった。

「……髪、どうした」

「え、これは、別に」沙羅がごまかそうとした。

すると、戻って来た光一が割って入った。

「あいつらに知られずにおまえに合図を送りたかったから『オブリヴィオン』を弾いてもらうことにした。大急ぎでアパートまでバンドネオンを取りに行って、それからこっちに来た。加藤に顔を知られてるから、髪を切って男のふりをしてもろたんや」

光一が話し終わると、すぐに沙羅がなんでもないように笑った。

「帽子に髪の毛押し込んだけど入らへんかってんよ」

「すまん」

「気にせんでええよ。すごく頭、軽なったし」沙羅が帽子を脱いで頭を振った。

沙羅の笑顔を見ると力が抜けそうになった。とにかく、今はこれで片付いた。よかった。

俺は前の座席の背もたれをつかんだ。なんとか立とうと腰を浮かせた。

「待てや、森二。話は終わってない」光一が鋭く言った。

「またに、してくれ」

「いや、ここでする。あのときもわざとはずしたな」光一は真っ直ぐに俺を見た。

「なんのことや」

「とぼけんな。親父が死んだ日、賞金王決定戦。最終レース、やっぱりわざと外したんやな」

「知るか」

椅子から立ち上がろうとしたが、まったく身体に力が入らなかった。そのまま倒れそうになるところを、光一に引き戻された。

「答えろ。森二。おまえはあの日、最終レースをわざと外した。そのせいで親父はショックで死んだ」

「予想が、外れただけや」

「親父の血圧が高いのは知ってたはずや。殺すつもりやったんか？」

そこへ沙羅が割って入った。

「ちょっと、もうええやん。とにかく病院行こ」

「おまえは口を出すな」光一が乱暴に沙羅を払いのけた。

「沙羅、もういい……」俺は声を絞った。「ここで、話をする」

でも、という沙羅を制し、光一は俺を見下ろした。

「話せ、森二」

俺は肩で息をした。そして、口を開いた。

「憶えてるか？　俺が小六のときの……奇跡の一日」長い文章が話せない。言葉がぶつ切れになる。「あの日、俺は熱が、あった」

「ああ。風邪をこじらせて肺炎を起こしてた」光一が怪訝な顔をした。「それがどうした？」

「俺は……熱があったり、具合が悪かったら勘が冴える。奇跡を起こすためには、俺は死にかける必要がある。だから……俺を水風呂に浸けたり、殴ったり蹴ったり……」

「親父がか？」

「あの賞金王、優勝戦の前々日……俺は、生駒に連れて行かれた。峠越えの街道。真夜中やった。十三峠の展望広場。さすがにもう車は一台もなかった。広場に車を駐めると、親父は俺を放り出して……裸にして……ポリタンクの水を、ぶっかけた」

十二月の風が吹いていた。冷たいなどというものではなかった。十秒もしないうちに歯の根が合わなくなった。寒さはただ痛みだった。

「車に入れてくれ、言うたら……殴られた」

父はエンジンを掛けた車の中にいた。エアコンがきいて暖かそうだった。俺は窓を叩いた、入れてくれ、と泣きながら頼んだ。だが、無視された。すこしでも暖を取ろうと、車のボンネットにかぶさった。裸でどれだけみっともない格好をしているか、わかっていた。それでも、寒さには耐えられなかった。すると、父が車から降りてきた。そして、俺を殴った。

――すまん、すまん。森二。おとなしく言うことを聞いてくれ。おまえだけが頼りなんや。家族みんなのためや。当ててくれ。な、頼む。光一には内緒や。あいつはうるさいからな。

悲鳴だか怒声だかわからない、おかしな声だった。俺を車から引き離すと、再び車に戻った。父は完全におかしくなってしまった、と思った。

展望台からは夜景が見えた。大阪の街がぐるりと見渡せた。無数の灯りの向こうに真っ暗な海が見えた。もう寒いのかどうか、わからなくなっていた。背後で山の木々が揺れていた。モーターの音に似ている、と思った。

早く熱が出ればいい。具合が悪くなればいい。肺炎になればいい。そうして、またあの日のように取りたい。十二レースを全部取りたい。そうすれば父も喜ぶ。きっと優しくしてくれるだろう。父は気が狂っている。でも、俺も狂っている――。

「意識がもうろうとして……自分では動けなかった。夜が明けて、ようやく家に帰った。親父は何度も、繰り返した。――すまん、森二。すまん、すまん。お願いや、当ててくれ……

頼む。お願いや。何度も、俺を、拝んでた」

その夜から俺は熱を出した。父はずいぶん喜んだ。俺も嬉しかった。

次の朝、俺は立っているのがやっとだった。熱は四十度を超えてた。それでも父に競艇場に連れて行かれた。胸が痛んで、ひどくなる一方だった。たぶん、明日、また入院することになると思った。

父と俺はいつものように南スタンドにいた。珍しく光一も一緒だった。

第一レースから俺は勝ち続けていた。父はすっかり興奮していた。俺を信じきり、持ち金すべてを賭け続けた。そして最終レースがやってきた。

賞金王決定戦。一年を締めくくるビッグレースだ。艇がピットから出て来る。スタート展示がはじまった。

――森二、おまえ、ほんまに大丈夫か？

十三峠でのことをなにも知らない光一が話しかけてきた。だが、その顔が一瞬で変わった。

――おい、森二、鼻血出てるぞ。

自分がどんな顔をしているのかわからなかった。ただ、光一の焦った顔がすぐ近くにあった。

兄ちゃん、助けてくれ。

心の中で叫んだ。光一がかばってくれている。光一が俺のことを心配してくれている。それは嬉しい驚きだった。こんな俺でも心配してくれるのか？　こんな俺でも助けてくれるのか？　つまらない奇跡で親父を競艇狂いに変えてしまった、この俺を助けてくれるのか？

――父ちゃん、森二の様子が変や。

――うるさい。今、こいつは精神を集中させてるんや。邪魔すんな。

――でも、めちゃめちゃ具合悪そうで、死にそうな顔してる。病院に連れて行ったほうがええ。

――やかましい。向こう行っとけ。

父が光一を払いのけ、俺の腕をつかんだ。

――次はなんや？　わかったか？

兄ちゃん、助けてくれ。

――父ちゃん、やめろや。このままやったら森二が死んでまう。

光一は懸命に父を止めようとしてた。だが、父は光一を一発殴りつけた。光一はスタンドに転がった。

——父ちゃん、いい加減にしてくれ。なあ、森二を病院に連れてこうや。

——森二。おまえだけが頼みや。な、次も当ててくれ。

父の眼が輝いていた。頰は紅潮し息が荒かった。この冬空で、額に汗まで浮かべていた。

俺は気絶しないでいるのがやっとだった。

——しかし、ほんまにここまで当てよるとはな。我が子ながら、気持ち悪い奴や。

気持ち悪い奴や。

父の声がぐるぐる回った。親父は俺を気持ち悪いと思っている。死ぬほど苦しいのに、それでも親父に褒められようと予想をしている俺を、ただ気持ち悪いと思っている。

その瞬間、音が消えた。なにも聞こえなくなった。

空が見えた。青い空だ。

もし、ここで当てたら、と俺は思った。親父は完全に狂う。二度と競艇から離れられなくなる。そして、俺はいつかきっと殺される——。

六艇がすべて周回展示を終えた。

——4—6。

俺は答えた。

——よし、わかった。ええ子や。

父は疑いもしなかった。手を伸ばして頭を撫でた。

俺はびくりと震えた。いつもなら、頭を撫でてもらえたら嬉しい。だが、今は違った。吐き気がした。父の手をはらいのけようとしたが、腕が動かなかった。

――4―6？　いくらなんでもそれはないやろ。絶対、そんなん来るわけない。

――うるさい。おまえが口出すな。

光一を怒鳴りつけ、父は舟券を買いに行った。父を見送ると、光一がすさまじい眼で俺をにらんだ。

――森二。ほんまに4―6なんか？

俺は返事をしなかった。というより、できなかった。息をするだけで胸が激しく痛んだ。光一の顔がにじんでいた。頭が痛い。鼻血が止まらない。眼の焦点が合わない。今度こそ、本当に死ぬかもしれない。

やがて、父が舟券を握りしめて帰ってきた。

――オッズ、すごいで。一体、いくらになるんやろうな。

父の顔は紅潮していた。

ＳＧの熱狂はすごい。歓声にスタンドが揺れている。鼓膜がびりびりと震えている。このまま身体が裂けてしまいそうだ。

気がつくと、いつの間にかレースがはじまっていた。眼の前をボートが飛ぶように走っていく。モーターのうなり声が腹に響いた。

――おい、おい、なんや。

父の声が聞こえた。

――なにしてんねん、おい……おい。森二、おまえ、まさか。

一周目。二周目。三周目。ぐるぐるとボートが走っている。おおん、とスタンドが沸いた。眼が回る。

――ああ、ああ。まさか……。

父が悲痛な声を上げて叫んだ。

わかっている。4―6は来ない。絶対に来ない。

アナウンスが聞こえた。

――ただいまのレース、一着二号艇、二着三号艇、三着一号艇……。

父が振り向いた。俺の胸ぐらをつかむ。

――森二、おまえ、親をだましたんか。

その瞬間、父の身体が傾いた。父は慌てて手すりにつかまろうとしたが、間に合わない。そのまま斜めに崩れ落ちた。俺ももう限界だった。そのまま意識を失った。

客はほとんど帰った。スタンドはがらんとして、清掃作業をする人間が目立つだけだ。

「……じゃあ、親父はおまえが熱を出したら、また奇跡を起こすと信じて」光一は呆然と言った。「真冬の山に水を浴びせて放り出した、と?」

眼の前が暗い。いくら呼吸をしても胸にほとんど酸素が入らない。干上がった池の魚のようだ。

「空とつながるのは苦しかった。親父に言われ、死ぬ思いで奇跡を起こそうとした。でも、競艇場で半分死にかけた俺に親父が掛けた言葉は——気持ち悪い奴、やった。あの言葉を聞いた瞬間、俺は諦めた。このままやったら、親父に殺されると思た。やから……俺は親父をはめた。奇跡なんて……起こらない。ただの戯言だ……とわかってもらおうとした。だから、光一の言うとおり、親父をあんなにしたのは……俺や」

「おふくろは止めへんかったんか?」

「……おふくろは、みんな、知ってた」

父のギャンブル依存は治らない。だったら、勝つほうがいい。俺がちょっと無理をして勝てるのなら、それでいい。それに、奇跡を起こせるのなら大金を当てるかもしれない。借金を返せるのなら、店の経営が楽になるのなら——。

母は見て見ぬふりをした。父に水風呂に浸けられている間、母は黙ってテレビの音量を上げた。最初は母に助けを求めたが、やがて諦めた。無駄だとわかったからだ。母に見捨てられた、と知って惨めだった。

ずっとずっと助けてくれ、と言いたかった。だが、言えなかった。父を狂わせたのは俺だ。

助けてくれ、などと人に言う資格はない。

　これまで光一を憎みきれなかった理由は簡単だ。俺をかばってくれたからだ。光一だけが気遣ってくれたからだ。

　話しすぎた。俺は前のめりに倒れた。苦しい。

「医務室か……救急車呼んでもらう」

　沙羅が駆け出した。出所して以来、沙羅には世話になりっぱなしだ。俺は沙羅になにもしてやっていない。いい歳をして甘えてばかりだ。最低だ。

「光一、ひとつ頼みがある」声を振り絞る。

「なんや？」

「沙羅の親父を、捜してやってくれ」

　自分の声がほとんど聞こえない。

「あの子の父親を？　なにかあったんか？」

「……たぶん、もう、殺されてる。ケリをつけてやってく、れ」

「わかった。わかったからもう喋るな」光一が支えてくれた。

　ほっとした。もう一度、頼む、と言ったつもりだったが、ちゃんと言えたかどうかはわからない。それきり気を失った。

眼が覚めると病院だった。

競艇場で倒れてから十日経っていた。肺炎から敗血症を起こしていて、思ったよりも重症だった。死んでもおかしくない、という状態だったらしい。

特別室の白い天井を見ながら、俺はぼんやりと考えていた。奇跡は命と引き替えだ。今回はきっと、相当寿命を削っただろう。だが、悔いはない。冬香や沙羅のためなら寿命の十年や二十年惜しくない。

最初に面会が許されたのは、光一だった。俺の顔を見るなり、つまらなそうに言う。

「助かってよかった」

光一は巨大な果物籠を提げてきた。メロン、リンゴ、ブドウ、バナナ、パイナップルやらが入っている。到底一人では食べきれない量だ。

光一はサイドテーブルに果物籠を置くと、パイプ椅子を引き寄せた。

「なんか食うか？」

「今はいい。光一が食えや」

「果物ナイフ、あるか？」

「さあ。知らん」

光一は無造作に包装のビニールを剝がし、バナナを取り出した。一本外して食べはじめる。

今日はいかにもの高級スーツ姿なので、ひどく違和感があった。

「光一、もし果物ナイフがあったら、使うんか？」

「そら使う」

「光一、包丁使えるんか？」

「当たり前や」光一はバナナを食べ終わると、皮をゴミ箱に捨てた。「一人暮らしが長いからな」

そういえば、と思う。俺は光一の生活をまるで知らない。光一は今年四十二。これまでどんなふうに暮らしてきたか、考えたこともなかった。

「豪勢な個室やな。光一が取ったんか？」

「まさか。あちらさんのご厚意ってやつや」

白フクロウの顔が浮かんだ。瞬間、ぞくりと背筋が震えた。圧倒的な慈愛。底無しの恐怖。

――あなたみたいな人はうちに来たほうが楽になれるから。

あの女は誘い方を間違えた。苦しくなれるからと言えば、俺の心もすこしは動いたかもしれない。だが、楽ではだめだ。俺は二度と楽になってはいけない人間だ。

光一は足を組んで窓の外を見ている。相変わらずつまらなそうだ。

「あの日、一体、なにがどうなったんか教えてくれ。はっきりと憶えてないんや」

夜空。胸の痛み。白狐。オブリヴィオン。髪の短くなった沙羅。胡散臭い男たち。そして、白フクロウ。断片的な記憶はあるが、うまくつながらない。

「おまえが事務所に来た後、長嶺圭介から連絡があった。三人揃っていなくなった、と。俺は加藤と持田を捜してたが、まだ見つけられなかった」

「以前から心当たりはあったんやな」

「加藤と持田が俺の商売乗っ取ろうとして、客にこっそり声掛けてたんや。――うちはもっと高いレートで払い戻します、て。無茶な大盤振る舞いで客を抜こうとしてたんやが、そこに本部長が絡んでたせいで、金が回らんようになった。で、おまえの奇跡で一儲けしようとしたわけや」

「圭介は警察に言う、て言わへんかったんか？」

「もちろん言うた。通報して三人を捜してもらう、てな。だから、こう説明した。――宗教団体が絡んでるとわかったら、警察は絶対に及び腰になる。だから、こっちで確実にケリをつけるから任せてくれ、てな。そう言って一晩猶予をもらった」

「その宗教団体を利用して、白狐を始末させたわけやろ？」

「白狐？　ははっ。たしかに白狐や」光一が噴き出した。「始末もクソも、あちらさんの宗教行事に協力しただけや」

「宗教行事？　なんやそれ？」

光一は鼻で笑っただけで、答えなかった。

「じゃあ、加藤と持田はどうなった？」

「白狐は本部の金にも手をつけてた。加藤持田も絡んでた以上、あいつらもただではすまんやろうな」

ただではすまん、の意味はわかった。確実にケリをつける、と光一が言った以上、あの二人はたぶんもう生きてはいまい。

加藤と持田に良い感情などない。沙羅と冬香をさらい、俺を脅した。三人とも殺されるかもしれない状況だった。だが、それでもあの二人とは長い付き合いだった。中学の頃から何度も一緒に飯を食った。二人の最期を喜ぶことはできない。

「加藤と持田がおらへんようになって……光一は平気なんか？」

「困るやろな。洗車係がおらんから」光一は一瞬顔を背け、鼻で笑った。

結局、俺と光一とはどこまでも兄弟だ。同じ血が流れている。はみ出し者の外道(げどう)。俺も光一も人殺しだ。

窓の外を見た。中庭の桜の木が見えた。花はとうに終わったが、風が吹くたび、桜餅の匂いがした。

光一は果物籠に手を伸ばし、二本目のバナナを取って食べはじめた。

「加藤と持田が俺を狙ったんは、単に金のためだけか？」

「まだ訊くんか？」光一がうっとうしそうな顔をした。「まずは金や。でも、その根っこにあるのは、おまえへの憎しみや」

どうやら光一はバナナが好きらしい。だが、仏頂面で食べる様子は、すこしも喜んでいるようには見えなかった。

「俺が憎まれる理由は？」

「わかるやろ？　自分たちは社会の底辺、ノミ屋の使い走り。そう思てたら、おまえはさっさと抜けて大学行って、士の付く資格を手に入れカタギになった。おまけに、かわいい嫁さん貰（もろ）てオシャレな結婚式まで挙げた。娘が生まれて、きれいな家買（こ）うて、ＣＭみたいな暮らしや。そら、むかつくやろ」

「くだらん嫉妬しやがって」俺は吐き捨てるように言った。

「あいつらに理屈なんかあるか。おまえに嫌がらせができればそれでいいんや。冬香に記事のコピーを送りつけたのもあいつらや。父親がムショの中のくせに、幸せそうに暮らしてむかつく、てな。出所したおまえにマイホームごっこされたら悔しい。ガキにおまえを憎ませようとしたわけや」

「……くそ、あいつら……」

怒りで身体が震えた。そんな低劣な嫌がらせで冬香がどれだけ傷ついたか。しかも、今でも苦しんでいる。

「まだ続く。聞け」光一は淡々と話を続けた。「今年の正月、加藤と白狐は生駒で事故って、また金に困った。だから、出所したおまえに声を掛けた。普通に誘ったんでは相手にされんのがわかってたから、外堀を埋めることにした。おまえ本人やなく周囲への嫌がらせで、おまえの居場所を完全に潰そうとした」

「事件記事のチラシを撒いたり、丸山の息子に絡んだり、か」

「ああ。沙羅にもいろいろやってたようだ。タチの悪い連中に指名させたり、な」

「なに？」驚いて光一を見た。

「気付かなかったんか？」

「……ああ。いやな客が続くとは言うてたが……」

「阿呆」光一が鋭く言った。「あの工場の場所を教えてくれたんは彼女や。彼女が隙を見て連絡してけえへんかったら、あそこを突き止めるのにもっと時間が掛かったやろうな」

「で、俺はたぶん死んでた、てとこか」

「やろうな」

俺はなにも言えず黙っていた。沙羅に申し訳なくてたまらない。己の愚かさに腹が立った。

「いよいよ首が回らなくなった加藤と白狐は冬香と沙羅を人質にして、おまえの奇跡を手に入れようとした。俺は教祖さまと連絡を取り、沙羅に協力してもらって、あいつらを処理した」

光一は半分になったバナナを握ったまま、しばらく黙っていた。そして、いつもどおりのつまらなそうな顔で言った。

「俺はあいつらの気持ちがわかる。親父の気持ちもわかる。一言で言えば、弱い人間や。クズ、カスと言ってもええ」

驚いて光一を見た。加藤持田、それに親父の気持ちがわかるとはどういうことだ？　光一はあんな連中とはまったく別の人間だと思っていた。

光一は残りのバナナを食べ終え、また皮をゴミ箱に投げ込んだ。

「森二、ギャンブルに溺れる人間が一番嫌いなものはなにか知ってるか？」

「負けることか？　それとも、縁起の悪いことか？」

「違う。ギャンブル依存症の人間が一番嫌うものは……自分自身や。くだらんバクチを止められへん自分を一番憎んでる。親父もそうや。自分の息子を痛めつけてまでバクチをする自分が醜くて許せん。惨めでたまらん。でも、止められへん。息子に申し訳ない。そのやましさ、後ろめたさが、俺にはよくわかる。親父は――だましたんか、と言ったんやな」

「そうや。――親をだましたんか、て」

「親父がだましたんは自分や。自分で自分をだまし続けてる。それが自分でわかってるから、おまえに八つ当たりした」

「……親父も苦しかったんか？」

「阿呆。おまえは同情すんな。それでも、あいつはただのクズや」

光一は眼を逸らし窓の外に眼をやった。青々と茂る桜を見て、ふと思い出したように言う。

「桜のハンコ、か」

「光一、どこでそれを？」俺はどきりとした。

「知るか。おまえが言うてたんや」

「俺が？」

「住之江で倒れて救急車で運ばれるとき、うわごとみたいに言うてた。——桜のハンコ、桜のハンコ、て」

桜のハンコ、か。俺もふたたび窓の外を見た。甘ったるい桜の風のせいか。胸焼けがした。

「光一、もうちょっと詳しくその宗教団体について教えてくれ」

「やめとけ。もう関わるな」

「なんで隠す？　俺に知られたらまずいことでもあるんか？」

「そんなもんはない。でも、これ以上首突っ込むな。あの手のやつらは理屈が通じんし、限度いうもんを知らん」

「だから、身を守るためにも最低限の情報が欲しい。知らんうちに関わってしまうほうが怖い」

光一はしばらく黙っていた。そして、桜の木を見ながらため息をついた。

「名称は『清貧の小鳥会』や。キリスト教も仏教も神道もなんでもごちゃ混ぜにした、メチャクチャ宗教や。護符に小鳥の絵が描いてあったやろ？　あそこのものには大抵小鳥のシンボルがついてるんや」

加藤と持田が結婚祝いに護符を持ってきた。すぐに破り捨てたが、たしか二羽の小鳥が描かれていた。あれは夫婦和合の象徴ではなく、教団のシンボルだったのか。

そのとき、なにかが引っかかった。

小鳥。

「どうかしたんか?」光一がおかしな顔をした。

なにかがひっかかる。小鳥。いやなことを思い出しそうな気がする。なにかすっきりしない。勘だ。勘でしかないが、小鳥が気になって仕方がない。

「その『清貧の小鳥会』いう名前の由来は?」

「詳しくは知らん。キリスト教の聖人のだれかや。清貧がモットーで小鳥が好きやったらしい。宗教法人として届けるときに、若い女や子供にも抵抗がないように、幼稚園みたいな名前にしたらしい」

はっとした。

冬香が入学祝いのランドセルを貰った日だ。圭介が来て、小鳥の話になった。唯は突然青ざめショックを受けた。あのときの様子は尋常ではなかった。

披露宴で護符の小鳥を見ても唯は平気だった。だが、その八年後、冬香が小鳥の話をしたときにはショックを受けた。つまり、披露宴から冬香の幼稚園卒園までの八年間に、唯になにかがあった。唯が小鳥を怖れるようになる出来事があった。

鳥の護符。「清貧の小鳥会」。白狐。白フクロウ。

あのとき、住之江の南スタンドで白狐はこんなことを言っていた。

――日曜大工が趣味のマイホーム亭主や。

「まさか、唯の相手は……」

そうつぶやいた瞬間、光一の顔色が変わった。ほんの一瞬だが、たしかに動揺した。だが、すぐに平静を取り戻し、何事もなかったかのようにつまらなそうな顔に戻った。

「光一、知ってたんやな」

「なんのことや？」光一は横を向いた。

「とぼけんな。白狐は俺の趣味が日曜大工やと知ってた。家に来たことがあるんや」

光一はしばらく黙っていたが、ようやく口を開いた。

「白狐はどうしようもない人間やった。清貧がモットーで育てられた反動かしらんが、欲望をコントロールできん。自分以外の人間を見下してた」

「それが、なんで唯に？　加藤と持田がはめたんか？」

「違う。あいつらはなんも知らん。あいつらは白狐を釣る際に、なにも考えずにおまえの奇跡話を売りにした。だが、白狐はその話を聞いても、他の客みたいに喜ばんかった。それどころか、腹を立てた。素人が奇跡を起こせるわけがない。偽者は許さん、いうわけや。おまけに、自分が負けてばかりのボートで奇跡を起こすという。プライドを傷つけられた白狐は、おまえを取り込んで自分の下に置こうとした。自分の力のほうが上や、と見せつけようとしたんや」

「取り込む？　俺を部下にしようとしたということか？」

「違う。おまえを自分の信者にしたかったんや。本部長さま、て崇め奉ってほしかったんや」

「ばかばかしい。俺がそんなことするわけがない」

「なあ、宗教もヤクザも一緒なんや。まず外堀から埋める。やから、白狐は唯に仕掛けた。女性信者を使って、まずはお友達からというやつや」

「……マンションで友達ができた、と言うてた……」

ボランティアに参加していると言っていた。しばらくは熱心だったが、突然、唯は辞めてしまった。

「宗教やと気がついたときには遅かった。白狐本人がマンションに乗り込んできた。そこで、追い返せばよかったのに、唯はきちんと話をして手を切ろうとした」

「そんなことを……」

いかにも唯がやりそうなことだ。それがわかったから腹が立って、悔しかった。

「あの先生は妹を大事に育てすぎた。世間知らずもええとこや。どんな人間でも、話せばわかると思てた。理屈抜きの悪意に晒されたことがなかったんやな。ある意味、愚かな女やった」

「愚か？　そんな言い方はやめろ。唯は……」

「森二。考えてみろや。ヤクザの弟で、青い頭をしたチンピラで、予想屋。そんなやつを平気で家に上げて世話をする女。善人といえば言葉はいいが、要するに頭がお花畑の阿呆や」

光一はため息をついた。いつもとは違って、心の底からため息をついたように見えた。

「白狐の言い分は、奇跡を騙るペテン師にだまされている女を救ってやった。愚かな女を浄めてやった。感謝されるべきや、と」

「なにを勝手な」俺は怒りで眼が眩んだ。

奇跡。

今ほど奇跡を憎んだことはない。唯を傷つけたのは、間違いなく俺の奇跡だ。

「光一はなんで知った？」

「加藤持田の動きを調べて、教団の連中ともすこし話をしたから、白狐のやったことも耳に入った」光一はわずかに苦渋の混じった声で言った。「常習やと。他の女性信者にも手を出しまくってたそうや。だから、今回、まさか誘拐したガキが自分の娘やとは想像もせんかったやろうな」

親切な友達ができた、と唯が喜んでいたときにもっと話を聞いていれば、こんなことにはならなかったのか。唯がボランティアを辞めたとき、異変に気付いてやれば助けられたのか。俺が冬香の耳と血液型に疑問を持たなければ、今もみな幸せで暮らせたのだろうか。

気付くべきところで気付かず、気付くべきでないところで気付く。阿呆は俺だ。

「白狐は……冬香の父親はもうこの世にはおれへんのやな」

「ああ。やから、俺とおまえと二人だけの秘密や。墓まで持ってけ」光一はきっぱりと言った。

「もちろんや。こんなこと、冬香に知られてたまるか」

俺は天井をにらんでうめいた。

なぜ黙っていた？　なぜ？　どうして唯は俺に相談してくれなかったのか？　もし相談してくれたなら――。

唯が相談したなら俺はどうしただろう。きっと宗教団体に乗り込んだ。あの白狐を殺すつもりで乗り込んだ。そうすれば、どうなった？　確実に俺が殺されていた。加藤と持田のようにだ。だが、俺は殺されず、白狐を殺すこともなく――唯を殺した。

思わず顔を覆った。腕には点滴チューブが刺さったままだ。スタンドが音を立てて揺れた。

なぜ、唯を殺してしまったのだろう。なぜ、あのとき、あんな愚かな考えに支配されたのだろう。なぜ、俺は唯を殺してしまったのだろう。

「光一、一人にしてくれ」顔を覆ったまま言った。

「わかった」

光一は立ち上がってドアまで歩き、そこで振り返った。

「阿呆なこと考えるなよ。小鳥には手を出すな」ドアノブに手をかけ、面倒臭そうに言った。

「今度は洒落にならんからな」

午後の明るい病室に一人残された。

腕から点滴の針を引き抜いた。

ふらつく足でロッカーを開けた。あの日、競艇場で倒れたときに着ていた服があった。何度も倒れそうになりながら着替え、靴を履いた。ポケットを確かめる。財布は入っていた。ちょうど面会時間だった。ナースステーションの前は受付カードを書く人でごった返していた。その後ろをすり抜けると、エレベーターホールに向かった。

玄関前にタクシーが三台あった。

「阿倍野墓地まで」

後部座席に腰を下ろすと眼を閉じた。すこし歩いただけで息が切れた。

「大丈夫ですか？」運転手が訊ねた。

「ああ」返事をするのもやっとだ。

大阪市内は渋滞していて、阿倍野まで三十分もかかった。タクシーを降りたときには、もう夕方の風になっていた。

長嶺家の墓に参るのは、今から十三年前、婚約を報告しに来て以来だった。その後は一度も来ていない。行かなくていいのか、と唯に訊ねたが、別にいいよ、と軽く流された。

よろめきながら墓地を歩いた。やがて、長嶺家の墓所が見えてきた。ここには代々の長嶺家の墓がある。本家一基分家二基、合わせて三基の墓石が立っていた。唯は分家の墓のひとつに納められているはずだった。

本家の墓と、唯の眠る分家の墓には花が供えてあった。墓石の裏を見た。一番新しい文字は、唯　享年二十八　平成二十三年三月十日だった。

崩れるように膝を突いた。

ここに唯がいる。わずかな骨片、灰、塵（ちり）となって骨壺に納まり、暗く湿った土の下にいる。

墓石の周囲に敷き詰めた玉砂利を摑んだ。この下に唯がいる。俺が殺した女が眠っている。欠片（かけら）となって朽ちている。

唯が酷い目に遭わされた理由、それは俺の奇跡が原因だった。だから、唯は俺になにも言えなかった。奇跡を強要された記憶に苦しんでいることを知っていたからだ。俺をかばって唯は一人で堪えた。そんな女を俺は殺してしまった。こんな残酷な皮肉があるか。俺のためを思って苦しみを堪えた女を、俺は殺したのか。

どんなに悔やんでも生き返らない。唯はもう戻らない。腑（はらわた）がちぎれるほどの悔恨にのたうちまわろうと、罪など償えない。

償えない。俺にできることはなにもない。どうすればいいのかわからない。涙すら出ない。

どれくらい墓の前にいただろう。手は泥だらけで、指先は血で汚れていた。俺は立ち上がった。

本家の墓にも唯の墓と同じ花があった。ふと、本家の墓の裏面を見た。何人もの名が刻まれている。知らぬ名ばかりだった。そのまま戻ろうとしたとき、はっとした。

聡美　享年十六　昭和五十七年六月十三日

何度も墓石を見直した。長嶺聡美（さとみ）。知らぬ名だ。だが、その日付には見覚えがあった。唯の誕生日だった。

6

桃ヶ池は夏の陽光を受け、真っ白く輝いていた。

桜の葉は濃い緑になった。梅雨明けはまだ先だが、日向(ひなた)にいればもう夏だ。池の噴水がやたらと涼しげに見える。池向こうの明神の木陰がうらやましかった。

圭介は約束の時間の五分前に来た。

「多少は見られる顔になったな」第一声がこれだ。「病院で見たときはひどかったが」

意識が戻った翌日に病院を抜け出し、唯の墓へ向かった。そのまま阿倍野墓地で意識を失い、他の墓参り客に発見されるまで砂利道に突っ伏していたそうだ。なんとか病院に戻ったが、病状が再び悪化し、退院が十日延びた。

退院して半月。もう七月も半ばだ。ようやく体力が戻り、まともに出歩けるようになった。

「冬香はどうしてる?」遊歩道に沿って歩き出す。

「元気や。心配ない。で、用件はなんや?」

取りつく島のない圭介の返事がなぜか懐かしい。

「俺のせいで冬香を危険な目に遭わせた。会って詫びたいが、もう二度と会わないほうがいいかもしれない」正直に言った。

登下校も付き添い、一人での外出も無理な状態だという。誘拐、監禁されてまだ一ヶ月とすこし。当然と言えば当然かも知れない。

「……正直に言う。僕はおまえをどう思っていいのかわからない。おまえは妹の唯を殺した。憎んでも憎みきれない奴や。だが、命を懸けて姪の冬香を助けてくれた。命の恩人や」

「後半は評価する必要はない。たとえ戸籍上の父親でも、父親は父親。当たり前のことをしただけや。だから、前半の唯を殺した、っていう部分だけで評価してくれて結構や」

池のぐるりを歩いて、明神の前まで来た。赤い橋のたもとで足を止める。

俺は圭介を見ていた。うつむいた横顔が唯によく似ていた。膨らんだ耳たぶがそっくりだった。

「唯もそんな耳をしてたな。おまえと唯と冬香。三人ともそっくり同じ耳や」

「僕と唯のことをまだ疑ってるんか？」圭介の頬に血が上った。

「昔、おまえは言うた。一生独身を貫く、てな。あのとき、まだおまえは二十代なかばやった。その若さでわざわざ独身宣言をするなんて普通やない。なにかよほどの経験があるからやないか？」

「いい加減にしてくれ。僕と唯はそんな関係じゃない」

圭介はひどく動揺していた。声には怒りがあったが眼は違っていた。圭介が怒りでごまかそうとしているのは、怯えだ。

「わかってる。おまえが唯に手を出すわけない」

「そうか。わかってくれたか。そんなことはあり得へんからな」

圭介がほっとした顔をした。ポケットからハンカチを取り出し額の汗を拭く。だが、まだ手が震えている。

青ざめた圭介を見ていた。尊敬すべき男だ。泥の底から俺を引っ張り上げ、救ってくれた。俺を人間に戻してくれた恩人だ。だが、そんな男にも人に言えない過去があった。だが、それは本当に過ちなのだろうか。

「でも、唯とは兄妹以上の関係があった、そうやろ？　圭介」

「なにを……」

瞬間、圭介の顔が凍った。ひくひくとこめかみが震えているのがわかる。圭介の顔を確かめながら、言葉を続けた。

「兄妹以上――つまり、おまえと唯は親子や。そして、冬香はおまえの孫になるわけや」

その瞬間、圭介の眼が大きく見開かれた。果てしない絶望の詰まった暗い穴のような眼だった。

「……違う。どこにそんな証拠がある？」

「今さら隠し事をすんな。おまえの口から正直に聞きたい」俺は静かに言った。「そら、冬香がかわいいはずや。なにせ孫やからな。孫をかわいがるお祖父ちゃん。それがおまえやったというわけや」

圭介は俺の言葉を聞くと、大きな息をついた。橋の欄干にもたれたまま動かない。

俺は空を見た。いい天気だ。だが、青すぎる。青すぎる夏空は苦しい。きりきりと頭が痛んで、首筋を汗が流れていく。気を抜くと空にさらわれそうだ。

圭介がもう一度大きな息をついた。そして、顔を上げた。顔にはまるで血の気がないのに、顎からぽたりぽたりと汗が滴っていた。

「……なぜ知った？」すり潰されたような声で訊ねる。

「入院してたとき、病院を抜け出して唯の墓に行った。そのとき、隣の本家の墓で長嶺聡美の名前を見た。長嶺聡美が死んだのは唯が生まれた日やった。ただの偶然かと思たが、おまえの話を思い出した。仲のいい歳上の従姉がいた、と」

「なるほど。そこからの推理か。大昔にちらと話しただけなのにな」

圭介がうめいた。もしかしたら笑ったのかもしれないが、どちらとも区別がつかなかった。

「でも、本当は今でも信じられない。おまえと唯は十二歳違いやな。つまり、おまえは小学生のとき、従姉を妊娠させたのか？」

「そうや。僕は小六の夏、歳上の従姉と……結ばれた」

「小学生でもやるやつはやる。でも、おまえらしくない。そんなタイプに見えない」

「一般的な不純異性交遊とは違うな。でも、僕はませた子供やった」

「話せよ、圭介」

圭介は黙った。汗がひっきりなしに落ちた。すこしの間じっとしていたが、再びハンカチで汗を拭いた。そして、覚悟を決めたように話しはじめた。

「僕は小六で、従姉は中三やった。昔はなにかというと祖父母のいる本家に集まることが多く、僕たちは幼い頃から仲が良かった。本家で会えば、二人でよく本の話をした。一冊の本にお互いの感想を書き込んで、まるで交換日記のようにしたりな。小説の中に書かれている描写に興味を持った。もっとはっきり言うと、三島由紀夫の『憂国』を読んで、二人とも夢中になったわけや。性欲を知性だと言い換えて悦に入る、頭でっかちのガキや。そして、小六の夏休み、文庫本片手に求め合った。僕と従姉はひと夏の間、親の眼を盗んで抱き合った。あれほど満たされてたことはない。あの夏、僕と従姉は二人だけの楽園にいたんや」

圭介はほんのすこし笑っていた。楽園を思い出しているのだろう。この男のたった一度の幸せな記憶だ。

「夏が終わって、従姉とはあまり会えなくなった。携帯なんかなかった時代や。そう簡単に連絡はとれない。僕は手紙を書いた。最初はときどき返事が来たが、やがて途絶えた。僕はふられたのだと思った。従姉は歳上やった。小学生なんて本気で相手をしてたわけやない、と。プライドの高かった僕は、未練があると思われるのがいややった。だから、自分からは連絡しないようにした。そのうちに、僕の母親が亡くなったり、中学生になったりで、いろいろ忙しくなった。従姉のことは苦く美しい初恋として片付けたつもりになった」

「本当は妊娠してたんやな。でも、中学生が妊娠したら普通は堕ろさせるやろ」

「ほとんどお腹が目立たなかったらしい。親が気付いたときは遅かった。相手を訊かれたが、従姉は隠し通した。もちろん、小学生の僕が疑われることもなかった。従姉は母方の田舎の祖父母の家に預けられ、そこで唯を産んだ。だが、その際、突然の脳出血を起こし亡くなった。生まれた赤ん坊は、子供のいなかった叔父夫婦の実子として届けを出した。このことは秘密にされ、表向き、従姉は事故で死んだことにされた。僕も大人になるまで、ずっとそう信じてた」

「従姉が死んだことをどう思ってたんや？」

「ショックやったよ。初恋の女性やったし、子供なりに真剣に惚れてたんや。彼女以上の人がいるわけがない。僕は一生独身を貫く、てな。でも、まさか自分に責任があるとは思ってもみなかった」圭介はわずかに首を振って唇を噛んだ。「唯を実子にした叔父夫婦は、やがて離婚した。血のつながらない子を育てることに、叔父の方が嫌気が差したそうや。一方、僕の母は病気で亡くなっていた。結果、互いの親たちは子連れで再婚することになった」

「じゃあ、唯がおまえの妹になったのは、まったくの偶然なのか？」

「そうや。父は再婚する際、僕に唯の素性について聞かせた。唯はなにも知らないから内緒だぞ、と前置きされてな。僕はそのときになってはじめて、従姉が事故ではなく出産で死んだことを知った。僕は衝撃を受けた。自分に子供がいた。そして、その子供が義理の妹になる――。誰にも言えず、頭がおかしくなりそうやった」

圭介は眼鏡を外し、こめかみを押さえた。そのままじっとしていた。

「唯はなにも知らない。だから、僕は決めた。一生秘密を守っていこう。兄として唯を守っていこう。絶対に幸せにしてやろう。だが、数年後に両親が死んだとき、僕は運命の恐ろしさに愕然とした。兄として生きる決意をしたのに、父親代わりをしなくてはならなくなったんだ。逃げられない、と思った。今度こそ父親としての責任を果たせ、と運命が命令しているのやと思った。それで思い出した。子供の頃に立てた、一生独身の誓い。やっぱりこうなるのが僕の運命やったのか、と」

「唯には話さなかったんやな。なら、最後まで知らないままやったんか？」

「唯を混乱させたくはなかったから、僕は墓まで持って行くつもりやった。なのに、唯は知ってしまった。きっかけは墓に刻まれた命日や。疑問を持った唯は本家まで調べに行った」

「納戸に骨董品があるかもしれん、と言ってたときか？　なにもなかった、と」

「骨董品は口実や。僕の従姉のことを調べるつもりやったんや。自分にそっくりな遺影を見て、唯は従姉が自分の実母だと確信した。それで、唯は大お祖母さんに事情を訊ねた。そのころ、大お祖母さんはかなり認知症が進んでいて、言っていいことと悪いことの区別がつかなかった。そして、訊ねられるまま、唯にぺらぺらと喋った。従姉が十六歳で子を産んだこと。僕と従姉が非常に仲がよかったこと。従姉は父親の名を決して言わなかったこと。まさかありえないと思って口にはしなかったが、本当は僕を疑っていたこと。唯をかわいがったのは、『出生の疑惑を抱えた不憫な子』やったからということ——

——本当のこと教えて。お兄ちゃんやなくてお父さんやったん？

「いきなり唯に訊ねられ、僕は衝撃のあまり、うまく誤魔化すことができなかった。すると、唯は僕に文庫本を突きつけた。本家で見つけた『憂国』やった。中は僕と従姉の書き込みだらけや。しかも、感想と言うよりは交換日記、いや、ほとんど僕からの青臭い愛の告白やった」

——唯。違う。違う、それは……。

——信じられへん。小学生やったんでしょ？　そんな、まさか……。

「唯はほとんどパニックを起こしていた。当たり前や。血のつながりはないが、本物の兄妹のように仲良く助け合って生きてきたつもりだったんだ。なのに、血がつながってた。しかも、兄妹ではなく親子としてや。お兄ちゃんと呼んできた男がお父さんやったわけやからな」

「そんなことがあったなんて、すこしも知らなかった。俺の前では落ち着いてた。なにひとつ変わらないように見えた」

またか。またなにも気付かなかった。俺は唇をかんだ。

「気付かなかったのはおまえのせいやない。悪いのは僕だ。僕が口止めした」

――唯。すまん。隠すつもりはなかった。でも、僕も両親が再婚するまで、なにも知らなかったんや。自分に子供がいたことも、その子が妹になることも……。

「僕は懸命に説明した。唯は必死で僕の話を理解しようとした。気持ち悪い、と言いながらも受け入れようとしたんや」

「……気持ち悪い？」

愕然とした。思わず耳を疑った。まさか、その言葉を今聞くとは思わなかった。胸が苦しい。頭が締め付けられるように痛い。いやな予感がする。恐ろしい真実を知ってしまいそうな予感がする。

「圭介、唯は本当に気持ち悪い、と言うたんか？」

「そうや」圭介がいぶかしげな顔をした。「それがどうした？」

「あの夜、俺は唯に言われた。気持ち悪い、と。それで、俺はおかしくなって……」

「本当か？　じゃあ、気持ち悪いと言われたから、唯を殺したのか？」圭介が信じられない、と言った顔をした。

「そうやない。そうやないが……あのとき、俺も唯も冷静ではなかった。そんな中で、気持ち悪い、という言葉が引き金になった」


二月のある日曜日のことだった。冬香は小学校を楽しみにしている。前の週、圭介から貰ったランドセルを枕元に置いて眠るほどだ。

唯は自宅の片付けを手伝うため桃ヶ池に行っていた。俺は冬香と留守番をしていた。

冬香は庭で縄跳びをしていた。俺はガレージで工具の整理をしていた。時折冬香がのぞきに来たが、近づかないように言った。尖った木切れが散乱しているし、万力もドリルも電動ノコもある。

そのとき、庭で冬香の泣き声が上がった。慌てて飛び出すと、冬香が倒れている。

「冬香、どうした」

俺は駆け寄って抱き起こした。膝から血が流れている。転んだとき、花壇のレンガで膝を怪我したようだ。傷を見た。思ったより深い。

「痛い、痛いー」冬香は声を張り上げ泣いている。

「大丈夫、大丈夫や」俺は冬香の頭を撫でてやった。「すぐにお医者さんに行って、治してもらおう」

冬香を玄関に座らせ、保険証を探した。すると、冬香のものはひとまとめになっていた。母子手帳、健康保険証、かかりつけ医の診察券、予防接種の記録等がバインダー式のケースにきちんと整理されている。ケースを持って休日診療をやっている外科に向かった。

受付で保険証を出し、順番を待った。冬香はすぐに処置室に通された。傷を診た医師は「縫いましょう」と言った。麻酔の注射を打つと冬香はまた泣いた。

「今度、小学校に入学ですね。血液型、調べますか？」

「生まれたときにたしかO型やと」

「新生児の血液型は当てにならないんですよ。後で変わることがあるので」

「そうですか、じゃあお願いします」

外で待つように言われた。廊下のベンチで、俺は母子手帳を見ていた。身長、体重。冬香の成長の記録を見ていると、それだけでじんと胸が熱くなった。

処置が終わって、医師に呼ばれた。そこで特に問題はなかったことを告げられ、ほっとした。そして、血液検査の結果を見せられた。そこには、A型Rh＋とあった。俺はしばらくわけがわからなかった。俺はB型だ。そして、唯はO型だったはずだ。もう一度母子手帳を見返した。母親の欄を見た。吉川唯。血液型はO型Rh＋。

診察室を出てからも、呆然としていた。会計から呼ばれた。俺は立ち上がった。まだわけがわからないままだった。

唯が帰ってきたのは夕方だった。冬香の膝の包帯を見て驚いた。真っ青になる。

「庭で転んだだけや。三針縫った。心配はいらないそうや」

「そう。よかった、たいしたことなくて。どこの病院?」

「榊原(さかきばら)外科。一番近いやろ」

「縫っただけ? 先生、他には?」

「いや、別に」

「……そう」

声が震えているような気がした。気のせいか。なにもかも俺の考えすぎか? それとも——。

「おかあさん、御飯、御飯」冬香が唯にしがみつきながら言う。

「あんまり動いたらあかんよ」唯が振り向いた。「御飯、炊いといてくれた?」

「あ、いや、忘れた」

「病院行ってたもんね。じゃ、今日は外で……あ、冬香が怪我してるから歩かなくていいように、ピザでも取ろうか?」

「やったー」冬香が万歳をした。

ピザにはキッズキャンペーンということで、キャラクターのオモチャが一つ付いていた。

「ねえねえ」冬香が話し出す。「幼稚園の玲奈(れな)ちゃんね、オモチャが一個やったらね、どっちがもらうかで弟とケンカするんやって。ねえ、あたしも弟ができたらケンカすると思う?」

「さあ、どうやろうね」

「あたしがケンカしたら、お母さんは怒る?」

「そうやね」

唯はどことなく気のない返事をしている。思い過ごしだ、と、俺は自分に言い聞かせた。

不安を振り払うためにわざと明るく言った。

「なあ、二人目は男の子やったらいいな」

唯に笑いかけようとして、驚いた。唯の顔が強張っていた。

「なんや? どうした?」

「朝からちょっと胃の調子が悪くて」

「そうなんか。それやったら、無理して食べないほうがいいんやないか?」

「大丈夫」唯はいつも通りに笑った。「やっぱり二人目は男の子がいいね。でも、もうすこし間を空けてから」

「そうか? でも、冬香はもう小学校やし、そろそろいいんやないか?」

「そう? でも、もうちょっと」

二人目は欲しくないのだろうか。俺との子供は欲しくないのだろうか。

その夜のピザはなにも味がわからなかった。

みなが寝静まってから、ネットで検索した。B型とO型からはA型はまず生まれない。特殊なケースもあるが、確率は低い、と。もしかしたら、唯が血液型を勘違いしているのかもしれない。それだけに違いない。でも――。

DNA鑑定を依頼したのは、つまらないことで心配したくなかったからだ。ほんのわずかでも唯を疑いたくなかったからだ。だから、血液型の再検査ではなくDNAを調べた。これで完全に証明できる。もう心配もなくなる。

何度も何度も自分に言い聞かせた。唯が俺を裏切るなどありえない。絶対にありえない、と。


三月十日、冬香が寝たあと、俺は唯をガレージに誘った。

「冬香の机ができた。見てほしい」

でき上がった机を見て、唯は眼を丸くした。つや消しのペンキを使い、質感のある白に仕上げた。天板は無垢(むく)の一枚板だ。脚や抽斗やらに控えめな飾り彫りをしてある。抽斗の環(かん)は真鍮(しんちゅう)でアンティーク風の細いものだ。机の片側にはフックがある。カバンやランドセルを掛けられるようにだ。

「すごい、こんなにきれいにできるなんて」

「俺にしては上品な仕上がりやろ？」

「うん。いい感じ。手作りには見えない。輸入物のアンティークみたい」唯は一歩下がって全体を眺めた。

「それほどやない。近くで見たらいろいろ粗があある。冬香の注文が、お姫さまみたいな机、やったから苦労した」

「注文どおりにできてるよ。冬香、絶対に喜ぶと思う」

唯はにこにこと笑いながら白い机を見ていた。どこから見ても、幸せそうな母親だった。

「それで、冬香は誰の子なんや？」

「え？」飾り板を見ていた唯が顔を上げた。

「冬香の父親はだれなんや？」

俺は落ち着いていた。自分でも不思議なほどだった。唯は呆然と俺を見ている。薄く開いたままの唇は震えているが、黙ったきりだ。血の気が引いて、薄紙のようになっていた。

「……森二、それは……」唯がかすれた声を絞り出した。

「答えろ。冬香はだれの子や」俺は怒鳴った。

これまで、唯に向かってこんな口のきき方をしたことはない。言ってから、ぞっとした。本性が出たのか。俺はやはりクズなのか。唯や圭介とは住む世界が違う、最低の人間なのか。

「森二、そんな声出したら……」

我慢ができなくなった。唯の両腕をつかんだ。

「病院で取り違えられたのか、と思た。でも、小さな産院やった。同時期に生まれたのは、みな男や。間違えるはずがない」

「……ごめんなさい」唯の頰を涙が伝った。

涙など見たくはなかった。否定してほしかった。笑い飛ばしてほしかった。怒ってほしかった。あたしを疑うなんて、と責めてほしかった。

冬の朝、沈丁花が咲いていた。三つ。俺と唯と赤ん坊。白い息を吐きながら花を見た。ばかばかしいほど美しかった。

冷たく冷えきった朝だった。寒さに震えていたが辛くはなかった。凍えながらも満ち足りることができる。こんな日が来るなど想像もしなかった――。

夜の冷気がガレージに満ちている。コンクリートの床が氷でできているような気がした。俺は身震いをした。だまされた、と思った。だまされた俺が阿呆だ。満ち足りて凍えるなど不可能だ。寒さは死だ。それだけだ。

「じゃあ、あれは誰の子や。相手は誰や。正直に言ってくれ」

事実を知ったときに離婚という言葉が浮かんだ。だが、冬香と離れることなど考えられなかった。六年間育ててきた大切な娘だ。たとえ血がつながってなくてもかわいい。別れるなど考えられない。

「たとえ俺の子やなくても、冬香はかわいい。離婚はしたくない。でも、おまえに嘘をつかれたままではやっていけない。だから、なにもかも話してくれ」

だが、唯は唇を強く噛みしめたままだ。

「誰なんや？　冬香は誰の子や」

やはり唯は答えない。俺は腕に力を入れた。激しく唯を揺さぶる。唯は歯を食いしばったまま、がくがくと揺れた。

「なぜ言われへんのや？　まさか、俺の知っているやつか？」

血のつながらない兄妹だと言っていた。ずっと二人暮らしをしていた。うらやむほどに仲がよかった。圭介はいい歳をして独身のままだ。小学生の頃の初恋の相手が忘れられない、と嘘くさいごまかしをした。

三人はそっくりだ。同じ耳をしている。俺一人が似ていない。

「おまえ、圭介と……？」

一瞬で、唯の顔色が変わった。びくんと身体が震えた。顔が強張り、大きく眼が見開かれた。唯は言葉にならない悲鳴を上げ、後退った。

間違いない。冬香は圭介の子だ。最初から裏切られていたのか？　二人して俺をだましていたのか？

「違う。そうやないの……」

「じゃあ、だれや？　冬香の本当の父親はだれなんや？」

まさか、まさか、と思った。俺は圭介に裏切られていたのか。

「……違う」

「なにが違うんや？」

「森二、放して」

逃げようとする唯ともみ合いになった。

「唯、おまえ、やっぱり圭介と……」

どうしてもその先は言えなかった。唯は俺の腕を振り払うと、叫んだ。

「やめて。……気持ち悪い」

気持ち悪い。

俺は耳を疑った。一瞬、なにを言われたかわからなかった。まさか唯にこんなことを言われるとは思ってもみなかった。

唯が懸命になにか言おうとしていた。俺はかっとした。そして、思った。唯は俺のことを気持ち悪いと思っている。だから、圭介と寝た。そして、圭介の子を産んだ——。

怒りで眼の前が暗くなった。身体が冷たいのか熱いのかわからない。本当になにもかもわからなくなった。

そのとき、入口で物音がした。

「お母さん？」

俺も唯も振り返った。すると、ドアの陰に冬香が立っていた。パジャマのままだ。眼をこすりながら、こちらを見ている。まさか、今の話を聞かれたのか？　聞かれたのならどうすればいい？　どうやってごまかせばいい？

そのとき、唯が冬香に向かって手を伸ばした。

俺は反射的に思った。冬香を取られる。俺から冬香を奪う気だ。俺は唯の腕をつかんで乱暴に引き戻した。唯が悲鳴を上げた。慌てて俺は手を放した。唯はバランスを失って倒れ込んだ。

いやな音がした。低く、鈍い音だ。これまで聞いたなかで一番不快で、腹の底が絞られるような恐ろしい音だ。

唯は起き上がってこなかった。身体はうつぶせだったが、顔は横向きだった。眼は開いていた。顔のすぐ横に血のついた万力があった。

なぜだ、と思った。こんなことになるなら、なぜ、あのとき俺を呼んだ？　なぜ、茅の輪の向こうから手を伸ばし俺を呼んだ？　なぜだ、と——。

瞬間、つながった。空とではなく夜とつながった。

闇の螺旋に吸い上げられる。底無しの絶望が流れ込んでくる。

白が見えた。

凄まじい恐怖が襲ってきた。頭が押し潰される。俺は気を失った。

冬香の泣き声で我に返ったときには、空はもう白みかけていた。

圭介は欄干にもたれたまま、なにも言わず俺の話を聞いていた。

強い陽射しの下、真っ青な顔からはぽたぽた汗が滴り落ちていた。ハンカチで拭くことすら忘れているようだった。俺は明神の祠を見上げた。巨大なご神木が空を覆っていた。

「あの夜、俺はそうやって、唯を殺した。あのとき、唯が冬香に手を伸ばしたのは、俺から奪うためやない。気持ち悪いと言われ、かっとなって、怒りに我を忘れた俺から冬香を守るためや」

ばかばかしいほどの勘違い。愚かな思い込みだった。

「森二、おまえ……」

あの夜のことを語るのははじめてだった。警察の聴取でも裁判でも、俺は黙秘を通した。

気持ち悪い。

同じ言葉を以前、父から言われた。生駒の山で凍えさせられ、父に予想を強要され、それでも奇跡を起こそうと、空とつながろうと、息も絶え絶えに住之江で苦しんでいたとき、父が言った。気持ち悪い奴や、と。

唯が偶然口にした言葉は、瞬時に俺を切り裂いた。俺にとってはあまりにも辛い言葉だった。だから、だれにも語れなかった。たとえ、常軌を逸した過酷な取り調べが続こうと、裁判で不利になろうと、それでも口にすることができなかった。

「違う、森二」圭介が声を詰まらせた。

「なにが？」

「気持ち悪いと言われたのは僕や」

俺は驚いて圭介を見た。すると、真っ青な顔で震えていた。

──お兄ちゃんのこと、どう思っていいんかわからへん。なにも知らんかったんやし、悪気があったわけやない。でも……でも、やっぱり気持ち悪い。

圭介が喉を鳴らした。笑ったのか、嗚咽を堪えたのかよくわからなかった。

「なあ、想像できるか？　自分の父親がランドセル背負った小学生やったんや。小説読んで大人の真似事して、自分たちは他人と違うと思ってる身の程知らずの阿呆やったんや。生理的に受け入れられないのは当たり前や」

「……気持ち悪い、か」俺は繰り返した。

生理的に受け入れられない。父と同じだ。父は俺を拝み、すがりながら、化物でも見るような眼をした。奇跡のもたらす金には感謝したが、空とつながる俺を忌避した。

「僕が父親だと知ってから、唯はずっと苦しんでた。本当にボロボロになった。おまえの前では明るくふるまい、冬香をかわいがった。でも、ずっとカウンセリングに通って薬を飲み続けてた。桃ヶ池の家に冬香を預け、医者に通ってたんだ」

「なんで話してくれへんかった？　おまえと唯が親子だと知っていたら……あんな糞みたいな勘違いはせえへんかった」

「僕が止めた」圭介が首を横に振った。「僕はおまえに軽蔑されたくなかった。小学生のくせに子供をつくって知らぬ顔をした、馬鹿で無責任な人間だと思われたくなかった。おまえに慕われたままでいたかった。いや、もっとはっきり言う。僕はおまえに尊敬されたままでいたかった。だから、唯に言った。これは二人だけの秘密にしよう、と。唯は同意した」

圭介を責めることはできない。俺にとって圭介はたった一人の友人であり師であり、兄代わり、親代わりでもあった。十七のとき圭介に拾ってもらってから、なんら疑うことなく依存してきた。圭介の傲慢は俺が作った。

「すまん、森二」

「違う。俺が甘えたからや。俺がおまえと唯に……どっぷり甘えてたからや」

息が詰まった。

本当のことを知れば楽になれると、前に進めると、そんな都合のいいことを考えていた。真実を知りたい、というのはつまりはただの欲だ。快楽を求めるあさましい心だ。かさぶたを掻きむしりたい、という欲求に負けることとなんら変わりない。

「唯が二人目を望まなかったのは、心療内科に通って薬を飲んでいたからや。すこしずつ薬の量を減らしてはいたが、まだ完全ではなかったからや」

　圭介がこめかみを押さえた。眉間の皺が深くなった。唯がボロボロになったのは、俺をだましているという罪悪感もあったのではないか。自分の出生の秘密、冬香の出生の秘密。二つの秘密を抱え、苦しんだ。それがあの夜、つい、こぼれてしまったのか。

「僕が冬香にランドセルを買ってやった日のこと、憶えてるか？」

「ああ、憶えてる。おまえは唯と冬香を見て、なんとも言えない顔をした。嬉しいのか苦しいのかよくわからん表情やった」

「たしかに、あのとき感じたものを口にするのは難しい。……唯はこう言うたんや」

　――だって、オバサンになったときの見本がいるんやから。彼氏が幻滅するやん。

「その言葉を聞いて、僕は唯の母親、死んだ従姉のことを考えていた。生きてたら立派なオバサンや。でも、きっときれいなオバサンになったやろう。でも、従姉は自分の産んだ子供を見ることもできずに死んだ。その子供が大きくなって、結婚して、子供を産んでるんや。時の流れは不思議で残酷や。そして、僕はずっとそれを眺めてる。たった一人でただ眺めてるだけや。これからも、ずっとずっと一人で」

「圭介、おまえ……」

　今、はじめて圭介の圧倒的な孤独を知った。歳上の本好きの従姉。たぶん、彼女だけがこの男の本当の理解者だった。そんな女性はもう二度と現れないことを、圭介は知っている。

俺にとっての唯がそうであったように。

「従姉を失い、唯を失い、僕はおかしくなっていた。冬香まで失ったら、冬香に嫌われたら、と怖くなってつい甘やかしてしまった」

圭介は顔を伏せ、しばらくじっとしていた。わずかに肩が震えていた。

「……泣き言はみっともないな。話を戻そう」

ひとつため息をついて、圭介が顔を上げた。そして、落ち着いた声で話しはじめた。

「おまえが唯を手に掛けた事情はわかった。だったら、余計に疑問が残る。唯はなぜおまえを裏切るようなことをした？　おまえに原因がないのなら、唯がそんなことをするなんて信じられない」

圭介はじっと俺を見ていた。俺は逡巡した。圭介に白狐のことを話すつもりはなかった。冬香の父親の秘密は一生隠し通すつもりだった。だが、それでは余計に唯の名誉を傷つけることになるのか。

「本当に知らないのか？　まだ隠し事があるんやないか？」

俺は自分が光一に言ったことを思い出した。身を守るためにも最低限の情報が欲しい。知らんうちに関わってしまうほうが怖い、と。ならば、圭介とも情報を共有するべきではないか。冬香は白狐の実の娘だ。将来、どんなトラブルが起こるかもしれない。

「わかった。話す」俺は覚悟を決めた。「冬香の父親はあの宗教団体の本部長や。俺が奇跡を起こしたせいや」

「あいつが……？　そんな……」圭介が愕然として俺を見た。「あいつが冬香の父親なのか？」

「すまん、圭介。俺のせいや」

圭介がうつむいて、顔を覆った。押し殺した嗚咽が聞こえた。

圭介は肩を震わせ泣き続けた。父親として、どれほど辛いだろう。どれほど苦しいだろう。
恋人を失い、娘を卑劣に傷つけられ、殺された男。俺が想像する以上に圭介の世界は地獄だ。

「すまん、圭介」

圭介は顔を覆ったまま、絞り出すような声で言った。

「森二。おまえのせいやない。でも……おまえが本当の父親だったらよかった……」

本当の父親か。あの冬の朝、自分が本当の父親かどうかなど考えもしなかった。

凍てつく朝だった。

唯の胸にしがみつく赤ん坊を見た途端、突然、遠い昔の寒い朝を思い出した。十三峠で凍
えていたこと。白々と明ける空を見ながら、死ぬのだと思ったこと。父に水を浴びせられ、
殴られ、そして、拝まれ、土下座されたこと。

そして、わざと予想を外し、父を死に追いやったこと。

俺は泣きながら唯の手を握った。そして、すべてを語った。唯ははじめ驚いた顔をしたが、

黙って聞いてくれた。俺は唯の腕にしがみつき、赤ん坊のように泣いた。泣きながら、震えながら、凍えながら、赤ん坊を産んだばかりで疲れ切っている唯にすがった。

唯は黙って俺の話を聞いてくれた。そして、聞き終わると冬香を抱かせてくれた。赤ん坊は小さかった。抱くのが怖かった。自分に抱く資格があるのかわからなかった。


——森二は悪くない。大丈夫。森二はちゃんとやり直せた。安心して。


唯は笑って言った。

だが、唯が本当のことを言えるはずはなかった。俺が一方的に苦しみを押しつけたからだ。俺は自分だけが楽になろうとして、一方的に甘えた。最低の男だった。

唯は俺を救ってくれた。懸命に俺を救ってくれた。だから、俺は立ち直った。だが、与えられることに満足し、唯の苦しみに気付かなかった。苦しかったのは俺だけではない。傷ついていたのは俺だけじゃない。そんな当たり前のことに気付かなかった。

唯は俺が己の能力を憎み、自責の念を抱えていることを知っていた。だから、俺の能力目当てに近づいた白狐に傷つけられても黙って堪えた。

汗が眼に入った。俺は顔を上げた。蓮池の向こうに遠く高層ビルが見える。そのまま動かずにいると、強い陽射しに全身がじりじりと焼かれた。火刑か、と思った。

そのとき、すうっと身体が冷えた。

七月の陽射しに焼かれているはずなのに、まるで熱を感じなくなった。氷のような風が身体の中を通り過ぎ、きいんと骨が軋んで引き締まった。氷の塊を腹に抱いたようだ。

瞬間、理解した。


唯はもう還らない。俺が殺したからだ。


もう唯が笑うことはない。大真面目に怒ることも、眉を寄せることも、冬香を抱いて微笑むことも、俺の作ったベンチを褒めてくれることもない。二度とハンコを押してくれることもない。俺が殺したからだ。

俺は一人だ。もう、死ぬまで一人だ。たとえ光一がいようと、圭介がいようと、冬香が、沙羅がいようと、俺は一人だ。唯がいないからだ。俺が殺したからだ。

蓮の生い茂った池を見た。赤い鳥居を見た。空に突き立つご神木を見た。身体は凍えたままだった。

唯は蓮を見ない。鳥居を見ない、ご神木を見ない。俺が殺したからだ。

俺にハンコを押してくれた女。俺にとってこの世でたった一人の女を、俺は殺してしまった。

俺がどれだけの罰を受けても唯は生き返らない。たとえ、俺が命を差し出しても唯は還らない。唯はなんの罪もないまま、娘の成長を見ることもなく消えた。俺が殺したからだ。

ふいに空とつながった。

青く、冷たく、澄んだ空が流れ込んでくる。風ひとつ吹かない空が浸みていく。

現実は静かだ。ごく静かに、しかし容赦なく俺を満たす。唯のいない世界——これが俺の世界だ。絶対に完成しない世界。本当に大切なものが欠け落ちた無残な世界。もっとも美しくて善いものが失われてしまった世界。

だが、そんな世界にしたのは俺だ。

取り返しがつかない。

俺の世界は唯のいない、不完全な世界だ。


ゆっくりと熱が戻ってきた。

氷の塊はまだ身体の中に居座っていたが、それでも手足にはすこしずつ温かみが差してきた。七月の陽射しを感じる。汗が額を伝って流れ落ちた。

これが俺の生きていく世界だ、と思った。腹に決して溶けない氷を抱えたまま、灼かれて生きる。

忘れることもなく、忘れ去られることもない。

俺はなにひとつ忘れない。桃を剝く唯。ハンコを押す唯。茅の輪の向こうから手を伸ばす唯。なにひとつ忘れない。

そして、あの夜、俺が殺した唯。血を流し、冷たくなった唯を忘れない。俺は俺のしたことを決して忘れない。忘却という赦しは存在しない。すべてを抱えたまま、生きる。

圭介が顔を上げた。ポケットから折りたたまれたハンカチを取り出し、涙を拭く。まだ苦悶に歪んでいたが、それでも厳しく清冽だった。

ふたたび、歩き出した。明神を通り過ぎ、蓮池のほとりを歩く。

「僕はおまえの兄貴に謝らなあかん。おまえと唯が結婚する際、縁を切るように言った。なのに、今回の件で世話になった。おまえが入院している間、何度も礼を言うたが相手にしてくれへんかった」

「光一はそういうの苦手なんや」すこし迷って言葉を継ぐ。「……昔からな」

蓮池を通り抜け公園の端まで来た。俺は空を見上げた。すると眼の端に、桃のかたちをした街灯が見えた。

青い空に桃が映えた。昼間は涼しく見えるが、暗くなれば温かく灯るだろう。

「唯は桃やった。桜のハンコを押してくれる桃やった」

俺がつぶやくと、圭介がすこし笑った。

終　章

八月一日は朝からきれいに晴れた。

早くに眼が覚めたので、朝から部屋の掃除をした。布団を干し洗濯をする。夜勤帰りの沙羅はまだ寝ているだろうから、音を立てないように気をつけた。

九時を過ぎた頃、来客があった。こんな早くにだれだ、とドアを開けると光一だった。今日はラフな格好だ。紺のシャツに麻のジャケット、ジーンズ。服装だけ見れば休日のサラリーマンだ。

「早いな」

光一は返事をせずに、俺の胸元に小さな紙袋を放った。開けて見ると、すっかり錆びて変色したペンダントが入っている。

「……ルハンのマリア」俺は息を呑んだ。

「それ以上は持って帰られへん。それで我慢しろ」

「光一、これはどこにあったんや？」

「なにも訊くな。俺も知らん。ただ、ここ三年、土の中にあった、ということや」

沙羅の父親はやはり埋められていた、ということか。予想していたこととはいえ、沙羅のことを思うとやはり気が滅入った。

「これだけか？　沙羅の父親は？」

「向こうはわざわざ場所を調べて、これを持ち帰ってくれたんや。それだけでも大変やったのに、これ以上無理言えるか」

「わかった。すまん」沙羅は納得しないだろうが、仕方ない。

「じゃあな」光一はもう背中を向けていた。

「待てよ」光一を呼び止め、表のドアを押さえた。「今日はレースないんか？」

「休みや」

「やったら、光一。ドライブ行かへんか？」

「ドライブ？　どこへ？」

「生駒。十三峠」

「花火見たいんか？」

「花火？」

「今日はＰＬの花火やろ。行きたかったら一人で行け」

「いや、花火は関係ない。俺、車ないんや。頼む、連れてってくれや」思い切り図々しく言う。

光一はうっとうしそうに俺の顔を見返した。しばらく黙っていたが、それから鼻で笑った。

「峠走る車と違うんやけどな」

黒のベンツは顔が映るくらいに輝いている。俺が助手席に座ると静かに走り出した。

平野の住宅地を抜け、東へ向かう。久宝寺（きゅうほうじ）緑地の南を通り、八尾へと入った。途中、信号も多く、車も多い。のろのろとしか進まない。

光一は無言だった。俺も無言だった。外環状線を越えると、途端に山が近くなった。見落としそうな小さな交差点を曲がると、すぐに道路は上りになった。

俺は窓の外を眺めていた。子供の頃にも通った。つい二月（ふたつき）前も通った。だが、周囲の様子を見るのははじめてだ。真っ暗か、もしくはほとんど意識がなかった。

ベンツは細い十三街道を上っていく。山の中へと進んでいくと、木々の濃い緑が鮮やかだ。コーナーをひとつ抜けるごとに、大阪の街が低くなる。

光一は決して乱暴な運転はしなかった。ヘアピンカーブでもほとんど身体が揺れない。大きな車体で、荒れたツギハギ路面をなめらかに走っていく。父や加藤持田とは全然違う、と思った。ノミ屋の乗る黒ベンツは恐ろしく上品に狭い峠道を上っていった。

ロードバイクを漕いでいる人を見た。ぴったりしたウェアに身を包み、走って上っている人もいた。俺は眼を丸くして窓の外を見ていた。昼間の十三街道は俺の知っているものとはまるで別だった。

やがて、水呑地蔵を過ぎて、十三峠展望広場に着いた。

平日の真っ昼間だというのに、車が五台ほど駐まっていた。みな、暑さに顔をしかめながらも、大阪の街を見下ろしくつろいでいた。ロードバイクも数台駐まっていた。サイクルウエアに身を包んだ男たちが、ボトル片手に談笑していた。

俺はしばらく無言で立ち尽くしていた。大阪の街が見えた。敷き詰められたように建物が並び、あちこちに高層ビルが突き出している。大阪の街は明るく開け、海まで広々と続いていた。

これまでは夜の峠しか知らなかった。眼前に広がる夜景はあんなに美しいのに、自分は惨めで薄汚ない、と絶望するだけだった。夜が更けるにつれ、すこしずつ灯りが消えていく。命の灯が消えていくように感じた。ぽつりぽつりと人が死んで行く、と。

なのに、昼間の十三峠はこんなにも明るい。俺は十三峠のなにを知っていたのだろう。こんなにも晴れ晴れと、こんなにも穏やかだ。ここで凍えていた俺は一体何だ？　死にかけていた俺は一体なんだ？

「話はなんや？」振り返ると、光一が手持ち無沙汰な顔で立っていた。

「……え、ああ」

光あふれる景色に圧倒された。俺は気を取り直して口を開いた。

「あのとき、生き神さま、と言うてたな。白狐はどうなったんや？」

「要するに即身仏や。たとえば、弘法大師はまだ生きてる、て知ってるか？」光一は眉を寄せ、いかにもうっとうしそうな顔をした。「高野山（こうやさん）の奥の院。そこでは、お大師さまはまだちゃんと生きてて、もう何百年も毎日御飯運んどる。同じことを白狐にした。お堂に閉じ込めて一ヶ月半。御飯はお堂の外に供えるだけ。拝む価値があるかどうかは知らんが、そろそろ仏にはなったやろな」

俺も冬香も二度と狙われることはない。だが、晴れやかな気持ちにはなれなかった。あの男は暗いお堂の中で最期になにを思ったのだろう。

「でも、あの息子、あそこまで劣等感こじらせてるとは思わんかった。教祖さまの息子でありながら、オーラもカリスマ性も人徳もまるでない。周囲からはバカにされてたらしい。だから、奇跡の持ち主と一目置（いちもく）かれてるおまえが憎かったんやろ」

兄の言葉を聞きながら、明るい街を見下ろした。子供の頃は、悔しくて妬ましくてたまらなかった。夜の峠から見下ろす街には無数の灯りが灯っていた。その灯りの下で、温かい布団にくるまれ眠っている子供がいるかと思うと、なにもかもを呪いたくなった。

あの白狐も同じだ。きっと、あの男も他の子供を呪っていたのだろう。そして、お堂の暗闇の奥で誰かを呪いながら死んでいった。

「まあ、俺かて子供の頃は奇跡の使い手になって、親父に褒められたいと思てたからな」

た。

光一が軽く言う。だから、俺も軽く答える。

「やめとけ。ろくなもんやない」

俺の返事を訊くと、光一が苦笑した。そのまま、すこしの間黙っていたが、ぼそりと言った。

「森二。奇跡ってどんな感じや？」

すこし迷った。口にするだけで、またつながってしまうような気がする。言い淀んでいると、光一が珍しくうかがうような口調で言った。

「……そんなに辛いんか？」

高圧的で冷笑家の男の声とは思えない。思わず光一を見ると、その眼になにか怯えたような色があった。

今さら、気付く。「奇跡」に翻弄されてきたのは俺だけではない。無論、光一もだ。

「辛いというより……怖い。空が怖い」

「空が怖い？」

「空とつながる感じや。自分と空との間に通路ができる。青い螺旋の通路や。その螺旋を吸い上げられるような感じもするし、螺旋を伝って空が流れ込んでくるような感じもする。気持ちがよくて……でも、怖い。これ以上、うまく口で言えん」

「螺旋か」

光一はそれきり黙った。またしばらく大阪平野を眺める。

「なあ、なんで生駒なんや？　親父はなんでおまえをここに連れてきたんや？」

「俺が一回目の奇跡を起こしたあと、親父はボートにのめり込んで、家がメチャクチャになったやろ？　あのとき、親父はギャンブル依存症が怖くて抜け出す努力はしたらしいが、無理やったんや」

「意志の弱い男やったからな」

「で、追い詰められた親父は……無理心中を考えた。俺を殺して一緒に死ぬ、ってな」

光一が驚いて俺の顔を見た。俺は話を続けた。

「で、親父は死に場所を探して車を走らせた。子供の頃、家族で生駒遊園に来たことがある。俺はずいぶん喜んだ。それを思い出した親父は生駒に向かった」

——森二。頼む。俺はもうあかん。一緒に死んでくれ。

——いやや。そんなん……。

——頼む。止めようと思ても止められへん。苦しいんや。もう生きてるのが辛いんや。

「それでどうなった？」光一が真っ青な顔で訊ねた。

「スカイラインの料金所が見えた。殺されたくない俺は親父に言った。——俺が絶対に当てるから、頑張って当てるから。そやから殺さんといてくれ、てな」

——俺、しんどかったり、調子が悪いときのほうが当たるみたいや。ほら、この前、熱があったやろ。あんとき、数字が勝手に浮かんだんや……。

「自己責任ってやつか。俺が自分で言うたんや。殺されたくない一心でな。それがすべての原因や。親父が死んだんも、おふくろが死んだんも、唯が死んだんも……なにもかも、そのときの俺の言葉が原因や」

「阿呆」

光一が怒鳴った。驚いて光一を見た。光一が他人を恫喝(どうかつ)する姿は何度も見たが、こんなふうに感情を剝き出しにしたことはない。

「そんなつまらんことは二度と言うな」

光一は俺をにらみつけた。俺は啞然として光一を見ていた。すると、光一は慌てて眼を逸らし、煙草に火をつけた。だが、一口吸って投げ捨てた。それきりなにも言わない。

光一の顔を見た。つまらなそうだった。住之江の南デッキで柵にもたれていたときの顔と同じだ。当たり前に寂しそうに見えた。

しばらくの間、俺たち兄弟は黙って大阪の街を見下ろしていた。

「光一はなんでノミ屋なんかやってる？　他のシノギのほうが、ヤクザの世界で成功して出世できるやろ？」

しばらく考えて、光一は静かに答えた。

「ねじ伏せたいと思ってるからやろうな」

「ねじ伏せたい？　なにを？」

「運を」

「運？」

「あんな家に生まれたこと。あんな家で育ったこと。あんな親父の息子だったこと。みんなただの運や。運なんてクソや。やから、ねじ伏せたい。ギャンブルという運の塊を叩き潰してやりたい」

　俺はなにも言えなかった。だから、黙って、もう一度光一の顔を見た。光一は苛々と眉を寄せ、口をへの字に結んでいた。顔に書いてある。――つまらないことを言いすぎた、と。

俺はすこし可笑(おか)しくなった。

「圭介が光一に謝りたいそうや。で、きちんと礼を言いたい、と」

「いらん。別にあいつを助けたんやない。勝手しくさった加藤と持田をシメただけや」

「でも、おかげで俺も助かった」

　光一は鼻で笑って顔を背けた。よほど居心地が悪いようだ。

　広場に新しい車が入ってきた。初心者マークを貼ったアコードハイブリッド。降りてきたのは垢抜けない若い男女だ。免許を取り立ての大学生が新車でデートといったところか。早速、スマホをかざして写真撮影だ。

「……楽しそうやな」光一がぼそりとつぶやいた。

「そういや、光一は彼女おらんのか?」

「さあな」うっとうしげに答える。

光一は四十二歳。彼女の一人や二人、いや、子供の一人や二人いてもおかしくないが、俺はまるで知らない。これまで光一が気に入った女といえば、俺が知っている限りではミナミでホステスをしていた美人女子大生だけだ。そう、タンゴのショーを観たときに、光一の隣にいた女だ。

タンゴ。バンドネオン。オブリヴィオン。

はっとした。音楽好きでもないくせに、光一は「バンドネオン」という楽器名を知っていた。それだけではない。ごく自然に「オブリヴィオン」という曲名を口にした。

もしかしたら、光一にとっても、あの夜に観たタンゴのショーは印象深かったのではないか? 俺は隣についた「つわり」の女のことで。そして、光一は隣にいたお気に入りの女子大生のことで。

あけぼの荘で暮らしはじめて間もない頃、俺が沙羅と知り合った日だ。夕方遅く、沙羅は公園のベンチでバンドネオンを弾いていた。俺は思わず「オブリヴィオン」に聞き惚れた。

たぶん、あの演奏を聴いていたのは俺だけではなかった。光一もだ。光一は俺を誘うためにやってきた。そして、公園で俺たちを見かけた。だが、結局、俺には声を掛けず、帰っていった。なぜか? あの夜の旋律に心を乱されたからだ。

光一の横顔を見た。相変わらずつまらなそうだが、ほんのすこし寂しそうに見えた。

「話てそれだけか？」光一が苛々と言った。

「今はな」

今はない。でも、明日になれば、来月になれば、来年になれば、なにか話したくなるかもしれない。

「そうか」光一はあっさりと答えた。「じゃ、帰るぞ」

取りつく島もない。光一はさっさと車に乗り込んだ。俺も続いて乗り込んだ。そして、無言で峠を下った。

あけぼの荘に着いて、車を降りた。光一は運転席に座ったままで、降りるつもりはないらしい。仕方ないので、車の前を回って運転席の窓ガラスを軽く叩いた。電動窓が静かに下りる。光一が俺をうっとうしそうな顔で見上げた。

「兄ちゃん、ありがとう」

光一は一瞬驚いてから、鼻で笑った。すぐに窓ガラスが上がって、光一が見えなくなる。ベンツは珍しく派手にアクセルを吹かせると、急発進して行ってしまった。

時計を見た。ちょうど昼だ。もう沙羅は起きているだろう。ペンダントを持って、沙羅の部屋の前に立った。

どんな風に声を掛ければいいのだろう。どれだけ沙羅が悲しむかと思うと、気が重くなった。たった一人で父を待ち続けた結果が、こんな錆びたペンダントだ。しかも、なにもわからないままだ。かえってもどかしい思いをさせるだけかもしれない。

だが、このままにしておくことはできない。先送りするより、さっさと渡したほうがいい。一つのケリにはなるだろう。

すこしためらってから、呼び鈴を押した。

「吉川さん、帰ってきはったん」沙羅が嬉しそうな顔で笑った。髪を切ったせいで幼く見える。夏休みに遊びすぎた男の子のようだ。「よかった。さっき行ったら留守で、どうしようかと思っててん」

「俺になんか用か？」

「吉川さんこそなに？」

「入っていいか？　別に俺の部屋でもいいが」もしかすると取り乱すかも知れない。廊下で騒ぎになるのはいやだろう。

「いいよ、入って。まだ片付いてないけど」

部屋に入ってドアを閉めた。掃除の最中だったらしい。窓は開け放してあり、テーブルが部屋の隅に寄せられている。

光一から受け取ったペンダントを無言で差し出した。

「これ……まさか。吉川さん、これ、どうしたん？」沙羅が顔色を変えた。じっとペンダントを見ている。

「間違いないか？」

「うん、間違いない。お父さんのや。お母さんがアルゼンチンから送ってくれた。あたしのぶんもお父さんのぶんも。これ、お父さんからことづかったん？　お父さんは生きてるん？今、どこにいてるん？」

沙羅が眼を輝かせた。俺は黙って首を振った。

「えっ？　それじゃ、やっぱり」沙羅の顔がみるみる強張った。

沙羅がまたペンダントに眼を落とした。じっと見ている。ペンダントを持つ手が震えはじめた。

「じゃあ、これはどうやって？」

「ちょっとしたツテで捜してもらった。俺も詳しいことは知らん」

「その人に会わして」沙羅が俺の腕を握った。「お願い。詳しいことを教えてもらうから」

「それは無理や」

「なんで？」

「なにも訊かんことを条件に捜してもらった。それ以上は勘弁してくれ」

「でも、せめてお祈りだけでも……」沙羅が食い下がった。

「諦めろ。これ以上はしてやれん」

沙羅がペンダントを胸に押し当て、泣き出した。子供じみた髪型のせいで、小学生が泣いているように見えた。

「……わかってたてん。ほんまは最初からわかってたてん」沙羅の眼からぽろぽろと涙が落ちた。

「お父さんはとっくに死んでる、って。でも、待とうと思って待ってたてん」

俺は黙って沙羅を見ていた。泣く子供を見て胸が締め付けられた。

「お父さんが帰ってけえへんのやったら、こんなとこにいても意味がないやん。一人で日本にいる意味なんかないやん」

沙羅は顔を覆った。そのまま畳にぺたりと腰を下ろし、しゃくり上げる。肩を、背中を、むき出しになったうなじを震わせながら、泣き続けた。

俺が青ペンキまみれで捨てられていた犬なら、沙羅はイタズラで毛を刈られて捨てられた犬だ。本当はだれかが拾ってくれるのを待っている。でも、自分では言えない。

しばらく泣きじゃくっていたが、やがて沙羅は涙を拭いた。すこし落ち着いたようだ。

「でも、おかげさまで決心がついた」

沙羅が赤い眼で笑った。これなら大丈夫か。俺は思い切って言った。

「今から、住吉大社に行かへんんか？」

「今から？」

「ああ。茅の輪、くぐりに行こうと思て。今日までなんや」

驚く沙羅を強引に連れ出した。

地下鉄と阪堺線を乗り継いで、住吉大社へ向かった。

今日が夏祭りの最終日だ。昨日が夏越祓神事で、今日は神輿渡御(みこしとぎょ)だ。境内には人があふれ、沿道にはずらりと露店が並んでいる。沙羅はきょろきょろと落ち着かず、まるで子供のようだった。

反橋を渡ると石段がある。上りきったところに石の鳥居が立っていて、その先の門に大きな茅の輪があった。

俺は石段を上ったところで足を止めた。

「ほら、茅の輪くぐって、いやなこと、全部祓ってもらえ」

沙羅はすこし黙っていた。そして、言った。

「でも、そんなん、今さら……」

俺はひとつ息をした。しばらく迷って、それから思い切って言った。

「やり直してみないか？」

「やり直す？　今さら？」沙羅が顔を上げた。

「いつまでもデリヘルやる気か？　二十歳になってもか？　三十歳になってもか？」

「……違う」

「なら、やり直したほうがいい。なにかやりたいことはないんか？　もっとバンドネオンが上手くなりたいとか、もっと美味しい揚げ餃子を作れるようになりたいとか。勉強でもスポーツでも、絵とか音楽でも、なんでもええ。なにか、やりたいことがあるなら、俺が手伝う」

「そんなん言われても……」

「専門学校でも大学でも、もし行きたいなら、俺が勉強くらいみてやる」

「大学？　まさか。あたしの頭で行けるわけないやん。そんなお金ないし」沙羅が笑った。

「やり直したいと思えば、なんとかなる」

「……でも、あたし、頭悪いし」沙羅は混乱していた。「中学校出てから風俗しかやったことないし」

懐かしい。俺も圭介に言われたとき、ひどく戸惑い恐ろしくなった。そして、ほんのすこし圭介に腹を立てた。今まで見ないようにしてきた可能性を突きつけられたからだ。

「俺も中学出てから、予想屋まがいのことしかしてへんかった。でも、圭介に助けてもらった。あいつは週に三回もタダで家庭教師をしてくれた。小学校の算数からやり直しさせられた。宿題も出た。厳しかった。休んだら家まで押しかけてきた。でも、そのおかげで俺は途中で逃げ出さんで済んだ」

あれはもう二十年も前だ。圭介に会い、唯に会い、俺はやり直して幸せになった。

「毎晩、飯まで食わせてくれた。あいつら、ほんまにお人好しで……」

その幸せを自分で壊した。取り返しのつかないことをした。どんなに詫びても、どんなに悔やんでも唯は戻らない。

「でも……」沙羅はうつむいている。

「バンドネオンをやりたいんやったら、基礎から音楽の勉強をするか？　アルゼンチンへ行きたいんやったら、スペイン語の勉強をするか？」

沙羅は長い間うつむいていたが、やがて顔を上げた。今にも泣き出しそうな顔だ。

「……ねえ、吉川さん、あの日、あたしがなにしたか知ってる？」

「あの日？」

「あの工場に閉じ込められてたとき、なんとかして逃げよと思て、見張りの男の気を惹いてん。向こうは無理矢理あたしに言うことききかせたと思てるけど、ほんまはこっちから仕掛けてる、てやつ。そいつがスマホ出して動画撮り出したから、あたし、思いっ切り……」

「もういい、沙羅」

「ちょっと手と口動かすだけの商売がこんなとこで役立つと思えへんかった」

沙羅は笑っていた。だが、その眼から一粒だけ涙が落ちた。

「ねえ、ほんまにすごい血が出るんやね。あたし、びっくりした」

「やめろ、沙羅。もういい」

「男のスマホでお兄さんに連絡してん。すぐに助けに来てくれはった。あたしも血だらけやったから、ベンツのシート汚してもうたんやけど、気にするな、て。……意外とええ人やね」

沙羅が長い指で目尻を拭った。そして、俺をじっと見て笑った。哀しくて、情けなくて、もどかしい笑顔だ。

「吉川さん、あたし、こんなんやねん。今さらやり直せ、て言われたかて無理や」

「無理やない」俺はきっぱりと言った。「絶対にやり直せる」

「吉川さん、でも」

「今さら、なんて言うな。二度と言うな」

周りの人がこちらを見ている。痴話ゲンカか、といった顔だ。だが、俺は気にせず言葉を続けた。

「今、無理に決めなくていい。ゆっくり考えたらいい。やりたいことができたら、俺がサポートする。圭介も冬香も手伝ってくれる。きっとハンコを押してくれる。――たいへんよくできました、てな。だから、心配せんでもいい。甘えていい」

「そんなん勝手に決めていいん？」

「いい。あいつらは絶対に断らへん」

「そんなめちゃくちゃな……」沙羅はすこし笑って、また泣きそうな顔をした。「なんでそこまで心配してくれるん？　あたし、ただ隣の部屋に住んでるだけやのに」

「昔、俺がしてもらったからや。俺なんかミナミのモータープールで拾われた。だから、同じことをしようと思ってるだけや」

「でも、あたし、できるかな」

不安げな沙羅の顔を見ると、ふいに、上からものを言う自分に居心地の悪さを感じた。沙羅に説教する資格などない。思い切って正直に言うことにした。

「こんな偉そうなこと言ってるが、本当にやり直したいのは俺かもしれん。君にかこつけて、俺がやり直したいと思てるだけかもしれん。それでもさっき言ったことは嘘やない。君がやり直すなら、どんなことでも手伝う」

やり直すのは辛い。まず、これまでの自分はクズだったと認めなければならない。これまでの人生、自分が言ったこと、決めたこと、逃げたこと、甘えたこと、人を傷つけたこと、すべてに不良品のハンコを押さなくてはならない。

だが、本当に辛いのはここからだ。やり直しに失敗したら？　やり直しても、やっぱりクズのままだったら？

それは、今までの自分もこれからの自分もどちらもクズ、つまりどうしようもないクズだと思い知らされるということだ。不良品のハンコの押された人生に、もう一度重ねてハンコを押すことになる。

「でも……でも、ほんまにいいん？」

「ああ」

ひどく喉が渇いた。手の平にじっとりと汗をかいていた。震えているのがわかる。怖いのは俺か。本当に怯えているのは沙羅ではなく、俺か。

長い沈黙の末、沙羅が顔を上げた。大きな眼にもう迷いはなかった。そして、軽やかな足取りで茅の輪をくぐった。ほんの一瞬のことだった。そして、輪の向こうから俺を見た。

「吉川さんは？」

「俺はくぐらない」

「なんで？」

「俺は祓われたくない。いいことも、いやなことも、なにひとつ祓われたくない」

圭介が言った。あの言葉が今、本当にありがたい。

赦しも忘却も無用。俺はなにひとつ赦されず、なにひとつ忘れず生きていく。

はじめて唯を抱いた夜。冬香が生まれた朝。

そして、唯を殺した夜。

忘却も赦しも無用だ。俺はなにひとつ忘れず、なにひとつ赦されぬままで生きていく。

茅の輪の向こうから、沙羅が言った。

「工場に閉じ込められてたときのこと、憶えてる？」

「いや、あまり」

「吉川さん、熱が出てフラフラやったでしょ？　ずっとうわごと言ってた。あたしを奥さんやと勘違いしてたみたい。ずっと奥さんの名前を呼んでた。唯、唯、って。一晩中、ずっと言ってた。唯、すまん、って。冬香ちゃんも聞いてた」

「そうか」

それ以上なんと言っていいかわからない。黙っていると、沙羅がすこし笑った。

「……でも、おかげさまで決心がついた」

沙羅が茅の輪の向こうから手を振った。

「実は、あたし、今からバイトの面接行くねん。スペイン料理店」

すこしはスペイン語の勉強になるかと思て、と沙羅が笑った。大きな黒い眼がにじんで輝いた。半分泣いた顔は本当に美しかった。


沙羅と別れてあけぼの荘に帰った。

すると、俺の部屋の前に圭介と冬香が立っていた。俺は息を呑み、一瞬動けなくなった。

「冬香が来たいというから連れてきた」圭介が緊張した顔で言う。

なにか言わなければ、と思ったが言葉が出ない。あの事件以来、冬香と会うのははじめてだった。すこし痩せたようだ。顔色もあまりよくない。俺のせいで、一体どれだけ冬香は苦しんだのだろう。腹の底から突き上げる悔恨に身体が震えた。

冬香が強張った顔で俺を見た。両手の拳を強く握りしめている。

俺はたまらなくなった。絶対に逃げるわけにはいかない。まるで力の入らない情けない足取りで、冬香に近づく。精一杯の勇気を振り絞り、言った。

「この前は俺のせいですまなかった。もう大丈夫か?」

声がかすれているのが自分でもわかった。冬香が強張った顔のまま、黙ってうなずいた。口すらきいてもらえないのか。だが、これも当然かと言い聞かせた。

すまない、ともう一度詫びようとしたとき、冬香が口を開いた。

「……お父さんも大丈夫?」

瞬間、胸が詰まった。言葉が出ない。なんとか声を絞り出す。

「ああ。もう大丈夫や」

その返事を聞くと、冬香は一瞬泣き出しそうになり、さっと顔を伏せた。あっという間に俺の横をすり抜け、階段を駆け下りていく。圭介が慌てて後を追った。

身体が動かなかった。廊下の手すりから二人を見下ろすのが精一杯だった。圭介が道路で冬香をつかまえた。冬香はうつむいたままだ。圭介が俺を見上げて言う。

「森二、悪いがまた」

「ああ」

俺は二人を見送った。ほんの一瞬の出来事だった。


廊下の手すりから思い切り身を乗り出した。

夏の陽射しが眼に入る。

桃の香りがした。

涙があふれた。

まぶしくてもう眼が開けられない。だが、それでもわかる。八月の空は青。ばかばかしいほど鮮やかな絵の具の青だ。

解説

杉江松恋（書評家）

昨日があるから明日もある。

しかし、変えられない過去は時に桎梏として心を縛ることになり、あまりの重さに人は絶望してしまう。遠田潤子は、そうした人のありようを描く作家だ。

『オブリヴィオン』はその遠田が二〇一七年十月二十日に光文社より書き下ろしで発表した、第九長篇である。英語のOblivionには二つの意味がある。一つは忘却、もう一つは赦しだ。an act of oblivion といえば、法律用語で大赦令のことである。その意味通り赦しを主題の一つとする小説なのだ。

物語は、主人公の吉川森二が刑務所を出る場面から始まる。塀の外で待っていたのは実兄の光一と、義理の兄にあたる長嶺圭介だ。光一はノミ行為を主たるシノギにするヤクザで、圭介は大学で教鞭を執るラテン語学者である。森二は、圭介の妹であり自分の妻であった唯を殺した罪で服役していたのだ。身元引受人になった今も、圭介は義弟をまったく赦していない。入所前の仕事を捨てて木工所で働き始めた森二は他人とも交わらず、社会の片隅でひっそりと生きて行こうとするが、圭介は頻繁に彼の前に現れ、なぜ唯を殺したのかを問い質すのである。森二と唯の間に生まれた一粒種の冬香も今は圭介が引き取って育てている。その冬香が森二の前に現れ、「私は戸籍上のお父さんが、どれだけ最低の人間かを見に来たんです」と詰る場面が、本作で最も辛い箇所だろう。わずか十歳の少女が、懸命に憎悪の感情を掻き立てて、そんな言葉を口にするのである。その心中は察するに余りある。

もちろん唯を殺したという罪を赦していないのは圭介や冬香だけではない。森二本人が自分自身を決して赦せないのである。作中、「オブリヴィオン」という言葉の意味が忘却や無意識、恩赦などであるということを圭介が森二に教える場面がある。そしてこのように言い放つのである。

「おまえにはどれも無縁やな。おまえは忘れ去られることもないし、赦されることもない」

一つの罪がそれに関わったすべての人々を不幸にしてしまう物語だ。憎悪に心が囚われた人々が、醜悪な表情をむき出しにするようになる物語の前半はひたすら残酷である。冬香は十歳にして他人を冷笑するような言葉を吐くようになり、その保護者たるべき圭介も彼女の過ちを正そうとはしない。たしかに森二は罪を犯したかもしれないが、それを糾弾する者が心の闇をほしいままにさらけ出して他者を傷つけるようになってしまうのは、あまりにも哀しいことではないか。忘れられない、赦せないという感情が、人々を無明の闇へと突き落とすのだ。この絶望感たるや。

　誰の心にも一枚の殻が被っている。外界から自分を守るための殻で、それがあるからこそ心の平穏を保つことができる。優れた表現とは、その殻を打ち壊すものだ。打ち壊し、むき出しの状態で心を世界に向き直させる。一瞬の勝負で鋭く切り込んでくるものから、織物のように柔らかい手触りで包み込む表現まで、その種類はさまざまだろう。遠田のそれは、力強く鳴り続ける鐘のようだ。その響きによって心は波打ち続け、やがて殻がひび割れて崩落していく。そうやって裸の状態にされた心が、遠田の奏でる調べに共鳴を始めるのである。あらすじを読むだけでは決して理解できない、文章としてそれを体の中に入れることによって初めて体感しうる、遠田小説の官能美というべき悦びがここにある。

　右で紹介した内容は物語のほんのとば口で、中心の人間関係を整理しただけなのだが、今書いたとおり筋を書いても作品の真価をお知らせすることにはならないので、後は実際に読んでもらったほうがいい。実は唯の死以外にもう一つ森二が背負っているものがあり、作中で「奇跡」と呼ばれる現象がそれに関わっているのだが、詳しくは読んでのお楽しみということで。遠田は、小説ならではの虚構を現実感ある舞台の中に混ぜ込んだ設定を使う名手なのだが、その技巧が本作でも存分に用いられている、とだけ書いておこう。

ここまで触れなかった小説の要素がある。出所した森二が入居したアパートの隣室には、沙羅(サラ)という少女が住んでいた。彼女は日本人の父親とアルゼンチン人の母親の間に生まれた子供だ。森二と圭介・冬香、あるいは森二と光一といった家族とは無関係で、たまたま隣人になっただけの他人なのだが、この沙羅が作中では重要な役割を担う。言わば小説の触媒(しょくばい)なのである。他人とはなるべく関わらずに生きていた森二の心境を変化させるきっかけを作るのも沙羅なのだ。こういう登場人物の動かし方も遠田は上手い。

金を貯めていつか母の祖国に行くことを夢見ている沙羅は、アルゼンチンタンゴの主要楽器であるバンドネオンを演奏する。「オブリヴィオン」とは、バンドネオンの演奏家であるアストル・ピアソラが作った曲の題名でもあるのだ。初めて森二が沙羅の演奏を聴いたとき、彼女が弾いていたのがこの曲である。

――低く高く、太く細く、うねるように、えぐるように這い回る。あるときは激しく、荒涼(こうりょう)とした丘に吹きつける風のように叩きつける。あるときは静かに、曇ったガラス窓の隙間(すきま)から入ってくる風のように忍び寄る。これは完璧な夜の音だ。陽が沈み闇が落ちてからはじまる濃密(のうみつ)な音楽だ。

伝統的なアルゼンチンタンゴは軽快でダンス音楽の性質が強いものだが、ピアソラはそれにクラシックやジャズの技法を加えた独自の奏法を編み出した。「踊(おど)れないタンゴ」などと揶揄(やゆ)されることもあったというが、今日では多くの人から支持を受けている。この曲はもともと一九八四年に本国で公開されたイタリア映画「エンリコ四世」(マルコ・ベロッキオ監督)の劇伴音楽としてピアソラが書き下ろしたもので、後にフランス語の詞をつけて歌われたことで名作として知られることになった。作中で圭介がギドン・クレーメルのバイオリンで聴いたと言っているように、ジャンルを越えて演奏される曲でもある。

本作に限らず、遠田作品では重要なモチーフとして音楽の要素が用いられることが多い。たとえば第二長篇の『アンチェル の蝶』(二〇一一年。現・光文社文庫)がそうで、カレル・アンチェル指揮、チェコ・フィルハーモニー管弦楽団演奏のドヴォルザーク交響曲第九番「新世界より」が物語の伴奏に用いられている。同作は弱い者が暴力や社会の理不尽さに翻弄(ほんろう)されるさまを描いた犯罪小説でもあり、第十五回大藪春彦(おおやぶはるひこ)賞の候補にもなった。

アンチェルの「新世界より」は主人公の藤太(とうた)にとって、かつては「光であり道であり扉」で「新しいなにかそのもので、決して止まらない未来へと流れていく時間を与えてくれ」るものであったが、今となっては却(かえ)って心を苦しめるものに転じている。いかなる理由でそうした心境の変化があったのか、という点にミステリーとしての興趣(きょうしゅ)がある。最後の場面では「遠き山に日は落ちて」として歌われることもある第二楽章が流れたところで、幕が下ろされる。そうやって作者は、果たして藤太はそれをどのような心境で聴いたのか、と読者に考えさせるのだ。単なる雰囲気醸成のためではなく、プロットまで骨絡みのものとして音楽を使っている点に物語作りの巧(たく)みさを感じさせる。『アンチェルの蝶』を読んだ人は、以降

「新世界より」を耳にするたびに同作のことを思い出すはずである。

　遠田のデビュー作は第二十一回日本ファンタジーノベル大賞を獲得した『月桃夜』（二〇〇九年。現・新潮文庫ｎｅｘ）で、小田雅久仁『増大派に告ぐ』（二〇〇九年。新潮社）との同時受賞だった。『月桃夜』は近世の奄美大島を舞台とする小説で、神話的な物語構造を持っている。次が前述の『アンチェルの蝶』で、初めて純粋なミステリー作品となった。もっとも遠田は『月桃夜』単行本版の著者略歴にもあるように「ドストエフスキーや森鷗外の作品世界の『理不尽な何か』に惹かれ、創作活動を始めた」と表明しており、ジャンルを意識するというよりは、小説の悲劇性を演出するために適した枠組みとしてミステリーを選択しているように思われる。第三作が現在『カラヴィンカ』と改題されて角川文庫に収められている『鳴いて血を吐く』（二〇一二年）だ。ヴォカリーズという歌詞のない母音のみの歌唱法が作中では重要な意味を持つ。これも音楽要素をモチーフに使って過去の因縁を遡る話である。

　第四作の『雪の鉄樹』（二〇一四年。現・光文社文庫）で遠田の作風は完成を見たと言ってよく、前半では感情を揺さぶる挿話を積み重ね、物語が真の姿を現す中盤以降で読者の心を摑まえるための下地作りをするという構成は『オブリヴィオン』にも共通する点が多い。共通するといえば、本作は「本の雑誌が選ぶ二〇一七年度ベスト10」の第一位に選出された。前年に文庫版が刊行された『雪の鉄樹』は同誌増刊『おすすめ文庫王国2017』で二

○一六年度文庫ベストテンの第一位に選ばれており、連続の栄誉ということになる。二〇一五年刊行の『お葬式』（角川春樹事務所。『あの日のあなた』と改題し現・ハルキ文庫）は、父の死後に息子が自分の知らなかった実像に近づいていくという内容で、現在と過去とが対比されるという構造が若干後退した観があって、作家が新たな試みに挑んだ形跡を感じる。その次の『蓮の数式』（二〇一六年。現・中公文庫）は、過去作ではなかったような企みある形で時間経過が綴られる。事件の発生するポイントがあまりにも予想外だったので、そこを読んだときに思わず声が出たほどだ。

　おそらくはこのあたりまでに声価が高まっていたのだろう。編集者からの依頼が集中したのか、それまでほぼ年一冊ペースだったのに二〇一七年には『オブリヴィオン』を含めて二作発表している。もう一つの作品が『冬雷』（東京創元社）で、第七十一回日本推理作家協会賞長編および連作短編集部門の候補にもなった。以降二〇一八年に『ドライブインまほろば』（祥伝社）、二〇一九年に『廃墟の白墨』（光文社）と順調に刊行が続いており、作家としての成長も止まっていない。

　冒頭にも書いたように、遠田は昨日を書くと同時に今日を書き、明日を書く作家だ。過去に足を繋ぎ止められたように見える登場人物を必ず出すが、その姿勢を決して後ろ向きにはさせない。明日へ向かってなんとか進もう、生きようとする人間が物語の主人公なのである。人生には「理不尽な何か」が充溢しており、道は険しいが、それでも前に進むことは諦めない。本書でもオブリヴィオン、忘却と赦しを求める人々が最後にどのような境地に達するかに関心は集中すると思うが、最後まで読んだ方はその幕引きの仕方に深く頷かれたはずである。そして彼らが迎えるであろう明日に、心からの拍手を送ったはずである。

鮮烈な色合いの情景が最後には描かれる。その色が心の隅々に沁みとおっていく。

二〇一七年十月　光文社刊

光文社文庫

オブリヴィオン

著者　遠田潤子（とおだじゅんこ）

2020年3月20日　初版1刷発行

発行者　鈴木広和
印刷　新藤慶昌堂
製本　ナショナル製本

発行所　株式会社 光文社
〒112-8011　東京都文京区音羽1-16-6
電話（03）5395-8149　編集部
8116　書籍販売部
8125　業務部

© Junko Tōda 2020
落丁本・乱丁本は業務部にご連絡くだされば、お取替えいたします。

ISBN978-4-334-79001-1　Printed in Japan

R <日本複製権センター委託出版物>

本書の無断複写複製（コピー）は著作権法上での例外を除き禁じられています。本書をコピーされる場合は、そのつど事前に、日本複製権センター（☎03-3401-2382、e-mail : jrrc_info@jrrc.or.jp）の許諾を得てください。

組版　萩原印刷

本書の電子化は私的使用に限り、著作権法上認められています。ただし代行業者等の第三者による電子データ化及び電子書籍化は、いかなる場合も認められておりません。